新潮文庫

樅ノ木は残った

上　　巻

山本周五郎著

仙台藩伊達家系図

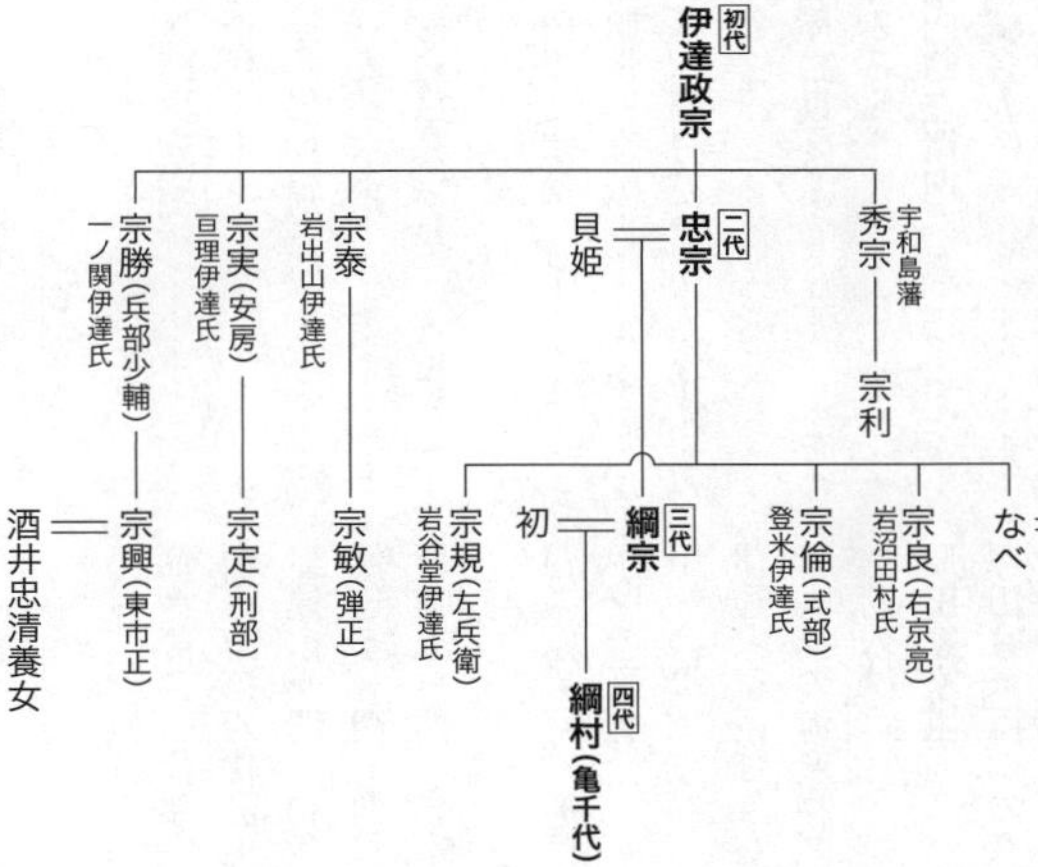

原田家・茂庭家系図

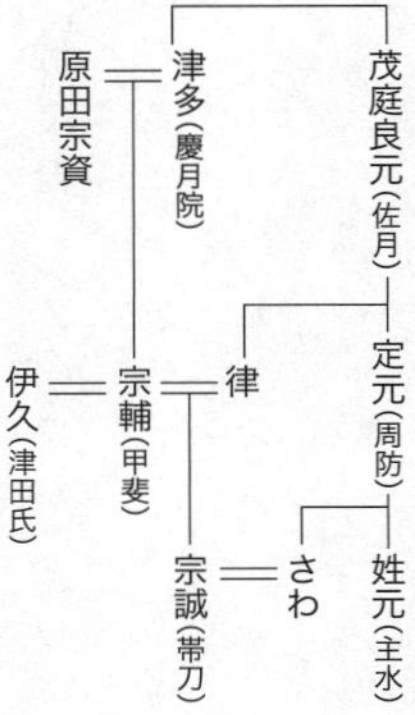

主要登場人物一覧

伊達陸奥守綱宗……………仙台藩第三代藩主。第二代藩主忠宗の六男。
亀千代…………………………仙台藩第四代藩主綱村（綱基）の幼名。綱宗の長男。
伊達兵部少輔宗勝…………伊達家一門。初代藩主政宗の十男。一ノ関城主。
伊達安芸宗重………………伊達家一門。涌谷館主。
田村右京亮宗良……………伊達家一門。忠宗の三男。岩沼館主。
原田甲斐宗輔………………伊達家重臣。船岡館主。
原田帯刀宗誠………………甲斐の長男。
津多（慶月院）……………甲斐の母。
宇乃……………………………伊達家家臣畑与右衛門の娘。
雁屋信助……………………日本橋の海産物問屋。
くみ……………………………信助の妹。
堀内惣左衛門………………原田家家臣。
矢崎舎人……………………原田家家臣。のちに伊達家家臣。
成瀬久馬……………………原田家家臣。
塩沢丹三郎…………………原田家家臣。のちに伊達家家臣。

中黒達弥（黒田玄四郎）……原田家家臣（酒井家家臣）。
茂庭周防定元…………伊達家重臣。松山館主。
茂庭主水姓元…………周防の長男。
伊東新左衛門…………伊達家重臣。小野館主。
伊東七十郎……………伊東新左衛門の義弟。
里見十左衛門…………伊達家家臣。
柴田外記朝意…………伊達家重臣。米谷館主。
奥山大学常辰…………伊達家重臣。吉岡館主。
酒井雅楽頭忠清………徳川幕府老中。のちに大老。上野の国厩橋藩藩主。
久世大和守広之………徳川幕府老中。
柿崎六郎兵衛…………浪人。
みや（滝尾）…………六郎兵衛の妹。
宮本新八………………伊達家家臣宮本又市の弟。

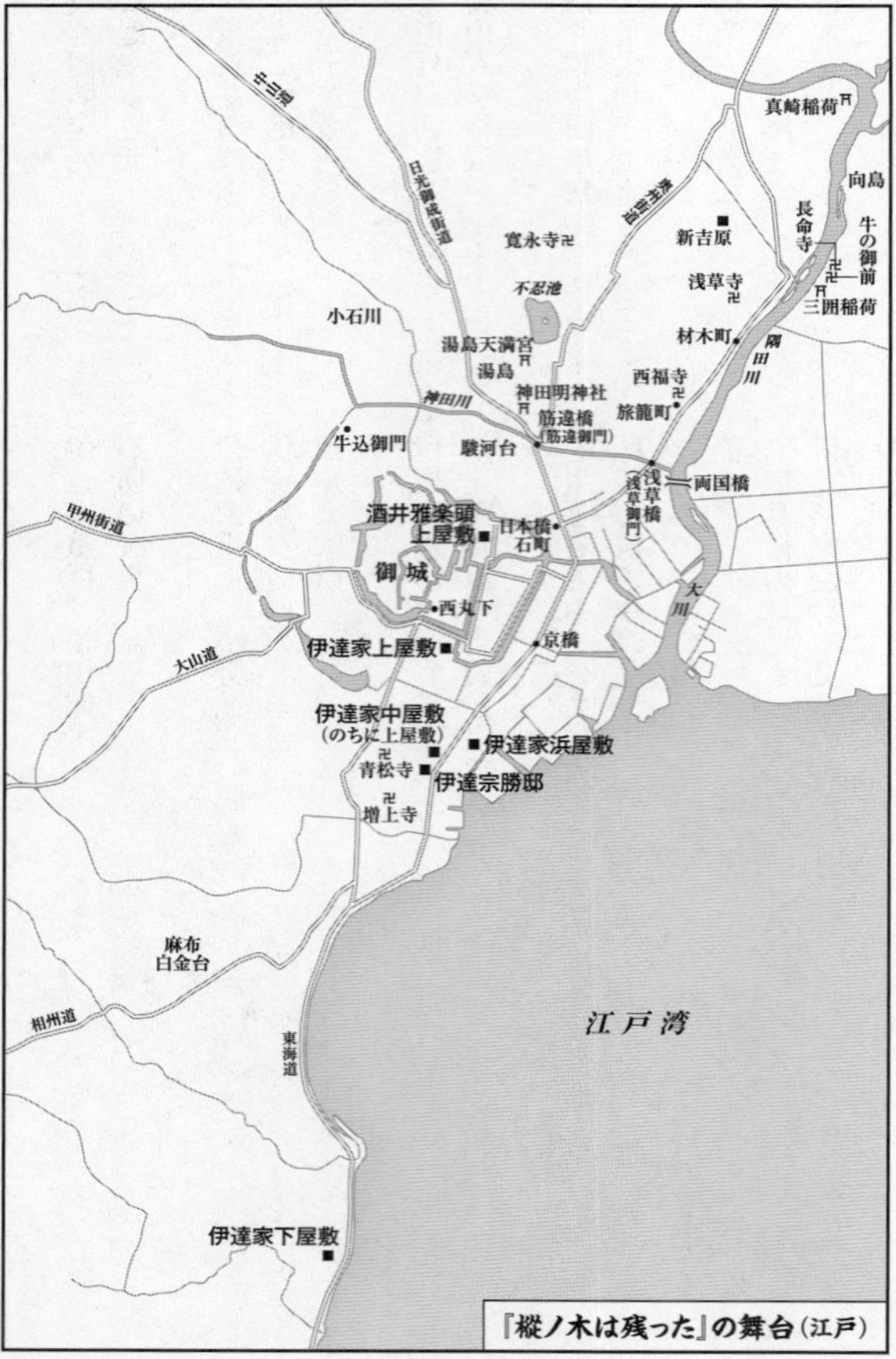

『樅ノ木は残った』の舞台（江戸）

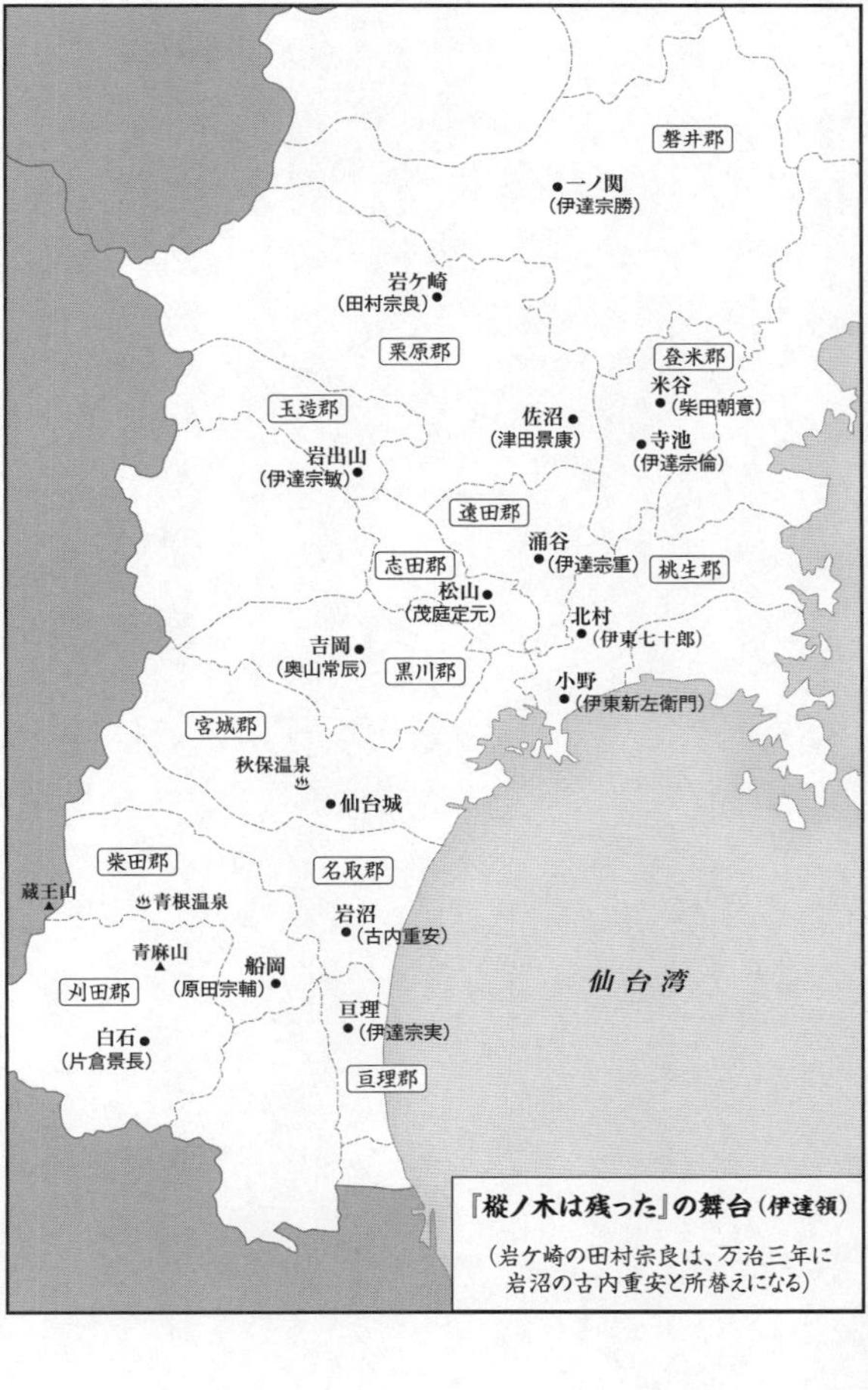

『樅ノ木は残った』の舞台（伊達領）

（岩ケ崎の田村宗良は、万治三年に
岩沼の古内重安と所替えになる）

地図製作　アトリエ・プラン

樅《もみ》ノ木は残った

上巻

第一部

序の章

＊万治《まんじ》三年七月十八日。

幕府の老中《＊ろうじゅう》から通知があって、伊達陸奥守《だてむつのかみ》の一族伊達兵部少輔《ひょうぶしょうゆう》、同じく宿老《＊しゅくろう》の大条兵庫《おおえだひょうご》、茂庭周防《もにわすおう》、片倉小十郎、原田甲斐《かい》。そして、伊達家の親族に当る立花飛驒守《たちばなひだのかみ》ら六人が、老中酒井雅楽頭《うたのかみ》の邸《やしき》へ出頭した。

酒井邸には雅楽頭のほかに、同じく老中の阿部豊後守《あべぶんごのかみ》と稲葉美濃守《みののかみ》が列坐《れつざ》していて、左のような申し渡しがあった。

「伊達むつの守、かねがね不作法の儀、上聞に達し、不届におぼしめさる、よってまず逼塞《＊ひっそく》まかりあるべく、跡式《＊あとしき》の儀はかさねて仰《おお》せいださるべし」

こういう意味の譴責《けんせき》であったが、

「但《ただ》し堀ざらいの普請《ふしん》はつづけるように」

ということが付け加えられた。

堀ざらいとは、その年の三月から幕府の命令で、伊達家が担当していた、小石川堀の修築工事をさすものである。

申し渡しのあと、太田摂津守《せっつのかみ》が*上使を命ぜられ、立花飛騨守と伊達兵部との三人で、伊達家の*上屋敷《かみやしき》へゆき、陸奥守綱宗《つなむね》にその旨《むね》を伝えた。

綱宗はすぐに品川の*下屋敷《しもやしき》へ移った。

明くる七月十九日の夜。

伊達家の*浜屋敷の内にある坂本八郎左衛門《はちろうざえもん》の住居へ、二人の訪問者があった。坂本は浪人から取立てられた者で、*食禄《しょくろく》は*六百石、*目付役《めつけやく》を勤めていた。

坂本は二人に会った。

二人は密談があるようによそおい隙《すき》をみて坂本に襲いかかった。坂本は抜きあわせるひまもなく、その場で即死した。二人は坂本の家人に、「*上意討《じょういうち》である」と云《い》って、たち去った。

同じ夜、同じ時刻。

やはり浜屋敷の内にある、渡辺九郎左衛門の住居に、二人の訪問者があった。渡辺も浪人から取立てられた者で、疋田《ひきた》流の槍《やり》の名手であり、刀法にも非凡な腕があった。食禄は二百四十石、家中《かちゅう》の士に槍術《そうじゅつ》を教えていた。

渡辺は会うのを拒んだ。

訪問したのは渡辺金兵衛と渡辺七兵衛といい、二人とも小人頭《＊こびとがしら》であるが、どちらも親しいつきあいはないし、そんな時刻に訪問されるような、用件があるとも思えなかった。

「いや、急用があるのです」二人は取次の者に云った。

「こんど御門札《＊ごもんさつ》を新らしくするので、印鑑をいただきたいのです、明朝から新らしい御門札になるので、ぜひとも今夜のうちに印鑑をいただかなければならないのです」

まえの日に、藩主が幕府から逼塞を命ぜられて、品川の下屋敷へ移った。しぜん門札の更新ということもあり得るので、渡辺は二人に会うことにした。

常着《つねぎ》の上へ袴《はかま》をはき、脇差《わきざし》だけ差し、印鑑の入った鹿皮《しかがわ》の小さな袋を持って、渡辺九郎左衛門は客間へ出ていった。二人の訪問者は、膝《ひざ》の前に帳面ようの物を置いて、坐《すわ》っていた。渡辺はかれらを見たが、二人のようすに変ったところはなかった。

「――御苦労」と云って渡辺は坐った。

「夜分にあがりまして」と渡辺金兵衛が云った。そして七兵衛と共に両手をついて、低く辞儀をした。

渡辺は袋を膝の上に置いた。低く辞儀をした二人の右手は、それぞれの刀をつかんだ。

渡辺は袋の口の紐《ひも》をゆるめ、中から印鑑を出そうとした。そのとき金兵衛が片膝立ちになり、刀をすばやく取り直して、抜き打ちに渡辺へ斬《き》りつけた。刀は渡辺の右の肩を斬った。

「なにをする」

渡辺は腰の脇差へ手をかけながら立った。その手には印鑑の袋が絡《から》まっていた。袋の口の紐が指に絡まっていたのである、――渡辺が立ったとき、七兵衛が左から突《つき》を入れた。渡辺はとっさに脇差を抜いて横に払った。七兵衛の刀は渡辺の腰を刺し、渡辺の刀は七兵衛の肩を斬った。

「なんのためだ」と渡辺が叫んだ。

そのとき右から、金兵衛が踏み込んだ。そして、腰を刺されて体の崩れた渡辺の脾腹《ひばら》を十分に斬った。渡辺は襖《ふすま》へよろけかかり、襖といっしょに次の間へ転げこんだ。金兵衛は追っていって、もう一刀、頸《くび》から胸へかけて斬った。渡辺は「うん」と呻《うめ》いた。七兵衛は肩の傷を押えながら客間のまん中に立っていた。

そこへ三人の若侍と、一人の若い女が走って来た。侍たちは廊下の左から、——女は奥のほうから走って来て、客間の前で立竦《たちすく》んだ。

「騒ぐな、上意討だ」

金兵衛が云った。彼は渡辺九郎左衛門が死んだのを慥《たし》かめてから、客間のほうへ出て来た。

「あとから検視が来る、それまで死躰《したい》に手を付けてはならない、家の中もそのまま、慎しんで待っておれ」

女が叫び声をあげた。

金兵衛が女を見た。女は十八九歳の、小柄な軀《からだ》つきで、勝ち気らしい、だが美しい顔だちをしていた。女は金兵衛の脇を走りぬけ、渡辺の死躰のところへいって、死躰にとり縋《すが》った。そして声をあげて泣きだした。

「あれはなに者だ」と金兵衛が訊《き》いた。

三人の若侍たちはすぐには答えなかった。しかしようやく、その中の一人が云った。

「側女《そばめ》のみや、という者です」

金兵衛は刀を拭《ふ》きながら七兵衛を見た。

「大丈夫、浅手だ」と七兵衛が云った。そして、二人はたち去った。


同じ夜の、ほぼ同じ時刻。

伊達家の桜田上屋敷内にある畑与右衛門の住居へ、三人の訪問者があった。畑は*納戸《なんど》役《やく》（禄高不明）で夫婦の間に宇乃《うの》という十三歳の娘と、虎之助《とらのすけ》という六歳の男子があった。訪問者と聞いたとき、畑はふと不吉な予感におそわれた。漠然としたものではあったが、まったく無根拠ではなかった。彼は妻をよんで訊いた。

「子供たちは寝たか」

「はい、寝ております」

「すぐに起こせ」と畑は云った、「二人とも起こして、おまえ宮本へつれてゆけ、おまえがつれてゆくんだぞ」

「こんな時刻にですか」

「わけはあとで話す、いそいでゆけ」

妻女は立っていった。彼女は子供達を起こした。どちらもまだ眠ってはいなかった。虎之助はとび起きて、よろこんで云った。

「どうするの、また遊ぶの」

「静かになさいな」

宇乃がそう云った。宇乃は十三歳であるが、軀つきも大きく、顔もおとなびてみえ、気持もませていた。彼女は母親のようすで、なにかただならぬ事が起こったのだと直感した。それで着替えを終ったときには、もっとおとなびた顔つきになった。

「遊ぶんじゃないの」と虎之助が母親に訊いた。

母親は帯をしめてやりながら「静かになさいな」と云った。虎之助は姉の顔を見て、そして黙った。支度のできた二人をつれて妻女が裏から家を出たとき、客間のほうで高い叫び声と、足踏みをするような物音が聞えた。

「あれ、なに、お母さま」

虎之助が云った。妻女は怯《おび》えたように娘の顔を見た。宇乃はおちついた声で、母親をなだめるように云った。

「まいりましょう、お母さま」

妻女は歩きだした。外は暗かった。まっ暗で、爪先《つまさき》も見えないようであった。宇乃はしゃんとしていた、彼女には母親の怯えているのがわかり、自分がしっかりしていなければだめだと思った。

「お母さま、どこへゆきますの」

宇乃が訊いた。母親が答えた。

「え、ああ、宮本さまよ」

「ただゆけばよろしいの」

「あなた、いっておくれか」

母親は家へ戻りたいようすであった。それが宇乃にはよくわかった。宇乃は云った。

「ええ大丈夫よ、お母さま」

「ではそうしておくれ」

母親は握っていた虎之助の手を宇乃にわたした。そしてなにか云いたげに、娘のほうをすかし見たが、虎之助を押しやって云った。

「いっておくれ」

彼女は家のほうへ引返した。

宇乃は弟の手を握って、闇《やみ》のなかを歩いていった。虎之助の手はふるえていた。

彼も幼ないなりに、ようやく不安を感じだし、それをがまんしているのだということが、宇乃にわかった。

宮本又市は三百石の無役《むやく》で、無役のまま藩主綱宗の側近に仕えていた。住居は小*者長屋の近くにあった。姉弟《きょうだい》が掃除井戸のところまでいったとき、向うから走って来た者があった。足袋はだしだったので、足音が聞えず、宇乃がそうと気づいて、よけようとしたとき、激しく突当られてよろめいた。

「お姉さま」と虎之助が叫んで、姉にしがみついた。

相手もびっくりしたらしい、脇のほうへよけながら、かすれた声で云った。

「誰だ、――」

宇乃はその声を知っていた。それは宮本又市の弟で、十六歳になる新八の声であった。宇乃は虎之助を抱きよせながら云った。

「わたくしと弟ですの」

「宇乃さんか」新八は喘《あえ》いで、宇乃のほうへ近よった。

「宇乃さん、貴女《あなた》の家へゆくところだ」

「わたくしも」

「えっ、貴女も――」

新八が荒い息をした。宇乃が弟といっしょに出て来たことで、彼には事情がわかったらしい。新八は絶望したように云った。

「ではだめだ、外へ出よう」

「外へですって」

「大変なことが起こるらしい、兄は畑さんに知らせて、それから浜屋敷の渡辺さんのところへゆけと云った」

「わたくし弟といっしょですの」

「不浄門*から出よう」

宇乃は弟をひきよせた。

「さあ虎之助さん、あたしに負《お》ぶさるのよ」

「いやだ、自分で歩くよ」

虎之助は姉の手を拒んだ。

新八がせきたて、いっしょに走りだしたが、すぐに五人の人たちにゆくてを塞《ふさ》がれた。かれらはお厩《うまや》のほうから来た。提灯《ちょうちん》を持った二人の小者と、ほかに侍が三人いた。かれらはとつぜんお厩のほうから現われて、こちらの三人をとり巻いた。

新八は畑姉弟をうしろに庇《かば》った。虎之助は姉にしがみついた。

「こんな処《ところ》でなにしている」と侍の一人が云った。

小者たちが左右から提灯をさしつけた。呼びかけた侍は三十歳ばかりで、固肥《かたぶと》りの小柄な男だった。声は低く、穏やかであった。

「私は、私たちは、――」

新八は吃《ども》った。すると侍が宇乃に云った。

「そちらは畑どのの御姉弟だな」

「ええそうです」と新八が吃りながら云った、「そして私は、宮本の新八です」

侍は宇乃を見、新八を見た。

「私は原田家の村山喜兵衛という者だが」とその侍は新八に云った、「こんな時刻にこんな処でなにをしているのだ」

「私にはわかりません」新八はふるえながら云った、「私は兄に云われて、客が二人来たのですが、兄は私に畑さんへ知らせにゆけと云ったのです、畑さんへ知らせて、それから浜屋敷へゆけと云われたので」

「こんな時刻にか」と村山喜兵衛が云った、「こんな時刻に御門を出られると思うのか」

「不浄門から出るつもりでした。不浄門に兄の知っている人がいるものですから」

「いったいそれは、——」ともう一人の侍が云った、「それはどういうことだ、なにがあったのだ、なんのために浜屋敷などへゆくのだ」

「わかりません」と新八はまた吃った、彼の声はいまにも泣きだしそうに聞えた、「兄のところへ客が来たのです、私にはわかりませんけれど、なにか大変なことが起こりそうでした、兄のようすではなにか尋常でないことが起こるように思えました」

「矢崎、——」と村山喜兵衛がもう一人の侍を見た。矢崎という若侍は頷《うなず》いて、小走りに向うへ走っていった。村山喜兵衛は新八に云った。

「こちらへおいでなさい」

「どうするんですか」

「いまようすを見にやったから、どんなぐあいかわかるまで、向うで待つがいいだろう」

村山喜兵衛は虎之助のほうへ歩みよった。

「坊、いっしょにおじさんのうちへゆこう」

虎之助は姉を見た。喜兵衛は跼《かが》んで云った。

「抱いていってやろう」

「歩いていく」と虎之助は云った。

村山喜兵衛は、三人を、自分の小屋へつれていった。それは、宿老原田甲斐の住居に付属する、長屋の一と棟であった。

三人は部屋へあがった。新八はひどく昂奮《こうふん》していた。顔色もまっ蒼《さお》だし、唇も白く乾いて、そうして、絶えずぶるぶると軀をふるわせていた。灯《ひ》のあかりでそのようすを見て、宇乃はまた自分はしっかりしていなければならない、と思った。

「おうちへ帰ろう」

虎之助がそっと云った。宇乃は弟の背中をさすった。

「おうちへ帰ろう」

「おとなしくしていてね」

「そんなことを云わないの、もうすぐお母さまが迎えにいらっしゃってよ」

「お母さまが来るのか」

「ええ、いらっしゃるわ」

村山喜兵衛は戸口にいた。

虎之助が云った。

「お母さま、ほんとに、迎えに来るのか」

「そうよ、だからおとなしく待ってるのよ」

「泣かないでか」

　宇乃は聞き耳をたてた。

　戸口にいた村山喜兵衛が、戸口から出ていった。矢崎という侍が戻ったらしい、小屋は狭いので、戸口の外で二人の話すのが、宇乃の耳にもあらまし聞えて来た。宮本新八は立とうとした。彼にも聞えたのか、それとも聞くためにでようとしたのか、立ちかけて、宇乃の顔を見た。

　宇乃はそっと首を振った。

　新八はそのまま坐った。

「二人とも斬られたって」

　戸口の外で、村山喜兵衛が云った。

「どちらもです」

　矢崎舎人《とねり》が云った。彼は喜兵衛よりずっと若く、まだ二十一歳であった。

「宮本又市も畑与右衛門も斬られました、畑では妻女も斬られたそうです」

「妻女まで斬った」

「邪魔をしたので斬られたということです」

「なに者が斬ったのだ」

「わかりません」と矢崎舎人が云った、「畑どのへ来たのは三人、宮本へ来たのは二人、どちらも家人の知らない顔で、名もなのらなかったといいます」

「意趣も云わずにか」

「いや、上意討だと云ったそうです」

「上意討だって、――」と村山喜兵衛が訊き返した。

「たしかに、両家ともそう云ったといっています」

「ばかなことを」と喜兵衛が云った、「殿は昨日、御逼塞になった、お上《かみ》といえるのは御幼君だけだ、まだお二歳《ふたつ》の亀千代《かめちよ》さまが、そんなことをお命じになるわけはない」

「かれらはそう申したということです」

「これは穏やかでないぞ」と村山喜兵衛が云った、「昨日の今日、上意を僭称《せんしょう》してこんな事が起こるのは尋常ではない、おれはすぐ御家老に申上げよう、あの三人をたのむぞ」*

「承知しました」

「誰が来ても渡すな」

「承知しました」と矢崎舎人が云った。

村山喜兵衛はそのまま、原田家の住居のほうへ去った。部屋の中で、新八と宇乃はこれを聞いた。全部ではないが要点は殆《ほと》んど聞きとれた。新八はまた宇乃を見た。宇乃はしずかな動作で、そっと弟の肩を抱きよせ、そうして、なだめるように云った。

「そうよ、泣かないでね」

虎之助は姉を見あげた。彼はすっかり眠そうな顔をしていた。

女　客

七月二十五日の早朝。

原田甲斐《かい》宗輔《むねすけ》は、自分の居間で手紙を書いていた。彼は*六尺ちかい背丈で、色の浅黒い、温和な顔だちをしている。濃い眉《まゆ》はやや尻《しり》あがりであるが、静かな色を湛《たた》えた眼は尻さがりであった。おもながで、額が高く、その額に三筋の皺《しわ》があり、その皺が四十二歳という年齢を示しているようであった。

甲斐は黙っていると四十五六にみえる。彼はあまりものを云わない、たいていのばあい黙って、人にしゃべらせている。話しをするときにも饒舌《じょうぜつ》ではないし、決定的な表現は殆んどしなかった。彼は稀《まれ》にしか笑わないし、それも声をあげて笑うようなことはない。一文字なりの、かなり大きな唇と、その尻さがりの穏やかな眼で微笑するくらいであるが、眼尻《めじり》に皺のよる眼のなごやかな色と、唇のあいだからみえるまっ白な歯とは、ひどく人をひきつける。そんなとき彼は、三十四五にも、また、三十そこそこのようにも若くみえた。

甲斐は手紙を書いていた。机は北向きの窓の下にあり、あけてある窓の外に、矢《や》竹《だけ》が茂っていた。時刻は五時。戸外はかなり濃い霧で、矢竹の葉はびっしょりと濡《ぬ》れ、そよとも動かず、重たげに垂れていた。

——自分が江戸へ来たのは、去年の六月だから、この五月が*御番《ごばん》あけであった。

甲斐はそう書いていた。

——御番があけて帰国したら、おめにかかって申上げるつもりだった。しかし御承知のような大変が起こって、まだしばらくは帰国ができないようである。そこで、こんど里見十左がくにもとへ使者に立つというので、それに託して近況をお知らせする。

甲斐はそう書いた。

彼が手紙を書いている居間の、ひと間おいた向うの座敷から、高い話し声が聞えて来る。一人は伊東七十郎であった。そのよくとおる、傍若無人《ぼうじゃくぶじん》な声で、伊東七十郎だということはすぐにわかった。

「いったい、なんだって決闘なんか申し込んだんだ」と七十郎の云うのが聞えた。

「このおれに意見をしおった」と相手の云うのが聞えた。

それは里見十左衛門の声であった。その声には、実直で頑固な性分がよくあらわれていた。

「へえ、あの新参者がか」

「あの新参者がだ」と十左が云った、「知ってのとおり、おれは堀普請の目付役をしておる、坂本も*相《あ》い役《やく》だったが、――おれのところへやって来おって、小日向《こびなた》の普請小屋に、不取締りのことがあるから、注意するようにと申しおった」

「斬ってしまえばよかった」

「それでおれはどなった」

「おれなら、そのとき斬ってしまう」

七十郎のそう云うのが聞えた。甲斐は手紙を書いていた。

いま甲斐の書いている手紙は、茂庭佐月《もにわさつき》に送るものであった。佐月は周防定元《すおうさだもと》

（現に国老*）の父で、周防良元《よしもと》といい、やはり国老を勤めていたが、いまでは隠居して、くにもとの志田郡《ごおり》松山の館《たて》に、ひきこもっていた。
――七月十八日、酒井邸へ召されて、殿さま逼塞の沙汰《さた》があったこと、それから連日連夜の重臣会議や、十九日夜、坂本、渡辺、畑、宮本ら四人が刺殺されたことなどは、すでに御子息の周防どのから、使者で申上げたと思う。

　甲斐はそのように書いた。ひと間おいた向うの座敷では、里見十左衛門がなお話していた。むきになったその声は、こちらの居間までよく聞えてくる。十左はこう云っていた。

「おれはどなりつけた、おれは忠宗《ただむね》さま御代から二十余年、ずっと目付役を勤めておる、きさまのような新参者に意見されるほど、不鍛練な人間ではない」

「おれなら、その場で斬ってしまうよ」

「すると坂本八郎左、まっ赤になった、まっ赤になりおって、かように面罵《めんば》されては男の道が立たぬ、と申した、そうか、とおれは云った、そうか、男の道が立たぬか、それなら男の道の立つようにしてやろう、とおれは云った、まず場所と時刻をきめよう」

「それで殿へ訴えたのか」七十郎のそう云うのが聞えた。

「やつめ、宿老に泣訴《きゅうそ》し、殿のお袖《そで》にすがりおった」

「それでおしまいさ」

七十郎が笑った。十左はさらに云った。

「おれは怒ったのではない、彼を怒らせたかったのだ、そうして決闘へもってゆきたかったのだ、それをあの八郎左め」

「即座に斬ればいいんだ」と七十郎が云った、「坂本はむろんのこと、畑も宮本も渡辺も、もっと早く斬ってしまえばよかった、そうして君側《くんそく》の奸《かん》を除けば、殿の御逼塞などということにはならなかったろう」

「そこもとは身軽だからそう云えるのだ」

「殿が御逼塞になってから斬るくらいなら、そのまえに斬るのが当然じゃないか」

「そこもとは身軽だから、そう簡単に云うことができる」

と十左が云った。すると七十郎が云った。

「ばかをいえ、もともと侍の身命は軽いものだ」

「おかしなことを云うぞ」

「なにがおかしい、義に当面すれば、身命を鴻毛《こうもう》よりも軽《かろ》しとするのが、侍の本分ではないか」

「おかしなことを申す」と十左が云った、「それではおれが、身命を惜しんだように聞えるぞ」

「これは一般論だ」

「いやそうではあるまい」

十左の声が高くなった。甲斐はちょっと筆をとめた。筆をとめて、十左と七十郎の高ごえを聞き、あるかなきかに頬笑んだ。

「二人よればすぐに始まる」と彼は呟《つぶや》いた。

「困ったお国ぶりだ」

そしてまた手紙に向かった。

——自分は*筋目《すじめ》の家柄ではあるが、まだ*評定役《ひょうじょうやく》でしかないし、それに考えることもあるので、重臣会議にはなるべく出ないようにしている。聞くところによると、会議は殆んど一ノ関（伊達兵部少輔宗勝《むねかつ》）さまの自由にされているらしい。御承知のように一ノ関さまは、酒井侯と昵懇《じっこん》のうえ、*姻戚《いんせき》関係にもあることだし、酒井侯はまた幕府*閣老のなかでも権勢のさかんな人であるため、一ノ関さまの発言には、誰も正面から反対ができないもようである。

甲斐がそこまで書いたとき、向うの座敷の声がさらに高くなり、里見十左衛門のかん高くどなるのが聞えた。伊東七十郎の声も高いが、それは平然として動じない調子をもっていた。

「こらえ性のない男だな、なにをそう喚《わめ》くんだ」と七十郎が云った。十左が喚き返した。

「そのもとはなんだ、そのもとは伊達家でどんな身分の人間だ、どれだけの身分でおれにそういうことを云うんだ」

「おれはどんな身分でもない」と七十郎が云った、「おれは小野の館の厄介者だ、*隠れもない、おれは伊東新左衛門の厄介者だ、そんなことは誰でも知っているさ」

「その厄介者がおれにそんな口をきくのか」

「そう怒るな、まあそう怒るな、おれはつまりこう云いたかったんだ」

甲斐は書きつづけていた。

――自分が重臣会議に出ないようにしているのは、*一門宿老の確執反目にまきこまれたくないのと、これが要《かなめ》という大事をしっかり見ていたいためである。たとえば七月十九日夜の、四人刺殺の件にしても、誰が命じたものかいまだにわからない。刺客は十人ないし十一人らしい、だが姓名のわかっているのは、渡辺金兵衛、渡辺七兵衛、そして小者の万右衛門、という三人だけである。かれらは「上意討である」と云ったそうでこれは明らかに僭称であるが、重臣会議では、結局この件はうやむやに終るらしい。理由は、刺殺された四人は殿さまに放蕩《ほうとう》をすすめ、それがもとで御逼塞という大事にいたらしめた奸臣《かんしん》だから、というのである。殿を誤らせた奸物。それだけの理由で、いちどの審問もなく、ふいに襲うて刺殺するという法はない。しかし会議の席で一ノ関さまはこう発言された。

——金兵衛らはよくやった。

それで重臣の人々は黙した。

——金兵衛らはよくやった。

一ノ関さまのその一と言に、誰も異議をさしはさむ人がなかった。坂本ら四人は討たれ損、刺客どもの責任は不問。そして宿老の一人は云った。——詮索《せんさく》すればなにが出てくるかわからないし、こんな事で悶着《もんちゃく》を起こすときではない。この点に重要な問題がある。自分がいま一例として挙げたこの件にこそ、一門宿老の複雑な関係と、それが深い禍根をなしていること、また、ひいては綱宗さま逼塞という大事にも及んでいることの、もっとも端的なあらわれがあると思う。

甲斐がそこまで書いたとき、次の間でひくい咳《せき》ばらいをし、申上げますという声が聞えた。

甲斐は「うん」といった。

襖をあけたのは、家扶《かふ》の堀内惣左衛門《ほりうちそうざえもん》であった。甲斐は筆をとめて振返った。

「湯島がみえました」と惣左衛門が云った。甲斐は黙って惣左衛門の顔を見た。惣左衛門は云った。

「おくみどのでございます」

「いまなん刻《どき》だ」

甲斐はごく僅《わず》か眉をしかめた。すると額の皺がはっきりあらわれた。

「やがて六時になります」

「用を聞いておいてくれ」と甲斐が云った。惣左衛門は当惑したように云った。

「おめにかかりたいと申しておられます」

「用を云わないのか」

「おめにかからなければ、と申しておられます」

甲斐は窓のほうへ眼をやり、それから云った。

「では待たせておけ」

惣左衛門は襖を閉めて去り、甲斐はまた書き継いだ。

――宿老の人達の、十余年にわたる権勢あらそいは、現に貴方《あなた》の知っておられるとおりである。お国びとの忠誠に疑いはないが、その性の頑固一徹で、我執の激しさ、利己心の強さはかくべつである。そのために排他的な徒党がうまれ、それが離合集散をくりかえし、反目と誹謗《ひぼう》がいりみだれて、事が起こっても、殆んどその是非の判断がつかないようなありさまであった。さらにそこへ、兵部少輔宗勝という人の存在が、大きく、重くのしかかって来た。これが宿老から家中《かちゅう》一般の不和反目を、いっそう複雑にしたことは事実で、なにか事が起こるたびに、その弊害のはなはだしさが表面にあらわれる。こんど里見十左衛門が使者に立つのは、家督の君を選ぶために、在国の一門一家重臣に「入《い》れ札《ふだ》」を求めるわけであるが、これまた一ノ関さまの主唱であり、異議なく一決したものであった。

――ここをよく記憶しておいてもらいたいのである。

甲斐はそうつづけた。

――一ノ関さまの存在が、このように重くなったのは、*御先代の御他界このかたである。御他界のおり、みまいに来られた*水府（水戸《みと》頼房《よりふさ》）卿《きょう》が、「つな宗どの若年なれば、兵部どのにはよくよく家中の取締りをたのむ」と仰せられたそうで、これが一ノ関さまの立場を決定的にした、といってもよいであろう。*古内主膳《ふるうちしゅぜん》（故国老どのが御先代に殉死されるとき、「兵部さまのことが気がかりでならない、よくよく注意せよ」と遺言されたが、それから僅か二年、どうやらすでにその懸念《けねん》があらわれはじめたように思われる。

――これまで自分は、幸いにして紛争の局外にいることができた。これからもできるだけ局外に立って、事のなりゆきを見まもっているつもりである。世継の君が決定しても、それで一藩が平安におさまるとは思えない。不測の事の起こる心配は、むしろそのあとにあると考えられるが、これについては、帰国のうえで申上げることにする。

甲斐はそこで筆をとめた。彼は初めから読み返し、結びの挨拶《あいさつ》を書くと、筆を措《お》いて、その手紙を封じ、それから、硯箱《すずりばこ》の脇にある鈴を取って振った。

次の間に答えがあり、矢崎舎人が襖をあけた。

「里見どのをこれへ」と甲斐が云った。

舎人が承知してさがると、すぐに里見十左衛門が来た。年は四十六歳なのだが、五十以上にも老《ふ》けてみえる、色の黒い、骨ばった、ごつごつした軀つきで、癇《かん》の強そうな顔をしていた。

「待たせて済まなかった」と甲斐が云った。十左は坐りながら、息張った口ぶりで云った。

「いま七十郎めを緊《し》めてくれました」

甲斐は封書を渡した。

「では松山へこれを」

「ひと緊め緊めてくれました」

十左は封書を受け取りながら云った。甲斐は机の上を片づけた、十左はさらに云った。

「あいつ若輩にしては胆力もあり、頭も悪くはないらしいが、厄介者の分際をわきまえぬやつで、ずにのると暴慢無礼なことを申す、私は元来かれが好きなのですが」

「そうらしいな」と甲斐が云った、そして机の前から立ちあがった。

「ではあちらで、――」

「あの若輩者は手綱《たづな》をしめておかねばいけません、こなたさまは寛容すぎる、こなたさまは誰に対しても御寛容すぎます、あまりさもない人間はお近づけなさらぬがよい」

「ではあちらで、――」

甲斐は次の間へ去った。十左もようやく立ちあがった。

甲斐は納戸《なんど》へいった。そこには塩沢丹三郎が、着替えの支度をして待っていた。丹三郎は十五歳になる。成瀬久馬という同じ年の少年と二人、甲斐の身のまわりの世話をする役で、十日ほどまえに風邪をひき、小屋にさがっていたものであった。

「もういいのか」と甲斐が云った。

「はい、――」

「顔をあげてごらん」

丹三郎は顔をあげた。甲斐はその額と眼をみて、そして、頷いて云った。

「畑の子供を預けた筈《はず》だな」

「はい、――」

「親たちのことを聞かせたか」

「いいえ、聞かせないようにしておりますが、姉のほうは気づいているようすでございます」

「悲しがっているか」

「いいえ、そのようにはみえません」

丹三郎が帯をさしだした。甲斐は帯をしめながら云った。

「いずれ良源院へやるつもりだが、それまで面倒をみてやるようにと、母に申しておけ」

「はい、――」

丹三郎は暗い顔をした。甲斐はそれを認めて、「どうした」と云った。

「母が哀れがりまして」

甲斐は「うん」と眼をそらした。

「ふた親を亡《な》くし、私どもで少し馴《な》れましたのに、また知らぬ人の中へやるのは可《か》哀《わい》そうだ、よろしければ、ずっと世話をしてあげたいと、申しております」

「袴は黒にしよう」と甲斐が云った。

丹三郎は簞笥《たんす》からその袴をとり出した。甲斐が云った。

「今朝の膳《ぜん》は誰と誰だ」

「蜂谷《はちや》さまと伊東さま、里見さまのお三人です」

「では湯島のも出してやれ」

丹三郎は「はい」と答えた。

甲斐はそのまま内客の間へいった。おくみは茶菓を前にして、坐っていた。二十八という年よりは五つ六つも若くみえる。内庭の植込に、もうかなり高くなった朝の日光がつよくさしつけ、その反射で、おくみのふっくりとしたおもながな顔が、緑色に染っているようにみえた。

「これから朝の飯だ」甲斐は立ったまま云った、「いっしょに食べよう」

「どうなすったのですか」

おくみが云った。甲斐は穏やかに彼女を見た。

「いったい、どうなすったのですか」とおくみは云った。「もう十五日にもなるのに、お顔もみせて下さらないなんて」

「出られなかったんだ」

「まる十五日もですか」

「飯を食べよう」と甲斐が云った。

「お待ち下さい、そのまえに申上げたいことがございます」

「あとにしてくれ」

「あたしのことではないんです。お国から奥さまがいらしったんです」とおくみが云った。甲斐の高い額に、はっきりと皺がよった、彼はけげんそうに、おくみの顔を見た。彼女は頷いた。

甲斐は訊き返した、「なんだって、――」

「ゆうべおそくお着きになったんです」

「奥がか、——」

「中黒さまがお供ですわ」

甲斐の額の皺が深くなった。彼はひくく「うん」といい、足もとへ眼をおとした。

「なんだろう、——」

「御病気の治療をするために、江戸の良い医者にかかりに来たのだ、と仰《おっ》しゃっていらっしゃいます」

「供は達弥《たつや》だけか」

「あたしの存じあげているのは中黒達弥さまだけですけれど、ほかにお二人、中年の御家来がごいっしょです」

甲斐は顔をあげた。おくみは甲斐の顔を、ぎらぎらするような眼で見あげた。もう七八年も世話をしているが、彼女がそんな膏《あぶら》ぎった眼つきをするのは、初めてである。

「あたしにはわかってます」とおくみは云った、「*ごぜんのお帰りが延びたので逢《あ》いにいらしったんですわ、御病気なんて嘘《うそ》、御病気どころですか、お顔色もいいし、なが旅をしていらしったのに、ずいぶんお元気ですもの」

「なにを怒ってるんだ」

「怒ってなんかおりません」おくみは赤くなった。

「怒ってなんかいるもんですか、奥さまがあまりお若くてお美しいので、びっくりしているんです」

「あれはもう三十七だ」

「あたしは幾つだとお思いになって」

「いって飯を食おう」

「あたしが幾つだか御存じないんでしょ、あたしだってもう二十八ですよ、八年の余もお世話になっていて、ごぜんはまだいちども」

甲斐は襖《ふすま》のほうへ歩きだした。

「待って下さい」

「おまえどうかしているぞ」

「ええ、どうかしています」おくみはすばやく眼を拭いた、「初めておめにかかった奥さまが、あんまりお若くっておきれいなので、かっとしてしまったんです、堪《かん》忍《にん》して下さい」

「向うへゆこう」

「お客さまはどなたですか」

「伊東七十郎と、里見、蜂谷の三人、みんなおまえの知っている者ばかりだ」

「伊東さまは一昨日おめにかかりました」

「どこで、――」

「湯島へいらっしゃいました、お友達という方とごいっしょに」

そして「ちょっと顔を直してまいります」と云《い》った。甲斐は襖をあけて去った。

朝粥《あさがゆ》の会

原田甲斐《かい》はよく朝の食事に人を招いた。

――粥をさしあげたい。

と云って人を招待するのである。これは十年ほどまえからの習慣で、「原田の朝粥」と、かなりひろく知られていた。もちろん粥を出すわけではない。正餐《せいさん》ほどではないにしても、ひととおり椀《わん》や皿や鉢ものが並ぶし、殆んど例外なしに酒が付いた。

客は定《きま》っていなかった。原田は「筋目」といって、国老になる家柄であり、柴田《しばた》郡船岡《ごおりふなおか》で四千二百石ほどの館主《たてぬし》である。つまり重臣のひとりだから、つきあいもひろいが、甲斐は誰にも好かれていた。

甲斐には敵がなかった。彼は自分ではあまり口をきかず、人の話を聞くほうであった。いつも穏やかで、感情を表にあらわさないし、乱暴な動作や、高い声をだすようなことも稀《まれ》にしかなかった。甲斐と対坐《たいざ》していると、人はなごやかな、ゆったりとした気分になり、心のなかを残らずうちあけたくなる。どんな秘密なことを話してもこの人なら大丈夫だ、という気持になるらしい。そして、それがたしかであることは、すでに誰でもよく知っていた。

それが「朝粥の会」によくあらわれた。

客はさまざまであった。重臣たちも多いが、身分の軽い者も少なくなかった。甲斐はどちらとも公平につきあった。身分によって態度や言葉つきを変えるようなことは決してなかった。重臣たちのあいだには、いろいろな事情で、仲のよくない者や、反目しあっている者があり、ふだんは出会っても顔をそむけるか、すぐ口論になるかするのであるが、そんな人たちでも、ふしぎに「朝粥の会」には出るし、そこで声を荒げるような例は、殆んどなかった。

その朝の客は三人、――仙台へ使者に立つ里見十左衛門と、蜂谷《はちや》六左衛門に伊東七十郎という顔ぶれで、それにおくみが加わった。蜂谷は四百石の*物頭《ものがしら》で、去年から*江戸定番《じょうばん》になって来ていた。伊東七十郎は伊達《だて》の家臣ではなかった。桃生郡《ものうごおり》小野に、二千七百石で、伊東新左衛門という館主がいる。やはり「筋目」であるが、七十郎はその新左衛門の妻の弟であった。彼はいま二十七歳になる。ずっとまえから、義兄の縁で、伊達藩の諸家へ出入りをしていた。ことに原田家はいごこちがいいとみえ、船岡の館でもそうだし、江戸のばあいでもしばしば原田家に滞在した。七十郎は多能多才で、弓、馬、刀、槍《やり》となんでもやる。また会津藩の*小《こ》櫃《びつ》与五右衛門と、幕臣の*山下甚五左衛門《じんござえもん》から兵学をまなび、そのほうでも一見識をもっていた。彼は奔放なたちで、ひとところにじっとしていない。仙台、江戸、京、大坂、また北は津軽から南部、越後《えちご》あたりまで気がるに歩きまわるのであった。

甲斐が席についたとき、もうそこでは酒がはじまっていた。七十郎がそうしたらしい。成瀬久馬と、あとから塩沢丹三郎が給仕に坐《すわ》った。里見十左衛門はむずかしい顔をして、まっ四角に構え、七十郎は蜂谷になにか話していたが、おくみが来て坐ると「お」と云った。

「今日は客なんだ」と甲斐が云った、「たまには女客もよかろう」「お酌をいたしますわ」「いや坐っておいで」と甲斐が云った、「おくみは今日は客だ、七十郎などは酌をする義理があるんじゃないのか」「義理はともかく酌はよろこんでしますね」

と七十郎が云った。

おくみは十左と蜂谷に会釈《えしゃく》をした。二人はそれぞれ会釈を返した。かれらはみなおくみを知っていた。おくみの湯島の家で、しばしば馳走《ちそう》になっているので、甲斐とおくみとの片づかない関係もわかっていた。しかし、ここで彼女に逢うのは初めてであった。

「里見さん怒らないかね」と七十郎が云った、「藩家の大変で、重臣諸公は蒼《あお》くなり、会議、密議とごった返しているのに、ここでは朝から酒肴《しゅこう》をならべ、おまけに美人まで御臨席とある、これで里見老の怒らない道理はないと思うがね」

「それなら自分で怒ったらどうだ」と十左が云った、「私は昔から船岡*どのをよく知っておる、会議だの寄合いだのと騒ぐばかりが能ではない、船岡どのがどういう人物であるかは、そこもとなどには理解の外《ほか》のことだ、いやなら退席するがいいだろう」

「私は里見さんが好きだ」と七十郎は云った、「里見さんは冗談がわからない、私はその冗談のわからないところが好きだ、いったい仙台藩には冗談のわからない人間が多いけれども、里見さんほど生一本《きいっぽん》で、混りけなしに冗談のわからない人は珍らしい、生死をともにするというのは里見さんのような人だと思うな」

「それも冗談か」と十左が云った。

するとおくみが成瀬久馬から銚子《ちょうし》を取って立ち、十左の前へいって坐った。

「失礼ですけれど、どうぞ」

「たのむ、救いの神だ」と七十郎が云った。

十左はそれを睨《にら》みつけて、盃《さかずき》をおくみのほうへ出した。七十郎は閉口するようすもなく、こんどは甲斐に向かって、新吉原《しんよしわら》へいって来ましたよ、などと話しだした。甲斐は聞くとも聞かぬともはっきりしない表情で、黙って静かに飲んでいる。七十郎は云った。

「京町の山本屋という店で、薫《かおる》という名の、きれいな妓《おんな》を、御存じでしょう」

「それは、――」と蜂谷がおどろいたように云った、「それは殿のおかよいなされた遊女ではありませんか」

「原田さん御存じでしょう」と七十郎は云った、「年は十九だといっていますがね、本当は十六かせいぜい十七というところでしょうな、うれい顔で、しんとした、陰気な妓ですよ」

「つまり湯島へ寄ったのはその帰りですか」と甲斐が云った。

「はぐらかしますすね」七十郎は微笑して云った、「これはまじめな話です、私は侯のおもいものというのが見たかった、なにしろ*奥州《おうしゅう》六十万石の領主を棒にふらせた妓ですからね、どんな美人か拝見したかったし、侯の御執心ぶりも聞いてみたかった」

十左がまた彼を睨んだ、しかし七十郎は知らぬ顔でつづけた。

「ところが驚いたことに、妓は侯をまるで知らないんです。毎日かよって来る客はいくらもあるし、中国へんのなにがし侯などは二年もかよいつめているそうですがね、これが仙台侯と思い当るような人はいないというんです」

「そうだとすると」と十左が云った、「売女《ばいた》などにも口の軽いものばかりはいないとみえるな」

「ああいうところでは」とおくみがいそいで云った、「お客さまのことは決して話さないものだそうです、ことに御身分のある方ならなおさらでしょう」

「そのくらいのことを知らずに、この私が曲輪《くるわ》へいったと思うのかね、とんでもない、妓は本当に知らないんだ、ねえ、そうでしょう原田さん、貴方はそれを御存じの筈だ」

甲斐は「う」といって彼を見た。

「なにか云ったか」

「貴方は、――」

七十郎は盃を置いた。甲斐は静かに彼の眼をみつめた。あたたかい光を湛《たた》えた、静かな視線であった。七十郎は眼をそらした。

「貴方にはかなわない」と彼は云った、「だが、これだけははっきりさせておきます、侯が幕府から逼塞《ひっそく》を命ぜられた理由は、侯が薫という遊女にのぼせて、放蕩に身をもち崩したからだということです、しかし実際はどうかというと、侯が京町へかよわれたのは僅かに八日か九日、それもただ酒を飲んで帰られただけで、相手の妓は侯がたれびとであるかも知らず、お顔さえよく覚えてはいないんです。いったいこれが放蕩といえるでしょうか」

七十郎はすばやく十左の顔を見た。

「曲輪がよいをする諸侯はいくらでもいます」と七十郎は云った、「名をあげてもよろしい、五人や七人はすぐあげることができますよ、いま云った中国筋の、薫という妓にかよいつめている大名、それから＊榊原《さかきばら》」

「おくみ、酌をしてやれ」と甲斐が云った。

「よろしい、わかりました」七十郎はおくみに頷いた、「他家のことはやめましょう、ただ、諸侯のなかにも曲輪がよいをする人はたくさんあるし、珍らしい例ではないということを忘れないで下さい、――にもかかわらず、侯だけが譴責《けんせき》された、六十万石の、まだ二十歳そこその若い*大守が、僅か八日か九日、お忍びで曲輪へかよったというだけで、放蕩とか身をもち崩したとかいうのはおかしい、しかも、十日目には早くも、老中《ろうじゅう》の酒井雅楽頭《うたのかみ》から注意が来ている、――十日目にですよ、いったい雅楽頭はどうしてそれを知ったんですか、雅楽頭は新吉原の目《め》付《つけ》でもしているんですかね」

　甲斐が云った、「やっぱり七十郎は酒が足りないようだ、おくみ、おまえ酌をしてやらないか」

「痛いですか原田さん」と七十郎は云った。

　甲斐は穏やかな眼で彼を見た。

「痛いんですね」と七十郎は唇で笑った、「しかしもう少し云わせて下さい、侯にはたしかに酒癖がある、そのために酒を断っておられたし飲みはじめてからはだいぶ諸方から小《こ》言《ごと》が出た、去年あたりは水戸《みと》家《け》からも意見されたそうですがね、ではどんな御乱行かというとこれといって数えるほどのことはない、飲みはじめるとだらしがなくなるという程度でしょう、なにしろまだお若いのだし、おまけにそばからすすめる者さえあった、――なにか仰しゃいましたか」

七十郎は甲斐を見た。甲斐はよそ見をしたまま「いや」と首を振った。

「そうですか」と七十郎は頷《うなず》いた、「私はまた口止めされたかと思いました」

「そう思ったらやめるがいい」と里見十左衛門が云った。

「あんたにも痛いのか」

「少ししゃべりすぎるというのだ」

「では里見さんが発言するか」

七十郎の顔が赤くなった。

「あんたは知っている筈だ」と七十郎は十左に云った、「禁酒しておられた侯に、誰が酒をすすめたか、誰が侯を曲輪へつれ出したか、こんどの大事で責任をとらなければならない人間が誰であるか、里見さん、あんたは知っている筈だし、その人間を憎んでいる筈だ」

「おれが誰を憎んでいるって」

「黒川郡吉岡《よしおか》の館主奥山大学どの、げんざい江戸家老の第一人者をさ」

七十郎の言葉は十左と蜂谷を驚かした。甲斐は眉も動かさなかったが、十左と蜂谷とはほとんど色を変えた。

いま江戸家老（伊達家では「奉行《ぶぎょう》」といった）は四人いる。茂庭周防《もにわすおう》、奥山大学、

*古内肥後《ひご》、*大条兵庫《おおえだひょうご》であるが、そのうち奥山大学がもっとも年長であり、また強い権勢をもっていた。大学はもともと剛愎《ごうふく》な独善家だったが、さらに藩家の一門である伊達兵部少輔《ひょうぶしょうゆう》から信任され、四国老のなかでは、誰よりも大きな権力と威勢を張っていた。

「ちがいますか里見さん」と七十郎は続けた、「もっともあんただけではない、これは御家中の多くのかたがたが知っていることだ、侯が悪いのではなく、責任は他にある、責任のある人たちが、侯のことをよそにして、各自の権力の拡張に没頭していた、各自の権力を拡張するために、侯を利用しさえした、もしも侯に、幕府から譴責されるほどの*不行跡があったとすれば、それを傍観していた重臣のかたがたに責任がある筈だ、ところが、——雅楽頭から注意があると、まるでそれを待っていたかのように、すぐさま、重臣会議をひらいて、侯の隠居をきめてしまった、むつの守綱宗《かみつなむね》公は、おと年《とし》、万治元年九月に家督されてから、まる二年にもならぬのに、早くも御隠居ときめられたのですよ」

里見十左衛門の四角に構えた躯《からだ》が、感情の激しい動揺のために、こまかくふるえだし、温和な蜂谷六左衛門は途方にくれたように、ぎごちなく持った盃に眼をおとした。

「それもいい、隠居願いがとおればまだしもだったが、幕府はそれをにぎりつぶして、なんと、逼塞という手を打って来た、――かねて不行跡のおもむき、上聞に達して、という、八日か九日の曲輪がよいが将軍家に知られたという、いかに形式とはいいながらあまりにばかばかしい、かてて加えて、渡辺、坂本、畑、宮本の四人が、侫に放蕩をすすめたという理由で暗殺された、それも上意討《じょういうち》という名目でです」と七十郎はなお続けた、「かれら四人は忠臣ではなかったかもしれない、坂本八郎左などは、――さっき聞いたばかりだが、里見さんでさえ斬《き》ろうとしたことがあるそうだ、おそらく、曲輪などへ供をしたのも事実でしょう、けれども、その罪を糾明《きゅうめい》もせずに、いきなり暗殺するという法はない、しかも暗殺者たちは上意討だと云ったそうです、上意とはいったい誰の意志ですか、侫が逼塞になり、まだ跡式《あとしき》のきまらない現在、上意といえる人がいるんですか、原田さん、暗殺者たちが上意と云った、その人が誰だか、聞かせてくれませんか」

「貴方は御存じでしょう」と七十郎はさらにたたみかけた、「その人は誰ですか、原田さん、伊達家六十万石の藩主に代って、上意と云うことのできるのは誰ですか、聞かせてもらえませんか」

甲斐の額に皺がよった。

「わかったよ」と甲斐は微笑した。やや尻下りの眼が細くなり、唇のあいだから、白いきれいな歯が見えた。いかにもなごやかな、温かい微笑である。「もうそのくらいでいい」と甲斐は云った、「七十郎が武芸の達者で、兵学にくわしくって、放浪癖があって、酒が強くって、女に好かれるということはよくわかっている、しかしもういい、――飲まないか」

七十郎は甲斐の顔をみつめた。その眼は刺すようにするどかったが、しだいに嘆賞の色をおびてきた。彼は太息《といき》をつき、甲斐に向かって微笑した。

「飲みますとも」と七十郎は盃を取った、「しかし、もうひと言だけ訊《き》いていいですか」

甲斐は七十郎を見た。七十郎は云った。

「貴方はいったいなにを考えているんです」

「そうだね、――」と甲斐はおくみを見た、「まずこのおくみと、もう一人の女のことだろうかね」

「もう一人ですって」とおくみが振返った。おくみは甲斐が、*出府して来た妻女のことを云うのかと思い、それは云ってはいけない筈だと、眼がおで注意した。

「ああ、もう一人」と甲斐は云った、「七十郎に云われるかと思ってはらはらしていたんだ、このあいだ誘さる人にさそわれて、新吉原へゆきましてね、偶然なんだが、それが山本屋という店だった」

「まあ、曲輪へいらしったんですか」

「人にさそわれたんだ」

「御用で出られなかったと仰しゃったじゃあございませんか」

「ひとつやろう」甲斐は盃をおくみにさした。おくみは盃には眼もくれなかった。

「御用で出られなかったって、湯島へは半月もいらっしゃらなかったのに、曲輪へいらっしゃるひまはおありになったんですか」

「この話しはよそう」と甲斐は云った、「おまえの罪だぞ、七十郎、おまえがへんなことを訊いたからだ」

「貴方には負けます」

「飯にしようか」

「貴方には負けです原田さん、だがいいですか、私はいつか貴方から本音をひきだしてみせますよ、いつかはね、必ずですよ」

「飯にしよう、丹三郎」と甲斐が云った。

「それがようございましょう」とおくみが云った、「ですけれど、曲輪へいらっしった話しは、これで済んだのでございませんからね」

「今朝の会は、充実した話しが多かったようですな」と甲斐が云った。

みんなが笑った。七十郎は笑いながら、しかし原田さんはみんなうまく躱《かわ》しましたよ、と云った。里見十左衛門は黙っていた。

蜂谷やおくみや、給仕の少年たちは、ぎらぎらするような話題から解放されて、みんなほっとしたような顔になった。だが十左だけは、暗く重苦しげな表情で、ひとりだけなにか思いつめていた。単直でいちずな彼の性分には、七十郎の言葉はあまりに重大すぎたし、その内容と、暗示するものとに圧倒された。

ことに、——貴方は奥山大学を憎んでいる、と云われたことが、十左の肝《きも》にこたえた。十左は奥山大学を憎んでいた、大学が兵部宗勝をうしろ盾にして、勝手な横車を押しとおすありさまは眼に余った。

——御《お》家《いえ》を毒するやつだ。

十左はそう思っていたが、それは心の中のことで、誰に話したこともなく、また人に話すようなことでもない。それを七十郎はむぞうさに云い当てた。この男にはゆだんがならぬぞ、と十左は心の中で呟いた。

成瀬久馬と塩沢丹三郎が食事をはこんで来た。蜂谷は小鉢の味噌《みそ》を味わって、これは珍らしいと声をあげた。

「これはくるみ味噌でございますね」

「そうです」と甲斐が云った、「味はどうですか」

「結構でございます、うもうございますね、久しぶりで故郷の味にめぐりあいました」

「湯島でも出ましたな」と七十郎がおくみを見た。

「船岡で作るんだ」と甲斐が云った。

おくみがあとを続けた。

「船岡で作ってこちらに送って来るのを、わたくしの実家の雁屋《かりや》で売るんですの」

「売るんですって」

「しょうばいを始めたんだ」と甲斐が云った。七十郎が眼をみはった。

「どういうことです」

「湯島の家をまかなうんですね」

「からかってはいけません」

「そんな暇はないさ、七十郎などは世間がひろいから、見本を持ってひろめに廻ってもらうつもりだ」

「貴方という人は、——」と云いかけて、七十郎は首を振った。

その日の午後、甲斐は評定役の会議に出た。

断　章（一）

——里見どのは立ちました。

「集まった顔ぶれは」

——伊東七十郎、十左どの、蜂谷《はちや》六左衛門どの、それからくみと申す女です。

「七十郎は泊っているのか」

——十日ほどまえから滞在しております。

「どんな話しがあった」

——伊東がこのような放言を致しました、ここに書いてまいりましたが。

「あとで読もう」

——速筆のままですから、御判読がむずかしいと思います。

「あとで読む、ほかにはないか」

——ございません、伊東の放言には誰も相手になりませんでした。もちろんあの方も同じことで、伊東がなにを申してもとりあわず、まったく知らぬ顔でございました。

「あれは賢い人間だ」

――ただ一つ、伊東の話しによりますと、数日まえに新吉原《しんよしわら》へまいり、山本屋へあがったということですが。

「それは知っている」

――あの方は人にさそわれたと云っておりました。

「おれが命じたのだ、おれが命じてつれてゆかせたのだが、彼はついに尻尾《しっぽ》を出さなかった」

――それだけでございます。

「畑の子供たちと宮本の弟はどうしている」

――宮本新八は里見どのがひきとり、畑の姉弟《きょうだい》は塩沢丹三郎の家におります。

「動かしたら知らせろ」

――そのつもりです。

「裏をかかれるな、彼は賢いぞ」

――そのつもりでいます。

「くみのことは聞いている」

——湯島に家があります。

「彼のそばめだと思うか」

——それがはっきり致しません。

「はっきりしないとは」

——あの女は日本橋石町《こくちょう》の、雁屋信助《しんすけ》という海産物問屋の妹で、八年ほどまえから、湯島に家をもち、あの方がそこへかよっておられるのです。

「雁屋の娘か」

——御存じでございますか。

「雁屋は石巻《いしのまき》から出た筈だ」

——いまの信助は二代めでございます。

「雁屋は石巻から出て、石巻にも店を張っている筈だ」

——石巻の店は弟の政吉《まさきち》がやっているということです。

「そうか雁屋の娘か」

「いや待て、それでは雁屋の年間あきない高をしらべておけ」

——いそぎましょうか。

「気づかれてはならんぞ」

――すぐ手配を致します。

「くみという女はそばめではないと思うか」

――まだ契《ちぎ》りはない、と女が自分で申しております。

「女が自分でか」

――八年にもなるのにと、うらみ言を申しておりました。

「真実そのようか」

――湯島の家へはあの方の知友もしばしばゆかれますが、みんなそれを知っており、それを不審に思っているようでございます。

「あの男らしいやりかただ」

――それに、湯島の家は雁屋で買い、数寄屋《すきや》の増築や、庭の造り変えなど、ずいぶん金をつぎこんだうえ、四人の召使をいれた家計も、ずっと雁屋でまかなっているようです。

「彼はそういう人間だ」

――一家ぜんぶが心服しきってるようです。

「彼はそんなふうに人を深入りさせる男だ」

――それだけでございます。

「待て、くみはなんの用があって来た」

――忘れておりました、昨夜あの方の御内室が出府されたということです。

「原田の妻がか」

――くみはそれを知らせに来たのです。

「彼の妻がなんで出て来た」

――くみの申すには、江戸で良医の治療をうけるためだと申しておられるが、病気のようにはみえないということでした。

「彼は知らなかったのだな」

――知っているようには思えませんでした。

「おれは彼の妻を知っている」

――はあ。

「あれはいまの周防の姉に当っている、茂庭家の娘だ、おれは松山の館《たて》で、まだ少女だったあれを見た、顔だちの美しい賢い娘だった」

――私はまだおめにかかったことはございません。

「どういう*供立《ともだて》だ」

――中黒達弥《たつや》という若侍と、ほかに二人ということで、供立は略式のようでございます。

「もちろん無届けであろう」

――糺《ただ》しましょうか。

「みていよう、いそぐことはない、但《ただ》し網の目からもれぬようにしろ」

――湯島へ人を増しましょうか。

「必要に応じてやれ、よほど気をつけぬとさとられるぞ」

――ほかにお申付けはございませんか。

「彼はまだ品川へゆくようすはないか」

――わかりません。

「品川へは必ず供をしろ」

――はい。

「密行するかもしれないが、彼はそうしないと思うが、密行するもようだったら三
段の法をとれ」

――わかりました。

「これを遣《つか》わす」

——これは、めっそうもない。

「取っておけ、おまえは役に立つやつだ」

夕なぎ

評定役《ひょうじょうやく》の会議は、思いがけなく揉《も》めて、それから四日もつづけて開かれた。甲斐《かい》はもっとも古参だったので、そのあいだぬけることができず、もちろん湯島へゆくひまもなかった。

会議の議題は、渡辺金兵衛ら三人を、どう処置するかという件であった。七月十九日夜の暗殺事件には、少なくとも十人の刺客がいた筈であるが、なのって出たのは、渡辺金兵衛、渡辺七兵衛、そして小者の万右衛門だけであり、その三人は「自分たちだけで坂本、畑、渡辺、宮本らを仕止めた」と云い、ほかに参加した者はない、と主張した。

この事件はうやむやに片づけられそうであった。というのが、出来事のすぐあとで、重臣の評議があったとき、伊達兵部《ひょうぶ》がまっさきに発言して、「かれら四人は佞《＊ねい》奸《かん》な人間であった、金兵衛らはよくやった」と云ったからである。

綱宗《つなむね》は逼塞、跡目もまだきまらず、六十万石がどうなるかわからない。いまは全藩が一心同体となって、あらゆることを堪忍《かんにん》し、謹慎これつとめて幕命を待つときである。金兵衛らの行為は、藩家のおためをおもう「*斬奸《ざんかん》」であって、いささかの私心もないし、これを詳しく糾明すれば、どこまで累《るい》が及ぶかもわからない。ここは金兵衛らの忠志を認めることで打切り、紛争のひろがらぬようにすべきである。

そういう意味のことを力説した。

つまり暗殺事件は不問に付そうというのである。

藩家興廃のせとぎわであった。世継の件について、誰を推すかということが全藩の懸案になっているところだし、それが決定したにしても、幕府がどう出るかわからない。現在もっとも大切なのは「諸事穏便」ということであった。重臣たちは、兵部宗勝に同調した。

——なにごとも堪忍しよう、家中《かちゅう》ぜんたいで謹慎の実を証明しよう。

そういう黙契が交わされたようであった。

したがって、評定役の会議も、それに準ずるかと思われた。仮にも異議をさしはさむ者があろうとは考えられなかったのであるが、その第一日で、新任の遠山*勘解由《かげゆ》が、まったく予想もしないことを云いだした。

「――渡辺金兵衛ら三人の行為がしんじつ斬奸であるにしても、その手段が法を無視している点は、ゆるすわけにはいかない」勘解由はそう云った、「もしもこれを黙認すれば、第二、第三と同じような事が起こるおそれがあるし、藩家のおため――という名目が、不当に愛用される心配もある、これはぜひ審問にかけて、はっきりと裁きをすべきだと思う」

甲斐は黙って聞いていた。

勘解由の説に他の四五の者が反対した。根拠のはっきりした反対ではなく、重臣たちの意向を盾にとったもので、伊達《だて》家の浮沈とか、大事のまえの小事とか、すべて穏便になどという、当り触りのない言葉を並べるだけであった。その漠然とした反対意見を、かれらは辛抱づよく固執した。

勘解由もあとへひかなかった。

甲斐はなにも発言せず、両者の云い分を聞いていた。

遠山勘解由は、奥山大学の弟であった。大学はいま仙台にいる、勘解由が自説をつよく主張するのは大学の意志によるものと考えられた。仙台にいる大学から、勘解由になにか命じて来たに違いない。そうでなければ、新任早々の彼にそんな頑強な態度がとれる筈はなかった。

甲斐はそう推察していたが、他の者は気がつかないらしい。なぜ勘解由がそんなに強硬なのか、どうして彼だけが異説をたてるのか、まるで理解がつかないようであった。

四日目の午後になって、とつぜん兵部少輔《しょうゆう》があらわれた。——兵部宗勝は四十歳になる。おもながの、気品の高い相貌《そうぼう》で、いかにも政宗《まさむね》の末子《ばっし》らしく、その眉間《びかん》には威厳のあるするどさと、ねばり強い剛毅《ごうき》な性格があらわれていた。甲斐より二つ年下であるが、見たところは甲斐より老《ふ》けている。しかし声は細く、女性的で、わかわかしい響きをもっていた。


兵部はまえぶれなしにその席へあらわれ、上座に坐ってみんなの顔を見た。

「評議がまとまらないそうだが、なにが問題になっているのか」と兵部が云った。

みんなは勘解由を見た。勘解由は自分の意見をのべた。兵部は半ばまで聞いて、勘解由の言葉をさえぎった。

「それはもう重臣会議で決定していることではないか」と兵部は云った、「評定役は三人の処置をきめればよいので、すでに重臣会議で決定したことを論評する権限はない」

「お言葉を返すようですが」と勘解由が云った、「かような出来事は、まず評定役が審問し、その決定をまって重臣がたの御裁決に移るのが順序ではございませんか」

「そこもとの名を聞こう」

「遠山勘解由でございます」

「いつ評定役になられた」

「当月の拝命です」

兵部は唇で笑った。それから云った。

「たしか奥山どのの身内ではなかったか」

「大学の弟でございます」

甲斐は黙って聞いていた。

兵部は他の人たちを見まわした。

「ほかにも同じ意見の者がいるのか」

みな黙っていた。兵部は甲斐を見た。甲斐は衝立《ついたて》のほうを見ていた。兵部は云った。

「ほかに同意見の者があるとしても、すでに重臣会議で決定したことを再評議する必要はない、この問題は打切って、処置の件にかかってもらいたい」

「失礼ですが暫《しばら》く」と勘解由が云った、「一ノ関さまの仰《おお》せですから、それはまずそうと致しましょう、しかし評定役として、どうしても審問しなければならぬことがございます」

「よろしい、聞きましょう」

「金兵衛ら三名は暗殺のとき」

「暗殺ではない斬奸だ」と兵部がするどく遮った。

勘解由は口をつぐみ、いどみかかるように兵部を見た、しかしすぐに頷き、怒りを抑えた声で云った。

「そのとき三人は、上意討であると申したそうですが、これは容易ならぬことで、ぜひ審問して事実かどうかをたしかめなければならぬと思います」

とつぜん座がしんとなった。六人の評定役も、兵部少輔宗勝《むねかつ》も、その一瞬、呼吸をとめた。勘解由の要求は重大であった。いま家中ぜんたいの関心は、金兵衛らの行為よりも、「上意」と云ったことのほうに集まっていた。詮索《せんさく》すればなにが出て来るかわからない。

誰もがそう思った。暗殺された四人が、近年ずっと綱宗の側近に仕え、寵遇《ちょうぐう》されていた事実はよく知られていた。なかでも坂本八郎左衛門と渡辺九郎左衛門とは、新参《しんざん》であるのに傍若無人《ぼうじゃくぶじん》なことが多く、一部の者からは憎まれてさえいた。したがって、四人が刺殺されたことは、かれらが「藩主逼塞」という大事に到《いた》らしめた奸《かん》臣《しん》であるという理由で、それほど問題にすべきこととは考えられなかった。

だが「上意」という言葉は軽くはない。

綱宗が藩主の位地をはなれ、世子《せいし》がまだきまっていない現在、「上意」という表現はもちいられない筈《はず》である。それをあえて呼称したからには、それだけの理由がある筈である。これについては、朝粥《あさがゆ》の席で伊東七十郎も指摘したが、伊達家中ぜんたいが同じ疑問をもっているといってもよかった。

――金兵衛らの背後になにかがある。

――だがうっかりそれに触れてはならない。

――なにが出て来るかわからないぞ。

だから表立っては、誰一人としてそのことは口にしなかったし、そうする者があろうとも思わなかった。だが、いま勘解由は正面から、それにいどみかかったのであった。

一瞬の緊張した沈黙は、やがて甲斐の静かな咳《せき》の声でやぶられた。兵部と勘解由とが振向いた。

「なにか意見がおありか」と兵部が甲斐に云《い》った、甲斐は「いや」といってもういちど咳をした。

兵部は勘解由を見た。

「ぜひ、――というのだな」

「そうです」と勘解由は云った、「私は新任ですが、評定役としてかれらの審問を求めます」

「よかろう」と兵部は云った、「いいだろう、すぐに此処《ここ》へ呼んで調べるがいい、必要なら万右衛門とかいう小者も呼べ」

「両人だけで充分です」

甲斐は黙って、兵部の冷やかな、嘲弄《ちょうろう》するような声と、勘解由の年にもにあわず(彼はもう三十六、七であった)むきに昂奮《こうふん》した声とを、聞いていた。

渡辺金兵衛と、渡辺七兵衛がよびだされて来た。同姓ではあるが親族関係はない。金兵衛は二十五歳、七兵衛は二十七歳、どちらも小者頭を勤めていた。

二人は縁側に坐った。押籠《おしこめ》ちゅうなので、両者とも無腰であり、月代《さかやき》も髭《ひげ》も伸びていた。それで、ぜんたいに憔悴《しょうすい》して見えたが、肩を張って端坐《たんざ》した姿勢や、屹《きっ》と額をあげた顔つきには、昂然とした意気があらわれていた。

勘解由は、自分が訊問《じんもん》に当っていいか、と甲斐にきいた。甲斐は他の五人の意向をきいてから、よろしいと答えた。勘解由は兵部を見た。

「うん、おれも立会おう」と兵部は云った、「おれは伊達一門、分家として審問を聞く」

勘解由は兵部に礼をし、座をすすめて、訊問をはじめた。

午後のつよい日光が、深い庇《ひさし》をすべって、縁側の端に照りつけていた。仕切り塀をまわした坪庭《つぼにわ》には、高さ一丈*ばかりの槙《まき》の木が五本あって、庭の白く乾いたぎらする裸の土の上へ、染めたように黒く影をおとしていた。

甲斐はその黒い木影を眺めていた。

——良源院へゆかなければならない。

彼はそう思った。

——畑の子供たちが今朝ついた筈だ。

——それから湯島へも。

彼はまたそうも思った。

——だが、律《りつ》はなんで出て来たのだろう。

彼は審問には興味がないようであった。少なくともその態度はそのようにみえた。

兵部の眼はそれとなく、そういう甲斐のようすを絶えずうかがっていたが、甲斐はそれにさえ気づかないふうであった。

坪庭の槙で法師蟬《ほうしぜみ》がなきだした。法師蟬の金属的な声は評定所いっぱいにかんだかく反響し、渡辺金兵衛はちょっと答弁のでばなを挫《くじ》かれたようであった。

「どうした、――」と勘解由が促した、「はっきり云え、紛らわしい返答はゆるさんぞ」

「お答え申します」と金兵衛が云った、「上意を僭称《せんしょう》いたしましたことは申し訳ございません、また、それはどなたの指図でもなく、私の一存でしたことですが、そうするよりほかに致しかたがなかったのです」

「――なぜだ」

「私どもはかの四人を討取るつもりでした、四人だけ討取ればよいので、そのほかに不必要な死傷者はだしたくなかったのです」

兵部の顔をなにかがさっとかすめた。それは安堵《あんど》の色のようでもあり、賞讃《しょうさん》の色のようでもあった。

「――それで」と勘解由が云った。

「まだ申上げるのですか」と金兵衛が反問した。

勘解由はなお云った、「ほかに死傷者をだしたくなかったから、というだけではわからない、もっと具体的に申してみろ」

「しかし現に、――」

金兵衛はちょっと言葉を切った。勘解由の頭がわるいのか、それともわざと諄《くど》くいうのか、どちらにしてもばかげている、といったような眼つきをした。

「現に、御承知のとおり」と金兵衛はつづけた、「四人のほかには一人のけがにんもありませんでした、上意、というひと言に威服したのです、もし上意と申さなかったとしたら、かれらにも家従がおり、なかには斬《き》って出る者があったでしょう、しぜんにほかにも死傷者が出ずには済まなかったと思います」

「よい思案だ、よい思案だ」と兵部が云った。まるでなにか飛び去るものを慌《あわ》てて捉《つか》まえでもするような、ひどく性急な云いかたであった。

甲斐はそっと眼をつむった。

「上意の僭称は咎《とが》めなければならないが、斬奸という大事を決行するのに、それだけの用意をしたのはあっぱれだ、申すとおり、もし上意討の一言がなかったら、もっと多く不要の死傷者がでたに相違ない、その心懸けはあっぱれだ、余の一存ではあるが褒めてやるぞ」

勘解由は云った、「では、僭称したことは事実なのだな」

「それはもうわかっている」と兵部が云った、「僭称を咎めるより、そこまで思案した点をとりあげてやらなければなるまい、同時に、もう一つの大事なことがある」

こう云って兵部は甲斐を見た。

「これはいずれ重臣会議にも出るであろう、まず評定職の意見をきいておきたいのだが」と兵部は云った、「それは、斬られた奸臣四名の遺族のことだ、坂本には係累なし、九郎左衛門にはそばめが一人で、これも放逐すれば済むであろう、だが、畑与右衛門には子が二人おり、宮本又市には妻と弟があるという、評定職でもこれらの処置は考えておるであろうが、もしあったらいまきいておきたいと思う」

「しかし、それは」と勘解由が云った、「四人の者が奸臣であったという、たしかな証拠が認められてからのことではないでしょうか」

「たしかな証拠だと」

「そうです、一般の評《うわさ》や漠然とした伝聞などでなく、現実にこれということのできる証拠です」

「そのほうはいまになって」と兵部が高い声をあげた。すると初めて、甲斐が静かに口を切った。

「遠山どの、まず、――」と彼は勘解由を抑えた。それから兵部のほうを見て云った。

「これはまだ評議にはかけておりませんが、畑の伜《せがれ》は六歳の幼年、娘は十三歳とか申しましたが、私の一存で伜は出家させることにし、姉をつけて、とりあえず良源院へ遣わしました」

「なるほど、姉をつけてか」

「いちじに父母をうしなって哀れでもあり、まだ六歳では寺かたでも迷惑でございましょう、八歳になるまでと思って、いっしょに遣わしました」

甲斐は膝《ひざ》の上で扇子をひらいたが、べつに風をいれるでもなく、半ばひらいたまま膝に置いてつづけた。

「宮本の遺族は国許《くにもと》へ押籠《おしこめ》、畑の娘も弟が八歳になりましたら、国許のいずれかへ*永預《ながあず》けということにしたらいかがと思います、もちろん評議のうえでなければわかりませんけれども」

「うん、うん」兵部はじっと甲斐を見た、「それで評定職の意向もほぼ推察がつくようだが、奸臣の遺族に対する処理としては、少しゆるいようではないか」

「そうでございましょうか」と甲斐は云った、「私はまた厳しすぎるかと思いますが」

兵部の眼が光った。

「もし必要なら、あの夜、金兵衛ら三名が、親といっしょに仕止めたでございましょう、そう致さなかったのは、家族まで斬る必要がないと認めたからだと思います」

金兵衛と七兵衛は眼を伏せた。

「わかった、――」と兵部が云った、「その旨《むね》を覚えておこう、いらぬ席へ押掛けたようであるが、分家の身としてやむを得なかったのだ、ゆるせ」

そして兵部はまもなく座を立った。

六人の評定役は坐《すわ》ったまま挨拶《あいさつ》をした。遠山勘解由はまだ忿懣《ふんまん》がおさまらないとみえ、肩肱《かたひじ》を張ってむっとふくれていた。甲斐は兵部といっしょに立ち、いっしょに廊下を歩いていった。

「どうも困ったことができまして」と歩きながら甲斐が云った。

兵部は「うん」といった。兵部はほかのことを考えていたらしい、甲斐はそ知らぬ顔つきで、また呟《つぶや》くように云った。

「*宇田川町のお屋敷へ、お願いにあがろうと思っていたのです」

兵部は振向いた。甲斐はつづけて云った。

「ほかにお願いする方《かた》もありませんので」

「なにをそんなに」と兵部はじっと、甲斐の表情を見た。

「船岡《ふなおか》どのともあるものが、なにをそんなに困っておられるのか」

「お力を貸して頂けましょうか」

「勘解由のことか」

「それもありますが、――」

甲斐は微笑した。すると両の頰に一と筋ずつ、竪《たて》に深い皺《しわ》が刻まれ、眼がやわらかく細められて、どんな人間をもひきつけずにはおかないような、温かい、魅力のある表情になった。

「それもありますが」と甲斐は云った、「じつは、国許から妻が出て来たのです」

「――」

「私にも知らせず、どうやら藩庁にも届けずに来たもようで、まことに当惑いたしました」

「それはそれは」兵部の顔に「しまった」とでも云いたげなものが現われた。

——先《せん》を越された。

という感じで、あらわれるとすぐに消えたが、それはいかにもはっきりと、彼の心の内部をあらわしているようにみえた。

「そのくらいのことで、船岡どのがお困りとも思われないが」と兵部は云った、「この私にできることなら、お役に立ちましょう」

「こなたさま以外にはお願いできません、無届け出府のことをよろしくおたのみ申します」

「いいでしょう」

「まことに、女というものには手を焼きます」

「いかにも」——と兵部は皮肉に云った、「ことに船岡どのはな」

「これはお言葉でございます」

「聞いておるぞ」

「私は人が好《い》いものですから」と甲斐は云った、「他人の艶《つや》ごとまでかぶせられるようで、いつもよく迷惑をいたします」

「さもあろう、さもあろう」

兵部はちょっと声をあげて笑った。甲斐は甲斐で、微笑していた。

挿　花

その朝、——宇乃《うの》は丹三郎に呼ばれて、これから良源院にゆくのだ、ということを聞かされた。

宇乃は「はい」といった。

「私は、母や私は」と丹三郎はせきこんで云った、「もっとながく、いつまでもお世話をするつもりだった、そのようにお願いもしたのだが、それでは貴女《あなた》たちのために悪いらしい、此処にいては貴女たちのためにならないのだ」

「はい、わかりました」

「さぞ心ぼそいだろうが」と丹三郎はいそいで云った。

「しかし、良源院は芝の*山内《さんない》で、*愛宕下《あたごした》のお屋敷からはひとまたぎだし、此処からもさして遠くはない、母や私は、これからもできる限りお二人のちからになろう、どうかそう思って、向うへいっても心丈夫に辛抱して下さい」

「はい、よくわかりました」と宇乃は丹三郎を見あげた。

「わたくし大丈夫でございます」

丹三郎はなおなにか云いたそうだった。宇乃は心のなかでそっと呟いた。

——この方にはもう会えなくなるだろう。

塩沢の家に預けられてから、丹三郎はよく虎之助《とらのすけ》の面倒をみてくれた。丹三郎はひとり息子なのに神経質なよく気のまわる性分で、宇乃に対しても、うるさいほどしんせつにしてくれたが、虎之助のことになると、まるで親身の弟のように熱心で、そのために、却《かえ》って虎之助は幼ないながら、すっかりあまくみるようになっている。

宇乃が支度をしていると、虎之助がみつけて叫んだ。

「あ、おうちへ帰るのか」彼はおどりあがった。

「静かになさいな」と宇乃が云った、「おうちへはまだ、今日はよそへゆくのよ、おとなになさらないと、おばさまの御迷惑になりますからね」

「おとなしくすれば」

「おえらいわ、皆さまが褒めて下すってよ」

「そして、おうちへ帰るのか」

「おとなにしていればね」

塩沢のたつ女に作ってもらった、二、三枚の着替えや、肌着などが一と包みあった。家のほうは「お咎めちゅう」ということで、表も裏も厳重に閉鎖され、まだなに一つ持出すことができなかったのである。――包みを拵《こしら》え終ったとき、たつ女が来て、もう一つ小さく包んだものを渡した。

「この中に書いたものがあります」とたつ女は云った、「まだ御存じないようだけれど、もうまもなく、あなたのお軀《からだ》に変ったことが起るでしょう、そうしたらこれをあけて、書いたものを読んでごらんなさい」

「お手紙でございますか」

たつ女は首を振った。

「いいえ、手紙ではありません」

宇乃はじっとたつ女を見た。

「手紙ではありません」とたつ女は云った、「お軀にこれまでになかったようなことが起こったとき、それがどういうわけで、どうすればいいかということが書いてあるのです、そして、必要な品も一と揃《そろ》えはいっていますからね、それをよくみて、あとは御自分で作ってなさるんですよ」

「はい、おばさま」

「これは母親の役目なのです」とたつ女は云った、「たぶん、――そのときが来れば、わたくしにこんなことを教えられたことを、たぶんあなたは恥ずかしくお思いになるでしょう、でもしかたがなかったのです、あなたにはお母さまがいらっしゃらないのですからね、わたくしがしてさしあげるよりほかに、しようがないのですから」

云いかけて、たつ女は指でそっと、両の眼がしらを押え、それから気を変えるように云った。

「お支度ができたらまいりましょう」

三人で門を出るとき、宇乃は振返って、邸内をなつかしそうに眺めやった。もうこのお邸《やしき》へも戻ることはないだろう。宇乃はそう思いながら、ちょっと眼をつむった。

——お父さま、お母さま。

虎之助さんを護《まも》ってあげて下さい。と宇乃は心のなかで云い、それから歩きだした。

良源院は増上寺の*塔頭《たっちゅう》で、伊達《だて》家の宿坊になっていた。増上寺で将軍家の年忌《ねんき》行事などのあるとき、それに列する藩主や重臣が、そこで装束を改めたり休息したりするのである。それで藩主のための客殿もあるし、重臣たちの部屋も定《きま》っていた。

たつ女と畑姉弟は、方丈《ほうじょう》と同じ棟にある客間へとおされ、そこで原田甲斐《かい》の来るのを待つことになった。風のない、残暑のつよい日で、なにもすることがないから、虎之助は姉にまといついては欠伸《あくび》をしていたが、午後の茶菓が出ると、辛抱がきれたように眠ってしまった。

そのあとでたつ女が、「お庭を拝見しましょう」と云い、二人で庭へおりた。

庭はかなり広く、鉤形《かぎがた》になっていて、客殿の前には泉池があった。白い土塀《どべい》をまわした、どちら側も塔頭だろう、左のほうから（法事でもあるとみえ）鉢鐘《はちがね》と読経《どきょう》の声が聞えて来た。

「こちらへいらっしゃい」

たつ女が手招きをした。庭の一隅に井戸がある。彼女はそれを指さして云った。

「これが殿さまのお井戸です」

「はあ、これが、――」宇乃はそっと頷《うなず》いた。

――これがそうだったのか。

その井戸は白木の低い柵《さく》でかこまれ、青銅で葺《ふ》いた屋根が掛けられていた。柵には錠のおりた出入口があり、内部は石だたみで、井戸も石であった。伊達家では、その井戸の水だけを、藩主の用にあてている。煮炊《にた》きにも、飲料にも、藩主にはその井戸の水だけしか使わなかった。そのために定った足軽がいて、一日も欠かさず、水を汲《く》みにかようのであった。

「此処にも鍵《かぎ》を預かったお役僧がいて、そのたびごとに錠をあけるのだそうです」

「お水を運ぶ方たちは、たいへんですのね」と宇乃が云った、「品川のお下屋敷《しもやしき》まではずいぶん遠いのでございましょう」

「まさかお下屋敷へはね」たつ女は苦笑した、「水を運ぶのは御本邸の殿さまだけですよ、陸奥守《むつのかみ》さまは御逼塞《ごひっそく》になられたのですから、いまは亀千代《かめちよ》さまのいらっしゃる、桜田のお屋敷へ運ぶのです」

「――お可哀《かわい》そうに」と宇乃は口の中で呟いた。

たつ女には聞えなかったらしい、振返って、増上寺の山門が見えると云った。振返ると、松林の梢《こずえ》をぬいて、意外なくらい近く、その山門が見えた。来るときには御成門《おなりもん》から入ったので、いちどまぢかに眺めたのである。いまは高い屋根と、丹《に》塗《ぬ》りの掲額のある二重までしか見えないのに、ぜんたいを眺めたときよりは、よほど大きく、重おもしいように感じられた。

客殿のほうに近く、重臣諸氏の宿坊の並んだ棟がある。そのほぼ中央どころに、高廊下から庭へおりる階段があるが、たつ女はその前で立停って、そこにある部屋を指さした。

「あれがわたくし共の御主人のお部屋です」

「原田さまのですか」

「そうです、それから」とたつ女は振向いた、「これが、船岡《ふなおか》のお館《たて》から御自分でお移しになった、樅《もみ》ノ木です」

「はあ、――」

宇乃はそれを見た。彼女には初めて見る木であった。根まわりは両手の指を輪にしたくらいの太さで、高さはおよそ八尺ばかりある。枝はみな上に向かって伸び、葉は榧《かや》に似ていた。

「原田さまが、自分でお移しになったのですか」

「この木がお好きなのです」とたつ女が云った、「北ぐにの木ですから、なかなかこの土地では根づかないのでしょう、これまでに二度も枯れてしまって、これが三度目なのです、お移しになってからもう五年経《た》つので、こんどこそ大丈夫だろうということです」

「――お国の木なんですわね」と宇乃が呟くように云った。

「そうです」とたつ女は頷いた、「船岡のお館のまわりには、この木が美しい林になっていますし、お館のお庭にもかなりあります」

「おばさまは船岡を御存じですの」

「わたくしは船岡で育って、塩沢へ嫁にまいったのです。もちろん亡《な》くなった塩沢もあちらの者でしたわ」

宇乃はまた樅ノ木を見た。樅に似たその葉や、枝のなりは、いかにも寒さのきびしい土地の木らしく、性が強そうにみえるが、宇乃には、なんとなくさびしげな孤独のすがたをしているように思えた。

甲斐が来たのは、もう日の傾きかけるじぶんであった。供は村山喜兵衛と塩沢丹三郎の二人で、丹三郎が姉弟を呼びに来たが、宿坊へいってみると、甲斐はくつろいで扇子を使っていた。

姉弟が坐ると、喜兵衛も丹三郎もすぐに出ていった。

「もっとこちらへおいで」と甲斐は云った。

宇乃は虎之助の肩に手をかけながら、僅《わず》かに前へ出た。

「宇乃というんだね」

甲斐は微笑した。温かく包むような、云いようもなく人を魅する微笑であった。

宇乃もわれ知らず微笑した。

「そちらが虎之助か」

虎之助はこくりと頷いた。

「お利巧らしいな、幾つになる」

虎之助は黙って片手の指をひろげ、それに片手の指を一本加えてみせた。甲斐は笑った。するとはいきれいな歯が見え、眼尻《めじり》がやや下がった。

「どうした、坊、口では云えないのか」

「云わんない」

「虎之助さん」と宇乃が云った。

甲斐がよしよしと云った。それから、静かな眼で宇乃を見た。

「お父さんやお母さんのことは、いまはなにも云わない、いま話してもわかりにくいような、むずかしいゆくたてがあるのだ」

「はい」と宇乃は頷いた。

「そして、そのために、おまえたち二人、とくに男の子にはまだ危険がある」

宇乃は眼をあげた。

「もちろん心配することはない、私がまちがいのないように気をつけている。しかし、男の子はこのままではいけないのだ」と甲斐は云った、「虎之助に畑の家名を続けさせようとすると、どうしてもまた危険が伴う、それで、私は出家させたいと思うのだが」

宇乃は黙って甲斐を見ていた。

「出家すれば俗世の因縁も切れるし、非業《ひごう》に亡くなられた両親の供養《くよう》もできる、そのほうがいいとは思わないか」

宇乃はそっと眼を伏せた。

「それとも、出家させるのはいやか」

「いいえ」と宇乃は眼をあげて云った、「そうするほうがよいと仰《おっ》しゃるのでしたら、そのようにお願いしたいと思います」

「つぎにおまえのことだが」と甲斐はつづけた、「弟が八歳になるまでは、此処にいて世話をしてやるがいい、それからあとは、私の国の船岡へひきとるつもりだ、江戸にいては、いろいろと面倒なことが多い――両親を討ったものが誰だかということも、いつかはわかることだろうし」

宇乃の眼がきつく光った。甲斐はその眼に気づいて、そのきつい光をなだめるように、やさしく、ゆっくりと頷いた。

「この話しはあとにしよう」と甲斐は云った、「いまはまず、二人が無事に生きてゆくことを考えればいい、そのほかのことはすべてあとのはなしだ、わかるな」

「はい、おじさま」

そう云いかけて、宇乃ははっと、口を押えた。

「よしよし、おじさまでいい」甲斐は微笑した、「私が二人のおじさんになってやろう、虎之助、立ってこっちへおいで」

虎之助は姉を見た。

「宇乃もおいで、宇乃にはみせるものがある」

宇乃は弟の手を取って、立ちあがった。

甲斐は虎之助を抱いて立った。虎之助は軀をかたくして抱かれた。甲斐は高廊下へ出て左手を宇乃の肩にかけた。宇乃はぴくっとふるえた。甲斐は宇乃を静かにひきよせた。宇乃はやわらかくより添ったが、そのときまたぴくっとふるえた。

「向うに木が一本あるだろう、その蘚苔《こけ》の付いた石の右がわのところに」

「樅ノ木でございますか」

「樅ノ木だ、宇乃は知っているのか」

「はい、塩沢さまのおばさまに教えていただきました」

「そうか」と甲斐は頷いた、「それでは船岡から移したことも知っているね」

宇乃は「はい」と云った。

「私はあの木が好きだ」と甲斐は云った、「船岡にはあの木がたくさんある、樅だけで林になっている処《ところ》もある、静かな、しんとした、なにものを云わない木だ」

「木がものを云いますの」

「宇乃は知らないのか」宇乃は甲斐を見た、甲斐はその眼を見返しながら云った、「木はものを云うさ、木でも、石でも、こういう柱だの壁だの、屋根の鬼瓦《おにがわら》だの、みんな古くなるとものを云う」

宇乃は悲しげな眼をした。

「そのなかでも、木がいちばんよくものをいう」と甲斐はつづけた、「いまに宇乃が船岡へいったら木がどんなにものを云うか、私が教えてあげよう」

「はい、おじさま」

「この樅ノ木を大事にしてやっておくれ」と甲斐は云った、「この木は育つようだ、これまで移したのは枯れてしまったが、こんどはうまく育つようだ、宇乃が此処にいるあいだは、この木を大事にしてやっておくれ」

「はい、おじさま」

するとと虎之助が云った、「坊も大事にする」

「坊も大事にするか」

「大事にする、坊は木を揺《ゆす》らないよ」

「えらいな——」

甲斐は微笑した。それから、左手で、またやさしく宇乃の軀をひきよせた。

「宇乃、この樅はね、親やきょうだいからはなされて、ひとりだけ此処へ移されてきたのだ、ひとりだけでね、わかるか」

宇乃は「はい」と頷いた。

「ひとりだけ、見も知らぬ土地へ移されて来て、まわりには助けてくれる者もない、それでもしゃんとして、風や雨や、雪や霜にもくじけずに、ひとりでしっかりと生きている、宇乃にはそれがわかるね」

「はい——」

「宇乃にはわかる」と甲斐は云った。彼はふと遠いどこかを見るような眼つきをした。

宇乃は思った。おじさまはお淋《さび》しい方なのだ。宇乃は甲斐の言葉をそのようにうけとった。自分に云ってくれた言葉とは思わず、甲斐が彼自身の心のなかを語ったのだというふうに。

「おじさま」と宇乃が云った、「宇乃はいつか、お国へつれていっていただけますのね」

「虎之助が八歳になったらね」

「宇乃はお国へつれていっていただきとうございますわ」

「二年たてばゆけるよ」

「坊もいっしょにか」と虎之助が云った。

甲斐は穏やかに笑った、「坊は重いな、これはずいぶん重いぞ」

「坊もいっしょにか」

「虎之助さん」と宇乃が云った。

甲斐は虎之助をおろした、「さあ、おじさんはもうゆかなければならない、また来るからな、坊、おとなしくしているんだぞ」

虎之助は黙っていた。甲斐は宇乃に云った。

「向うへつれておいで、また来るけれども、用があったら遠慮なく使いをよこすがいい、――ではあちらへおいで」

宇乃は弟の手をひいて、そこを去った。彼女はもっとそこにいたかった。甲斐のそばから離れずに、いつまでも彼と話していられればいいと思った。

まえにも、宇乃は甲斐を見たことがある。桜田の邸内で、いちどは着ながしのまま、一人で歩いていた。ほかのときは家従の人か、他の重臣の人たちといっしょだったが、それが原田甲斐だということは、いつもすぐにわかった。誰に教えられたのか、教えられた記憶はない。ずいぶんまえから、見かければその人だということがわかった。

甲斐は一人のときも、伴《つ》れのあるときも、なんとはなしに際立《きわだ》ってみえた。背丈の高い軀を少し前跼《まえかが》みにして、ゆっくりと歩く。顔つきは温かく穏やかで、微笑すると白いきれいな歯がみえた。

――宇乃は知っているわ、宇乃はまえからあの方を知っていることよ。

宇乃はよくそう思った。それは実感であった。ずっとまえからよく知っていたし、自分とは特に親しかった。いまでも、お互いがわかりさえしたら、まえのように親しくなれるのだ。宇乃はひとりでそう思っていた。

――思ったとおりだった。

弟と廊下をゆきながら、宇乃は心の中で呟いた。でもずいぶん淋しそうな方だわ、きっとなにか淋しい、悲しいようなことがあったにちがいない、まるでひとりぼっちなような話しぶりをなすっていたわ。

高廊下を曲ると、そこに塩沢丹三郎がいた。待っていたのだろう、宇乃に微笑し、すぐに虎之助を抱こうとした。

「歩いてゆく」と虎之助は拒んだ。

「いいじゃないか、もうしばらく抱っこはできないよ」

「歩いてゆくんだ」

「なんだ、怒っているのか」

丹三郎は笑って、宇乃の顔を見た。それから二人で虎之助の手を左右から取って、ゆっくり、たつ女の待っている部屋に戻った。その途中、丹三郎は声をほそめて、宇乃にすばやく云った。

「あのことを訊《き》いたか」

宇乃は答えなかった。丹三郎は訝《いぶか》しそうに宇乃を見た。

「訊かなかったのか」

「はい」と宇乃は云った。

「両親の仇《あだ》が誰だったか、討たせてもらえるかどうか、訊いてみなかったのか」

「訊きませんでした」

「どうして」

宇乃は答えなかった。丹三郎はじっと宇乃の顔をみつめ、それから気を変えるように、まあいいと云った。

「私が付いているからね、いつかは、私がきっと仇を討たせてあげるよ」

宇乃は振返って、庭の向うの樅ノ木を見やった。土塀をすべって来る午後の日ざしが、その木の上半分を照らしていた。

風のまえぶれ

良源院を出た甲斐《かい》は、そこから湯島へまわった。

その家は湯島台の、上野に近いほうにあった。和泉《いずみ》橋を渡って、神田明神社の脇《わき》の坂をあがり、林大学頭《だいがくのかみ》家の馬場（そこには後に聖堂が建てられた）から本郷通りへ出てゆけば、門口まで駕籠《かご》を乗りつけることができた。また、これは殆《ほと》んど知られていないが、広小路《ひろこうじ》のほうへぬける裏道もあった。それは椎《しい》や松やみずならの深い林と、灌木《かんぼく》や藪《やぶ》の繁《しげ》った丘の斜面で、じめじめした、細い、危なっかしく折り曲った石段である。——のちに丘上の叢林《そうりん》をひらいて天満宮が建てられ、そこから北よりに切通しができてからは廃絶してしまったが、それ以前からあまり登りおりする者はないようであった。

甲斐がいったときには、女たちはみな留守だった。おくみが案内して、木挽町《こびきちょう》へ芝居見物にでかけたのだそうである。その年の三月に、木挽町五丁目は森田勘弥《かんや》の芝居が建ったが、おくみはそこへ律《りつ》を案内したのであった。

中黒達弥《たつや》は供をしたそうで、船岡《ふなおか》から付いて来た他の二人、岡本次郎兵衛と松原十右衛門がいた。

甲斐は風呂《ふろ》の支度を命じて、二人に会った。妻の律も、かれら供の者たちも、江戸へ着いて以来五日、無届け出府のため、甲斐のおもわくを案じて、ずっと湯島の家から出ずにいたのである。

二人は恐縮していた。甲斐は小言らしいことは云わなかった。いつもの穏やかな調子で、船岡の人事や、農地のようすなどを訊いた。国許には老母と、長男の采女《うねめ》宗誠《むねもと》がいる、留守家老は片倉隼人《はやと》であるが、みな丈夫で変りがない、采女は来年十五歳になると元服する筈《はず》なので、いまからそれをたのしみにしている、ということであった。

「烏帽子親《えぼしおや》は、松山のお祖父《じい》さまにお願いするのだと、仰しゃっておられました」

松山の祖父とは茂庭佐月《もにわさつき》のことで、母親の律が佐月の女《むすめ》であり、采女は佐月の外孫に当っていた。

甲斐は黙って聞きながした。松原十右衛門は、さらに農地のもようを語ったが、夏のはじめに低い気温が続いたので、米も麦も減収はまぬかれまい、という口ぶりであった。

「減収くらいで済みそうか」と甲斐は云った。かくべつ苦にしているふうはみせなかったが、十右衛門には主人がどんな気持でいるかわかった。

「少なくとも二割、これからの天候によっては、三割を越すかもしれぬということです」

「では今年もまた、館《たて》の修理は延期だな」と甲斐は云った。

岡本も松原も、綱宗逼塞による藩家の興廃が知りたいらしい、それとなく、遠まわしに触れてみたりしたが、甲斐はなにも云わなかった。

女たちが芝居から帰ったのは、日が昏《く》れてからであったが、そのまえ、ちょうど部屋に灯《ひ》をいれているとき、銀座の鳩古堂《きゅうこどう》から、手代《てだい》の助二郎が筆を届けて来た。

鳩古堂は唐物商《とうぶつしょう》で、明《みん》国と取引があり、書籍や紙、筆、墨、硯《すずり》などを扱っていた。あるじは仁左衛門といい、伊達《だて》家の御用もつとめていたし、甲斐とはまえから、親しいつきあいがあった。甲斐は自分で手代に会った。助二郎は「御注文の虎毛《とらげ》がはいりましたので」と云って、箱のまま出してみせた。

甲斐は頷いた。そして、選ぶから待っておれと云い、立って自分の居間へいった。丹三郎がついて来て、すぐに灯をいれようとした。

「燭台《しょくだい》をつけてくれ」と甲斐が云った。

丹三郎は燭台を出し、蠟燭《ろうそく》に火をつけた。甲斐は手を振った。それで、丹三郎は次の間へさがった。

甲斐は机の前に坐った。机の上で箱をあけると、筆が五本、枠に入って並んでいた。彼はそのまん中にある斑《ふ》入りの軸の一本を取り、用心ぶかくその軸を捻《ひね》った。するとその軸は、七三分のところで上下二つになった。つまり嵌込《はめこ》み細工で、——軸の下のほうを振ると、その中から、細く筒に巻いた紙が出て来た。

甲斐は燭台をひきよせ、筒になったその紙をほぐした。その紙は上質の薄葉《うすよう》で、細かい文字が五行ほど書いてあった。甲斐は読み終るとすぐに、燭台の火をつけて灰にした。それから筆を元のようにして箱へ戻し、べつの二本を取って机の上に置くと、丹三郎を呼んで箱を渡した。

「二本だけ求めた」と甲斐は云った、「あとは返すと云ってくれ」

丹三郎が去ると甲斐は机に両肱をつき、そのままじっと顎《あご》を支えていた。女たちが帰って来るまで、彼はそうして坐っていた。

やがて賑《にぎ》やかな声がし、女たちの帰ったことがわかったが、妻の律がそこへはいって来るまで、甲斐は机によりかかっていた。律はうしろから良人《おっと》を見た。彼女は三十七歳になるが、年よりはるかに若くみえる、眉《まゆ》と眼のあいだがひろく、鼻がかたちよく高い。口はやや大きいが、ひき緊《しま》った顎と、ゆたかな頬とで、ぜんたいがゆったりしたういういしさと、優雅ななまめかしさをもっていた。

律は良人のうしろ姿を、立ったまま、やや暫《しばら》くみつめていたが、やがて、そっと近づいてゆき、身を跼めて、うしろから、そっと良人を抱いた。

「怒っていらっしゃるの」と律は囁《ささや》いた。

「ねえ、怒っていらっしゃるのね、あなた」

「汗を拭《ふ》いておいで」と甲斐が云《い》った。

「怒っていらっしゃるのね」

「汗を拭いて来ないか」

「怒ってはいない、と仰しゃって下されば」

「怒ってはいないよ」

「怒っていらっしゃるわ」

甲斐は黙った。

律はやさしく、しかもすばやく、良人の耳に唇を触れ、そうして、軀ぜんたいで、良人を包むようにした。甲斐は動かなかった。温かく、重たく、そして粘るように軟らかな妻の軀が、妻の軀の弾力のあるまるみや、厚みが、自分の背中にじんわりと押しつけられるのを感じながら、甲斐はやはり無抵抗に動かなかった。

「なんとか仰しゃって」と律が云った、「ねえ、わたくしどうしても出て来ずにはいられなかったんですのよ、一年だってがまんするのは辛《つら》いのに、こんどは一年半にもなるわ、それでもいつお帰りになるか、ということがわかればいいけれど、それもまるでわからないし」

「暑い、そっちへ坐らないか」

「怒っていらっしゃるんですもの」

「帰れなかったわけは知っている筈だ」

「知っていました、けれどもそれはよそから聞いたので、あなたはなにも知らせては下さいませんでしたわ」

「知らせてなんになる」と甲斐は云った、「ここにいる私にだってどうすることもできない、知らせれば母上やおまえに気をもませるだけではないか」

「噂《うわさ》で聞くほうが、もっと心配だとはお思いになりませんの」

「そのために出て来たのか」と甲斐が云った。

律は黙って、ふと軀をかたくした。背中にぴったり接している妻の軀が、かたく硬《こわ》ばったのが甲斐にわかった。

律は良人からはなれた。

「わたくし汗をながしてまいりますわ」

「うん」と云って、甲斐は振返った。

律はさりげなく、眼をそむけながら立ったが、その額が白くなっているのを甲斐は認めた。

——またか。

と甲斐は心のなかで云った。

——また起こったな。

出てゆこうとした律が、くるっと振向いて、良人の眼をまともにみつめた。なにか哀訴するようでもあり、挑むようでもある眼つきであった。甲斐は微笑しながら、頷いた。

「汗をながしておいで」と甲斐は云った。

律は眼を伏せながら云った、「今夜はゆっくりしていらっしゃれるのでしょう」

「そうらしいな」

「一年半ぶりですわ」

「いっておいで」

「きっとですよ」律はまた良人を見た、

「きっと泊っていって下さいますわね」

甲斐は微笑した。

律の眼は、しばしば彼女の意志を裏切る。心のなかになにか動揺や変化が起こったとき、それを隠そうとすると、彼女の眼は隠そうとする意志とは反対に、その動揺や変化をあからさまに表白してしまう。結婚して十六年。甲斐はその事実を、幾たびかの経験でよく知っていた。

「おくみさん、きれいな方ね」律はそう云って、良人に笑いかけ、それから部屋を出ていった。

甲斐は村山喜兵衛をよんで、本邸へ使いにゆくように命じた。腹痛が起こったから今夜は湯島で泊る、という届けをするためであった。喜兵衛はすぐに出ていった。

まもなく数寄屋《すきや》で酒宴がひらかれた。日本橋から雁屋信助《かりやしんすけ》と、その妻のきわがよばれて来た。男芸者が三人、唄《うた》や踊りをする若い女芸者が五人。みんなよくこの家へよばれて来る者たちで、賑やかな酒宴になった。

雁屋信助は四十二歳。肥えた、背丈の低い、精悍《せいかん》な軀つきだし、眉の太い、眼や口の大きな顔にも、商人というには逞《たくま》しすぎる、重厚な、つらだましい、といったものが感じられた。甲斐もあまり口はきかないほうだが、信助も無口らしい。なにか怒ってでもいるような、むっとした表情で黙ってぐいぐいと飲んでいた。

律は甲斐と並んでいた。おくみと信助の妻のきわとが給仕に坐っており、律は苛《いら》立《だ》っていた。

なぜこんな賑やかな酒宴をはじめたのか、彼女にはまるでわからなかった。彼女は良人とふたりきりになるつもりでいた。ふたりだけで食事をし、ふたりだけで話したかった。それは良人にもわかっている筈だし、良人はふたりだけになるようにしてくれる筈であった。

——こんな酒宴はあまりお好きではなかったのに。

律は良人の注意をひこうとし、その眼をとらえようとした。けれども甲斐には通じないようであった。三味線も唄も、踊りも、軽口も面白くなかった。

——いっそ立ってしまおう。

律はそう思った。それはほぼ*半刻《はんとき》くらい経ってからのことであるが、彼女がそう思ったのと符を合わせたように、甲斐がおくみと呼びかけた。

「私はちょっと横になる、支度をさせてくれ」と甲斐は云った。

「お支度ですって」

おくみはけげんそうな顔をした。甲斐は信助を見た。そして、信助がその眼で頷くと、おくみに向かって云った。

「私は腹痛を起こしたことになっているんだ。喜兵衛にそう届けさせたのでね、密告でもされたときの用心に、いちど横になっておくほうがいいと思うんだ」

「このうちにはそんな者はおりませんわ」とおくみが云った、「どうしてそんなことを仰しゃいますの、このうちにそんな、密告なんぞするような者が、いるわけはないじゃございませんか」

「そうらしいな」

「らしい、ですって」

「気にするな」と甲斐は笑った、「そんな者がいないことはわかっている、いまのは冗談だ、しかしひと休みするから、向うへ支度をさせてくれ」

「本当にお横になるんですか」

「雁屋は待っていてくれる」と甲斐は云った。

「おくみ」と信助が云った。

おくみは振向いて、兄のきつい眼を見、それから立って出ていった。律は眩《まぶ》しそうに良人を見た。甲斐は芸者たちに休めと云い、信助に話しかけた。しょうばいのぐあいはどうだ。面白くありません。面白くないか。おもわしくありません、と信助が云った。唐船《からふね》が停《とま》ったも同様なありさまですから。どうしたのだ。明国の戦乱がまだ片づかないのです。明軍はまだもちこたえているのか。そんなようです、と信助が云った。五月に聞いた話では去年二月に明王は緬甸《ビルマ》へ逃げたそうですが。それでまだ片づかないのか。そんなもようです。もう清《しん》王の時代になるのではないか。どんなものですか、と信助が云った。まだ鄭成功《ていせいこう》が暴れているようですし、なにしろ国土がおそろしく広大らしいですから。鄭成功が幕府へ援軍を求めて来たのは、あれは一昨年でございました。うん一昨年だった、と甲斐が云った。私は船岡にいて聞いたのだが、九州あたりでは密航しようとする者たちでだいぶ騒いだそうではないか。そんな噂でございましたな、と信助が云った。島原の乱から二十余年、浪人が殖《ふ》えるばかりで、この狭い島国では生きる方途のない人々がだいぶおりますから。むずかしいことだな。いろいろむずかしくなるばかりでございます、と信助が云った。いま唐船あきないが停ったかたちになっていますが、そこをつけこんで、媽港《マカオ》あたりの英国商人がわれわれの荷を買占めにかかろうとしています。これにひっかかると交易の市場《しじょう》をかれらに独占されかねません、それで英人商社には荷を捌《さば》かないという協約をまとめにかかっているのですが、なにしろ金繰りに詰まってくると、そんなわけにもゆかぬ者が出て来ますから、と信助が云った。

おくみが戻って来たので、信助は話しをやめた。おくみは硬い表情をしていた。

「お支度ができました」

「では雁屋」と甲斐は信助を見た。

信助はにこりともしないで云った、「お待ち申しております」

「おくみ、松原たち三人を呼んで、雁屋の相手をさせてくれ、それから駕籠だ」と甲斐が云った。

おくみはまた訝しそうな眼をした。甲斐は妻を見て立ちあがった。

「律、ゆこう」

律はしんなりと立った。

おくみはもの問いたげに、なお甲斐の眼を見まもった。「駕籠だ」という言葉が、聞きちがいではないかと思ったらしい。甲斐はその言葉をもういちど繰り返すかのように、おくみの眼を見返してから、座敷を出た。

母屋《おもや》の奥の、寝所とみえる八帖《じょう》の間に、屏風《びょうぶ》をまわして、寝る支度ができていた。

裏庭に面した腰高窓の、明り障子の左右があけてあり、庇《ひさし》に吊《つ》った風鈴が、ときおり、もの憂《う》そうにリリと鳴っていた。

「狭いお寝間だこと」律は立ったままで云った、「夏でもこんな狭いお寝間でおやすみなさいますの」

「町なかはたいていこんなものだ」

「そうでしょうか」律は衣桁《いこう》のほうへゆき、掛けてある良人の寝間着を取った、「もういくらか馴《な》れましたけれど、来たばかりのときはあんまりどのお部屋も狭いので息が詰まるような気持でしたわ、お着替えあそばせ」

「いま誰か来るよ」

「わたくし致しますわ」と律は云った、「館《たて》ではこんなことはできませんけれど、ときには着替えのお世話くらい致しとうございますわ」

「館だってできるさ」

「あらそうでしょうか」

律は良人に着替えさせ、うっとりしたような眼で良人の顔を見まもった。ようやく二人きりになれたのと、芝居を観《み》て来た昂奮《こうふん》が、こころよい酒の酔いとともに、彼女の血を熱くするようであった。

「ねえ」律は微笑しながら、良人をやさしくにらんだ、

「おくみさんのこと、うかがってもよろしくって」

「こっちから頼みがある」

甲斐は坐《すわ》って、窓の障子をあけひろげた。

「うかがってはいけませんの」

律がそう云ったとき、襖《ふすま》の向うで声がし、若い小間使がはいって来た。律は良人からはなれた。小間使は礼をし、律の着替えを手伝うために坐った。

律の着替えが済むと、小間使はいちどさがり、つぎに、もう一人の小間使が、大きな水盤を運んで来て、夜具の枕《まくら》もとのほうへ、三尺ほど離して置いた。その水盤には玉石《たまいし》を敷いて水を満たし、若木の柳と葦《あし》とが活《い》けてあった。

小間使たちが去ると、律は団扇《うちわ》を持って夜具の上に坐った。

「私はでかけなければならない」と甲斐が云った。律は片方に団扇を持ったまま、両手を良人のほうへさしのべた。

「人が待っているんだ」

「おでかけになるのですって」

「松山が待っているんだ」と甲斐が云った。

律はさしのばしていた手をおろした、「松山って兄でございますか」

「周防《すおう》どのだ」と甲斐が云った、「国から*涌谷《わくや》さまが来られた、藩邸にはまだ内密で、小石川の普請小屋《ふしんごや》に周防どのとおられる」

「普請小屋ですって」

「堀普請のことは知っているだろう、周防どのは総奉行で、三日にいちどずつ吉祥《きちじょう》寺《じ》の支配小屋へ泊られるのだ」

「涌谷さまがそんなお小屋へいらしっているんですか」

「二人で私を待っておられる」と甲斐が云った、「それ以上にはなにも云えない、そして、私のでかけることは、おくみのほかには誰にも気づかれてはならないのだ」

「では、わたくしは――」と律は良人を見た。そのとき床脇《とこわき》の三尺のひらきが、音もなくあいて、衣類をひと揃《そろ》え抱えたおくみがはいって来た。

「ここで寝ていてくれ」

と甲斐は妻に云い、立っておくみのほうへいった。

「私が戻って来るまで、ここで寝て待っていてくれ」

「なにか大事な御用談があるんですのね」

「律には縁のないことだ」

「いいお役目だこと」と律が云った。

彼女は振向いて、甲斐に着替えさせているおくみを見た。

「くみさん、いつもこんなことがあるんですか」

「いつものことですわ」とおくみが云った、「お泊りになるのはごくたまですけれど、そういうときにはたいてい、お忍びでおでかけときまっていますわ」

「ながく待たなければならないのでしょうか」

律が良人に訊いた。甲斐は紺染めの麻の帷子《かたびら》に、黒い帯をしめ、袴《はかま》は着けず、黒い足袋をはいて、腰には脇差だけ差した。

「一刻ほどで戻るだろう」と甲斐は云った、「おくみ、提灯《ちょうちん》だ、——」

裏木戸から外へ出た甲斐は、やはり紺染めの麻の布で顔を包み、白張りの小提灯で足もとを照らしながら、石段の坂をおりていった。稲妻型におりてゆく石段の一方は、掩《おお》いかぶさるような叢林で、やかましいほど虫が鳴きしきっていたし、ときどきその虫が、提灯をめがけて飛びついて来た。

石段をおりきって、その道を広小路に向かってゆくと、角から二軒手前に駕籠屋があった。「政右衛門」という店で、甲斐の姿をみつけると、あるじの政右衛門が

「吉祥寺橋だ」と甲斐は提灯を消しながら云った。政右衛門は黙って頷《うなず》き、若い人足を三人呼んで自分も身支度をした。

政右衛門は三十五歳になる、不動の政といって、ひところは男達《おとこだて》として暴れまわった。数年まえ、神田明神の祭礼のときに、五人づれの侍たちと喧嘩《けんか》になり、危うく斬《き》られようとしているところを、通りかかった甲斐が仲裁にはいって、彼を助けた。それ以来、政右衛門は甲斐に心服し、甲斐のためならいつでも命を捨てるつもりでいた。甲斐も政右衛門のひとがらを愛し、金を出して駕籠屋の店をもたせてやった。

――お屋敷で下郎にでも使って下さいませんか。

と政右衛門はせがんだ。

――いつもお側《そば》にいて御用を勤めたいんですが。

しかし甲斐は駕籠屋の店をもたせた。

むろん自分の都合ではない、いつか役に立てようなどとは考えもしなかった。彼を正業につかせ、妻を娶《めと》らせて、尋常な生活がさせたかったのである。だが、政右衛門は妻はもらわなかった。いまでは酒もあまり飲まないし、遊俠《ゆうきょう》の群とのつきあいもせず、くそまじめなくらい堅く稼いでいた。

去年から若い者も十五人になり、車坂のほうへ子店《こみせ》も出した。そうして、店をもつとき甲斐の出してやった金を、少しずつ返すようになった。

――お返し申すのではございません、旦那《だんな》の御恩はお返しできるものじゃあございません、この金は預かっていただくのです。

政右衛門はそう断わった。自分は自分が信じられない、と彼は云った。いまは堅気で稼いでいるが、どんな機会にまたぐれだすかもしれない。いつかまたぐれだすような気がしてしかたがない、そのときのために預かっておいてもらうのだ。そういうふうに政右衛門は云った。

甲斐に断わられるか、怒られるかと思ったからであろう。甲斐は「そうか」と云っただけで、その金はすなおに受取っていた。

今年の三月、幕府から伊達家に小石川堀の普請が命ぜられたが、それ以来、甲斐はときどき政右衛門の駕籠を使うようになった。それは人の眼を忍ぶ密会のためで、甲斐はなにも云わなかったが、政右衛門は敏感にそれと察し、必ず供についた。

政右衛門はその夜も駕籠の供についた。しりきり半纏《ばんてん》に、草鞋《わらじ》ばきで、腰に木刀を差し、印のある提灯を持って、駕籠の先に立って駆けた。

普請小屋まで十七八町。＊お茶の水を越しておりると、まもなく吉祥寺の前へ出る。その寺はすでに駒込《こまごめ》へ移ることになっており、境内の木などもおおかた伐《き》られていたが、そこにある橋は、まだ吉祥寺橋と呼ばれていた。

甲斐は寺の前で駕籠をおりた。

「お待ち申しますか」と政右衛門が訊いた。

「うん」と甲斐は囁いた、「駕籠は隠しておこう、おまえは木戸まで来てくれ」

政右衛門は若い者たちに手を振った。甲斐は歩きだしながら、暗い道の左右にするどく眼をくばった。

一丁ばかりゆくと、小屋の柵《さく》があり、伊達家の定紋《じょうもん》のある高張《たかはり》提灯が見えた。それが表木戸である。甲斐は柵の手前を北に曲り、低い声で「望月《もちづき》」をうたいだした。政右衛門は提灯で足もとを照らしながら、甲斐の斜め前を歩いていた。

「……往《ゆ》き来《き》の旅人を、とどめ申して、身命を継《つな》ぎ候《そうろう》」と甲斐はうたい続けた。酔った者の微吟というふうな、ごく低い声であった、「……今日も旅人の、御通り候わば」

そううたいかかると、柵の中から、これも低いさびた声で、こうつけるのが聞えた。

「おん宿を申さばやと、存じ候」

甲斐は咳《せき》をした。政右衛門は振返って、甲斐の手まねを見て、提灯を消した。すると柵の中に提灯が見えた。

「待っていてくれ」

右側に石置場がある、政右衛門はそっちへ隠れ、甲斐はさらに歩いていった。柵の中を動いていた提灯が停り、そこにある小者用の木戸があいた。甲斐が木戸をはいると、中年の武士が一人、提灯を持って、無言のまま案内に立った。それは茂庭家の用人、紺野四郎兵衛という者であった。

仮屋《かりや》造りの小屋の、坪庭《つぼにわ》へはいり、縁側へあがると、茂庭《もにわ》周防が待っていた。周防定元は甲斐より三つ若い、背丈も甲斐より少し低いが、肉づきはよく、軀《からだ》は逞しい。濃い眉、きれあがった大きな眼、そしてひきむすんだ口つきなどに、意志の強い性格があらわれているようであった。

「途中、大丈夫でしたか」

「だと思います」

「どうぞ、お待ちかねです」と周防が云った、「夕方の五時から酒で、まだ続いているが、酔ったような顔もなさらない、むかしからあんなにお強かったのですか」

「そういう噂ですね、私は酒の相手をしたことはないが」

甲斐はかぶりものをとり、足袋をぬいだ。周防は奥座敷へ案内した。

伊達安芸《あき》は酒を飲んでいた。給仕をしているのは、安芸の側用人《そばようにん》の千葉三郎兵衛であった。千葉は甲斐を見ると、少しその座をさがった。

安芸宗重《むねしげ》は白の清絹《すずし》の着ながしで、あぐらをかいて、右手に扇子、左の手に盃《さかずき》を持って飲んでいたが、甲斐が坐ると、盃を持った手で「こちらへ」という動作をした。

甲斐は旅の無事を祝ってから、設けられた席へ坐った。

「久方ぶりだ、一つまいろう」と安芸が云った。甲斐は辞退した。

「人を待たせております、戻りをいそがなければなりませんので」

「こんな窮屈なことになっておろうとは思わなかった」と安芸が云った、「いつもこんなふうにして会わなければならぬのか」

「三月以来のことです」と周防が云った、「はじめは気がつきませんでしたが、密議に類することが、筒抜けに外へもれますので、注意してみると到《いた》るところに間者《かんじゃ》が配ってあるようなのです」

「話しを聞こう」と安芸は甲斐を見た、「下総《しもうさ》の中田《なかだ》宿で松山どのからの密使に会った、藩家の大事について申し告げたいから、江戸入りは内密にして、まず此処《ここ》へ来いということだ、それでゆうべ着いたのだが、そこもとが同席でなければ話しはできぬという」

「ひとり口では申し上げられないことでしたし、また船岡どのもまだ知らない、新たな秘事がわかったのです」

「話しを聞こう」

安芸はそう云って、盃を膳《ぜん》に置いた。

「五日まえのことです」と周防が云った、「久世《*くぜ》侯、御存じでしょうか、将軍家側《*そば》衆《しゅう》のひとりで、大和守広之《やまとのかみひろゆき》と申され、綱宗《つなむね》さま御家督のときから、いろいろ便宜をはからって下さるのですが」

「そのことは聞いている」

「堀普請が始まって以来も、たびたび御周旋を願うことがございました」と周防は云った、「その久世侯から五日まえに、夜ぶんに忍びでまいれという使いがあったのです、その日はおりあしく、築き立てた堀堤が崩れまして、補強工事のため手があきません、それで夜が明けてからまいったのですが」

「久世邸は近いのか」

「西丸下《にしのまるした》にあります」と周防が云った、「時刻はずれでしたが、すぐに会うとのことで、そのまま寝所へとおされました」

「――寝所へとな」

「密談のためだったのです」と周防は云った。

甲斐はしずかに、扇子で蚊を追った。酒肴《しゅこう》の膳があるためか、ひどく蚊が多かった。安芸や周防は扇子を使わなかった。二人は話しの重大さに気をとられて、うるさいほどの蚊にも気づかないようすであった。

たしかに周防の話しは重大であった。

それは、老中《ろうじゅう》の酒井雅楽頭《うたのかみ》（忠清）と、伊達兵部少輔宗勝《ひょうぶしょうゆうむねかつ》とが結託のうえ、仙台六十万石を横領しようとして、その計画を現にすすめている、というのであった。

「不可能なことだ」と安芸が云った、「そんなことが実際にできるわけはない」

「しかしその第一はもう事実になりました」

「第一とは」

「殿の御逼塞《ごひっそく》です」

安芸はぎらっと周防を見た。「――御逼塞が、その謀計の一つだというのか」

「第二は跡式の件です」と周防は云った、「御存じのようにいま御継嗣について、入《*いれ》

札《ふだ》がおこなわれることになっておりますが、その結果によっては、六十万石を二つに割り、三十万石を一ノ関さま、十万石を白石（片倉小十郎*）どの、残余はしかじかに分配すると、数度にわたって談合があったというのです」

「久世侯が申されたのだな」

「しかも、所領分割のことは、すでにその人々にも通じているかもしれぬ、白石どのなどは十万石ということであるから、さもあるまいが特に注意するように、とのことでした」

安芸の軀が動かなくなった。甲斐は沈んだ眼つきで、しかし殆んど無感動に、黙って扇子を使っていた。

「六十万石を二つにか」と安芸が云った。

「六十万石を二つにです」と周防が云った。

安芸はしずかに顔をあげた。白いものの混っている髪が燭台の火をうけてきらきらと光り、いままで酔った色のみえなかった顔が、赤く充血していた。

「――そうはさせぬぞ」安芸は低い声で云った、「もしそんな謀計があるとしてもそうはさせぬ、だが、いったいそれはなにが原因だ、なにがもとでそんな謀計が始まったのだ」

「わかりません、しかし思い当ることはございます」

「それを聞こう」

「その一つは酒井家と一ノ関さまとの縁組です」

安芸はちょっと考えたが、すぐに頷いた。去年、兵部宗勝の長子八十郎と、雅楽頭の女《むすめ》とのあいだに、婚約が定《きま》ったことを思いだしたのであった。雅楽頭の女とはいうが、事実はそうではない。雅楽頭の夫人は姉小路公量《あねのこうじきんかず》の女で、その夫人の妹を、雅楽頭の養女として八十郎と婚約したものであった。

また、八十郎は今年になって元服し、東市正宗興《いちのかみむねおき》となのったが、年はまだ十二歳だった。

「姻戚《いんせき》関係になるとすれば、一ノ関さまを諸侯の列にあげたい、そういうところから始まったのではないかと思うのです」

「しかし、現に一ノ関は一万石の直参《じきさん》大名ではないか」

「それも厩橋《うまやばし》侯の尽力によるものだったことを、御存じありませんでしたか」

安芸は答えなかった。

「私はこう思うのです」と周防はつづけた。

兵部と雅楽頭の関係は古い。兵部宗勝は政宗《まさむね》の第十子で、母は側室の多田氏であった。十六歳のとき父政宗が死んだあと、兄の忠宗《ただむね》の厄介になっていたが、*正保《しょうほう》元年、二十四歳のとき、兄にすすめられて江戸へ出て来、まもなく一万石の直参大名になった。直参大名とは譜代と同格の意味であって、明くる二年、従《じゅ》五位下の兵部少輔に任じ、同じ四年に立花*（左近将監《さこんしょうげん》）忠茂《ただしげ》の妹を娶った。

立花忠茂の夫人なべ姫は、兵部の兄忠宗の長女だから、つまり重縁になったわけであるが、これらはみな雅楽頭の好意と助言によるものだといわれた。

「私はこう思うのです」と周防は云った、「厩橋侯がしんじつ一ノ関さまを直参大名にとりたてるなら、所領は幕府から与えられなければならない、にもかかわらず、一万石は伊達領から分けられたもので、名は直参でも事実は仙台御一門でございましょう」

安芸は「うん」と頷いた。

「それと同じ意味で、こんどは仙台領を二分した三十万石を一ノ関さまに、という考えではないかと思います。なにしろ侯は当代ならびなき権門であり、性質もとりわけ剛毅《ごうき》豁達《かったつ》で、思うことはとおさずにおかぬという人物のようですから」

「だがほかに人がいないわけではあるまい」と安芸が云った、「将軍家補佐として*保科《ほしな》（正之《まさゆき》）侯もおり、川越《かわごえ》の侍従*（松平信綱）もおられる筈だ」

「保科侯は御病弱です」と周防が云った、「そして、お忘れではないと思いますが、外様《とざま》大名をとりつぶすことにかけては、川越侯は名手といわれている人です、そうではなかったでしょうか」

安芸は答えなかった。伊達六十万石を寸断すると聞けば、信綱はむしろ歓迎するかもしれない。信綱だけではない、幕府そのものが歓迎するだろう、安芸はこう思って、われ知らず低く呻《うめ》いた。

半刻ほどして、甲斐は小屋を辞去した。

木戸まで紺野四郎兵衛が送って来た。空はいつか曇って、星一つ見えない、木戸を出ると、外は闇《やみ》であった。

政右衛門は、もとの処《ところ》に待っていて、甲斐が近づくと、「御前《ごぜん》ですか」と云った。

「御前はよせ」と甲斐が云った、「変ったことはなかったか」

「ございませんでした」

「帰ろう」と甲斐は云った。

「すっかり曇っちまいました、足もとが危のうございますから、提灯をつけます」

「足もとは大丈夫だ」

「つけてはいけませんか」

「もう少し待とう」

二人は用心しながら歩いた。

注意しなければならないのは、来るときよりも帰るときである、と甲斐は思った。周防のまわりにも見張っている眼があるにちがいない、対談を聞かれる心配はないが、跟《つ》けられるおそれは充分にある、甲斐はそう思った。

堀端《ほりばた》へ出て曲り、駕籠を待たせてある処へ来ると、そこでややしばらくようすをみた。そして、跟けて来る者のないことをたしかめてから、はじめて、甲斐は駕籠に乗った。

——雅楽頭か。

駕籠の中で彼は眼をつむった。

——これはむずかしいな。

ひどくむずかしい、と甲斐は思った。綱宗の逼塞に、兵部と雅楽頭の連絡のあることはわかっていた。綱宗の遊蕩《ゆうとう》を、雅楽頭に通じたのは兵部である。綱宗が新吉《しんよし》原《わら》へかよい始めて、僅《わず》か十日ばかりで雅楽頭から注意があった。酒井邸へ親しくでいりしているのは、兵部だけである。

伊東七十郎は云った。

——僅か八日か九日のことを、どうして酒井侯は知ったんですか、酒井侯は新吉原の目付《めつけ》でもしているんですか。

おそらく、七十郎は局外者だけに、却《かえ》って兵部の通謀を見やぶることができたのであろう。明らかに、雅楽頭に通謀する者がいる、という口ぶりであった。

だがそれは済んだことだ。綱宗の逼塞はもはやどうしようもない。しかし、六十万石を分割するという陰謀は重大である。*元和《げんな》五年に*福島正則《まさのり》が*除封されてから、*蒲生《がもう》氏、加藤氏、田中氏はじめ、除封削*封された諸侯は十指に余っている。もちろん幕府の基礎と権威をかためるためだから、口実さえあれば伊達家だとて遠慮はしないだろう。

甲斐は溜息《ためいき》をついた。

「なにか仰《おっ》しゃいましたか」と駕籠の前から、政右衛門が云った。

「いや、なんでもない」と甲斐は云った、「少しいそいでやってくれ」

断　章（二）

——ただいま到着しました。

「待っていた」

――仙台でひまをとりました、御城下はすっかり秋でございましたが、こちらの残暑のひどいのには驚きました。

「使いはまにあったか」

――まにあいました。

「ようすを聞こう」

――お使者をいただきましたので、一ノ関からすぐ仙台へとばしました。里見十左衛門はすでに江戸から到着しておりましたが、奥山どのが吉岡《よしおか》の館《たて》へまいられたので、戻って来るまで会議が延びていたところでした。

「大学が館へいっていたと」

――そのように、うかがいました。

「この大事なときに、国老の身で城下を留守にする、奥山大学はそういう男だ」

――はあ。

「むかしから傲岸《ごうがん》な男だったが、おれがめをかけてやるようになってからまるで摂関《せっかん》きどりだ、しかし、まあよい、そこが彼の役に立つところでもある」

――はあ。

「ようすを聞こう」

――会議は七月三十日に城中お広書院＊でひらかれました。御老職＊、古内主膳《ふるうちしゅぜん》どのは欠席でございます。

「古内は高野山へいった」

――義山＊（先代忠宗《ただむね》）さまの御法要とうかがいました。

「義山公の法要で高野山へいって、九月でなければ戻らない筈《はず》だ」

――弾正《だんじょう》（伊達宗敏《だてむねとし》）さま御出府のあとにて、安房《あわ》（同宗実《むねざね》）さまが御上座、まず老臣誓書＊のことが出ました。

　御家の大変に当り、今後は一門老臣の和合協力が必要である。よって神文誓書して、なにごとによらず、互いに熟議相談しておこなうこと、独り主君にもの申すことあるべからず。また、互いにいかなる意趣あるとも、向後十年間は相互に堪忍《かんにん》して公用の全きよう勤むべし。

　石川大和さまが、かように御披露なされ、安房さまはじめ御一同が了承のむねを述べられましたところ、奥山どのがその席から「いや」と反対の発言をなさいました。

「申したか」

——申されました。

「なんと云《い》った」

——主君のためによきことならば、自分は独りぬきんでても申上げる、相談のうえなどという迂遠《うえん》な誓言《せいげん》はできない。

「思ったとおりだ」

——はあ。

「次になんと云った」

——また、向後十年間は相互に堪忍せよとあるが、これも堪忍ならぬ意趣があれば堪忍はならぬ、と申されました。

「そうか、堪忍ならぬ意趣があれば堪忍はせぬ、とな」

——はっきり云われました。

「思ったとおりだ」

——はあ。

「大学はおれの思ったとおりに増長する、このあいだ評定役《ひょうじょうやく》の会議があった、そのとき、遠山勘解由《かげゆ》ひとりが異をとなえた」

——遠山と申しますと。

「大学の弟だ」

——さようでございますか。

「勘解由を評定役にしたのはおれだ、おれが大学にそうするよう暗示をかけた。大学はとびついた、弟を評定役にすることが、自分の地盤を固めると思ったのだ、そうして、まず弟に手柄をたてさせようとした」

——すると、異をとなえましたのは。

「大学のさしがねだ」

——仙台からですか。

「仙台から指図をしたのだ、おれは大学がなにか始めるだろうと思っていた、焚木《たきぎ》をくべて、火のおこるのを待っていたのだ」

——火はおこりそうでございますか。

「あとを聞こう」

——奥山どのの言葉を、石川大和さまがなだめられ、安房さまが強い意見を述べられました。その結果、奥山どのお一人は、べつに誓紙を出すということに決着いたしました。

「入札《いれふだ》の件は」

——これはまた奥山どのから異論が出ました。

「どう申した」

——綱宗《つなむね》さまには、亀千代《かめちよ》君という紛れもなき世子《せいし》があられる。されば、誰をお世継にするかなどという論の起こる筈もなし、まして入札などとは以《もっ》てのほかのことだ。自分はさような不道理なことは断じてせぬ、と云われました。

「みな黙っていたか」

——いちじは座が白けかえり、会議は中止かとみえましたが、やがて安房さまが、入札の件は江戸にある一門老臣の合議で定《きま》ったことだから、自分はそれに従うことにするし、おのおのも不服がなければ入札してもらいたい、吉岡どの*は近日ちゅうに出府される予定だから、その意見は江戸邸へいって述べられるがよかろう、こう申されました。

「大学はどうした」

——入札をしました。

「なんと」

——意見は江戸へまいってから述べるが、御一同が入札をなさるなら、自分もいちおう入札を致そう、ということでした。

「では無事に終ったのだな」

——さようでございます。

「結果の予想はどうだ」

——わかりません。

「およその形勢は」

——御一同、亀千代君、というように考えられますが。

「やはり、そうか」

——しかしこれは私の想像でございます。

「亀千代どのか、うん、たぶんそんなところであろう。およそそんなことだろうとは思っていた」

——はあ。

「だが公儀*はそれではとおるまい。伊達ほどの大藩の跡目に、乳のみ児《ご》を申立てるとは、頭の古い者どもだ」

——はあ。

「在国の者と江戸の差だな、こっちではさすがに頭をつかう者がある。入札もいちようではなかった」

──おぼしめしにかなう入札がございましたか。

「いろいろあった、右京（伊達宗良《むねよし》）どの、式部（同宗倫《むねとも》）どの、に入れた者もある。二人は綱宗どのの兄に当るからだが、このおれに入れた者もあった」

──どなたでございましょう。

「誰だかな、はは、そんなみえ透いたことをやるやつはたいてい見当はつく。おれがそんな手に乗ると思うようなやつは、……よし、さがって休むがいい」

──はあ。

「待て、涌谷《わくや》は出てまいるだろうな」

──涌谷さまはもうお着きのじぶんと存じますが。

「まだ着かぬぞ」

──入札を待たずに御出府なさいましたが。

「涌谷はまだ着かぬ」

──おかしゅうございますな、私はもう、とうにお着きのことと思っていました。

「途中で追いぬいたのではないか」

──まったく気づかずにまいりました。

「すると、いや、そんなことはあるまい、あれはただ頑固一徹だけで、裏から策謀するようなことのできぬ男だ、そのほうどの道をまいった」

——浜街道をまいりました。

「よし、さがって休め」

——はっ。

「誰だ、隼人《はやと》か、まいれ」

——御免。

「いま国から大槻斎宮《おおつきいつき》が着いた、仙台のようすはほぼ予想どおりらしい。大学がまいるとひともめあるぞ」

——申上げることがございます。

「なんだ」

——船岡《ふなおか》どのが板倉侯と会われました。*

「…………」

——伊東七十郎の手引きで、船岡どのは浜屋敷へあがり、その帰りに侯の下屋敷へまわられました。

「甲斐《かい》が、板倉侯とか」

——手作りのくるみ味噌《みそ》を進上のため、ということで、おそらくそのとおりかと存じますが、報告してまいりましたので、念のため申上げます。

「わかった、おぼえておこう」

——これだけでございます。

「よし、さがってよし」

世間の米

おみやは、花川戸《はなかわど》から仲町の通りへ出たところで、頭巾《ずきん》をかぶったまま、すばやく左右を眺めまわした。着物も帯も黒っぽい、地味なものだし、頭巾で顔を隠し、小さな包みを抱えた手に、数珠《じゅず》をかけている姿は、若い後家《ごけ》といった恰好《かっこう》にみえた。

午前の十時ころ、——仲町の通りは、浅草寺《せんそうじ》へ参詣《さんけい》する人で、かなり賑《にぎ》わっていた。おみやは知った人はいないかと、左右に注意しながら、大川橋のほうへ曲ったが、そのとき、向うから来る、旅姿の若侍を見て、どきっとしたように立停った。

侍はごく若かった。笠《かさ》をかぶっているので、年齢はよくわからないが、その顔だちや、骨ぼそな軀つきで、まだ少年だということが察しられた。

その若侍は埃《ほこり》まみれであった。肩から埃にまみれ、草鞋をはいた足は泥だらけで、袴の裾《すそ》にも、乾いた泥のはねがいっぱい付いていた。

「もし、あなた」とおみやが呼びかけた。

侍はびっくりした。こちらが驚くほどびっくりして、顔色の変るのがみえた。彼は棒立ちになり、ついで逃げようとした。おみやは追いすがりながら頭巾をとった。

「もし、待って下さいな」とおみやは云った、「あなた、宮本さまの新さんでしょう、あたしですよ」

侍は振返った。

「あたしみやですよ、ほら、お浜屋敷の渡辺にいた、――お忘れになって」

「お浜屋敷ですって」

「渡辺九郎左衛門のうちの者ですよ」とおみやは云った、「あなたお兄さまのお使いで、御本邸から幾たびもいらしったことがあるじゃありませんか、お茶をさしあげたり、御膳《ごぜん》の給仕をしてあげたみやをお忘れになったの」

「ああ、あなたですか」

彼は宮本新八であった。彼はようやく安堵《あんど》したらしい。十六歳という年をあらわした、親しみとなつかしさの眼でおみやを見、ぶきように目礼をした。

「おみそれして失礼しました、いろいろな事があって気がせいていたし、それに

「恰好が変ったからでしょ」おみやはくすっと笑った、「こんな恰好では見違えるのはあたりまえだわね、あなたはどこかへいらしったんですか、お旅帰りのごようすだけれど」

「いや、私は」

新八はすばやく周囲を見まわした。そして、ごくっと唾《つば》をのみながら俯向《うつむ》いた。するとかぶっている笠のために、その顔が見えなくなった。

「私は、逃げて来たんです」

おみやもあたりに眼をやった。

「逃げて来たんですって」

「ええ、でもここでは云えません、追われているんです」新八は云った、「仙台へ送られる途中で逃げたんです、捉《つか》まったら命はないでしょうから、これで失礼します」

「お待ちなさいよ、それであなた、どこへいらっしゃるの」

「私は、私はこれから」

「たよってゆく知合いがおありになるの」

「わかりませんけれど」と新八はあいまいに云った、「でも、たぶん、大丈夫だろうと思うんです」

「歩きましょう」

おみやは歩きだした。新八もそれに続いた。おみやは云った。

「あたしの旦那《だんな》も、あなたのお兄さんと同じようなめにあったから、事情はおよそわかります。だからうかがうんだけれど、めったなところへいらっしゃると、それこそ自分から罠《わな》へはまるようなことになりますよ」

「それは考えているんです」

「それで、本当に大丈夫なんですか」

「わかりません、でも、いちど助けてもらったし、立派な人だということは、みんなが云っていますから」

「では御家中《かちゅう》の方《かた》ね」

「ええ、評定役の原田さんです」と新八は云った。

「それはだめ、それはいけないわ」とおみやが云った、「あたしも原田さまの評判は聞いているわ、評判ではずいぶんいい方らしいけれど、あたしの旦那は似而非者《えせもの》だって云ってたことよ、あれは心の底の知れない人間だ、なにも知らないような顔をして、心のなかでどんな悪企《わるだく》みをしているかわからないやつだって」

「私はそうは思いません、死んだ兄も尊敬していたし、兄が殺された晩にも、私たちは原田さんに匿《かく》まってもらったんです」

「その話はあとにして、あたしのうちへいらっしゃい」とおみやは云った、「この向うの、材木町の裏にあるの、それこそ汚ない狭っくるしいうちだけれど、兄と二人だけだから遠慮はいらないし、あなたの泊るところぐらいあってよ」

「しかし、私は、――」

「だって、原田さまを訪ねていって、大丈夫だっていう証拠はないんでしょ」

新八は黙っていた。

「あたしとあなたとは、そっくり同じような身の上なのよ、そうでしょ」とおみやは云った、「いらっしゃい、あなたのお年では世間がわからないから、自分だけの考えでなにかするのは危ないわ、あたしでよければお力になってあげてよ、ね、いっしょにいらっしゃいよ」

新八はようやく、だが不決断に頷いた。

おみやはちょっと迷った。新八を説きふせるまでは、どうかして家へ連れてゆこうと思ったが、彼が承知したとたんに、兄のことが頭にうかんだ。

——あの呑《の》んだくれが。

とおみやは思った。

——きっと怒るにちがいない、怒って乱暴するかもしれないわ。

しかしおみやは、すぐに肚《はら》をきめた。兄の世話になるわけではない、自分が兄を食わせてやっているんだ。渡辺へ妾《めかけ》奉公にあがっていたときも、月づき仕送りをしていたし、いまでは「かよいだいこく」とかいう恥ずかしいことをしながら、兄を食わせているし、酒も飲ませているのである。

——なにも恐れることなんかありゃあしないわ。

おみやは新八を見た。

「さきに云っておくけれど」とおみやは云った、「兄はちょっと酒くせが悪くって、なにか悪口を云うかもしれません、でもそれは酒が云わせるんですからね、酔っていないときは温和《おとな》しい気の好《い》い人間なんですから、なにを云われても悪く思わないで下さいよ」

「それは、でも、いいのですか」

「大丈夫よ」とおみやは笑いながら頷いた、「ながい浪人ぐらしで、出世の手蔓《てづる》はなし、妹のあたしの世話になっているのが自分で辛《つら》いんでしょ、それでつい飲まずにはいられないし、飲めば八つ当りをするというわけなのよ」

「貴女《あなた》は武家出なんですか」

「ええそう、あら、ここの裏よ、泥溝板《どぶいた》に気をつけて下さいな」

材木町の大川端《おおかわばた》に面した家並の、細い路地をはいると、小さな二戸建の家があり、路地のつき当りは、すぐ大川になっていた。おみやはその二戸建の、大川に近いほうの家へいって、帰った挨拶《あいさつ》をし、留守の礼を述べた。家の中の返辞は、若い女の声であった。

「かこい者なのよ」

おみやは新八に囁《ささや》いた。それから自分の家の戸をあけた。さして古い家ともみえないが、安普請《やすぶしん》なのだろう、たてつけが悪く、戸はぎしぎしと軋《きし》んだ。おみやはさきにあがって、中から勝手口をあけ、洗足《すすぎ》の水を取ってくれた。

部屋は上り端《はな》の三帖《じょう》のほかに、六帖が二た間あり、入口と反対のほうに三尺の廊下、その戸をあけると板塀で、向うの家の庇《ひさし》が、その板塀の上にのしかかっていた。

新八があがってゆくと、おみやは裏の戸をあけ、障子もあけ放して、ちらかっている部屋の中を、手ばしこく片づけていた。

「ゆうべでかけたままなのよ」とおみやは云った、「きっとまたどこかで酔いつぶれているんだわ」

おみやは休みなしに話した。彼女は浮き浮きしていた。柔軟な身ごなしや、なめらかで、抑揚たっぷりな話しぶりや、ときおり新八を見るながし眼などは、殆《ほと》んど媚《こ》びるほどたのしげにみえた。

おみやは話しつづけた。

彼女の兄は柿崎《かきざき》六郎兵衛といい、年は二十七歳になる。父は五年まえ、母は七年まえに死んだ。父は八郎兵衛といって、大垣《おおがき》の戸田家に仕え、六百石ばかりの侍大将であった。父は若いころ島原の乱に出て、かなりな手柄をたてたが、主君の戸田氏鉄《うじかね》が亡《な》くなってから、家中の折りあいが悪く、自分から身をひいて浪人した。――そのとき母はすでに死んだあとで、一家三人は江戸へ出て来たが、江戸へ来るとまもなく父も死んだ。母の墓は大垣の在《ざい》にあり、父の遺骨はまだその家にある。いつか旅費と暇ができたら、父の遺骨を持っていって、大垣在にある母の墓へいっしょに埋めるつもりである。とおみやは話した。

兄の六郎兵衛は剣術が上手で、大垣でも評判だったし、江戸へ来てからも、諸方の道場へいって試合をしたが、負けたことは一度もない。しばしば道場から「師範になってくれ」とたのまれるが、六郎兵衛は承知しないのであった。

——自分の刀法は生活の手段ではない。

六郎兵衛はそう云うのである。主君に仕えて「いざ鎌倉」というばあい役立てるための刀法であって、食うために修業したのではない。六郎兵衛は頑固にそう云うのであった。

「あたしはじめのうちは兄の云うことを信用しなかったのよ」とおみやは云った、「でも三年まえにいちど、……そのときは深川のほうにいたんだけれど、兄が五人の侍と喧嘩《けんか》をして、五人とも刀を抜いたのに、兄は刀を抜かないで、五人ともやっつけるのを見たわ、それで兄はほんとうに強いんだなとわかってから、この兄のためなら苦労をしてもいいわって思ったのよ」

新八は聞いていなかった。

彼はおみやが渡辺九郎左衛門の妻でなく、側女《そばめ》だということを知っていた。兄の使いで五度ほど渡辺を訪ねたことがあるし、茶菓や、食事を馳走《ちそう》されたこともあるが、そのときのようすでは、彼女は召使いのような印象であった。

「あたしが渡辺の旦那のところへあがったのも、兄にいい出世のくちがみつかるまでと思ったからよ」とおみやは云った。それからふと話しを変えた。それ以上は話してはいけない、ということに気づいたらしい。おみやは取って付けたように「ごめんあそばせ」と云い、隣りの六帖で着替えをしながら云った。

「あなた、どこでお逃げになったの」

「片倉という処です」と新八は云った、「常陸《ひたち》の片倉という処で、護送者の隙《すき》をみて逃げたんです」

「そこは遠いの」

「江戸から三日かかりました、江戸を出たのが七月二十九日ですから」

「今日はもう八月七日よ」

「まわり道をしましたから」と新八が云った、「もとの道では捉まると思ったので、片倉の近くに巴川《ともえがわ》という川があるんですが、その川にそって下って、霞《かすみ》ケ浦《うら》という処へ出て、そこは湖なんですが、舟で江戸崎という処へ渡って、それから」

「そんなこと云われてもあたしにはちんぷんかんぷんだわ」おみやは苦笑した。

着替えを済ませ、脱いだ物を掛けたり、たたんだりし、また茶の支度をしながら、彼女はつぎつぎと質問をした。

――だらしのないひとだな。

新八はそう思いながら、気のすすまない調子で、訊《き》かれることに返辞をした。

――話しをするなら、坐《すわ》ってすればいいのに、着替えもしないうちに話しかけたり、湯を沸かしながら話したり、訊きもしない身の上ばなしをしたり。

と新八は思った。

——武家そだちとは思えない、まるで町人のようだ。

彼はやはり原田を訪ねればよかったと思った。そう思いながら、返辞だけはした。

おみやの兄の六郎兵衛は、日が昏《く》れてから帰って来た。年は二十七だというが、新八の眼には三十四五くらいにみえた。痩《や》せた筋肉質の軀《からだ》で、顔は頬骨が高く、酔っているためだろうが、赤く充血した、するどい眼つきをしていた。なかなかしゃれ者とみえ、栗色《くりいろ》の縞《しま》の着物に黄麻《きびら》の羽折を重ね、白の足袋をはいていたが、帰って来るとすぐに、それらを脱ぎちらして、おみやをびしびしと叱《しか》りながら、常着《つねぎ》に着替えた。

おみやはなにを云われても口答えをしなかった。まるで仔猫《こねこ》のような従順さで、手ばしこく兄の世話をした。

新八は固くなっていた。六郎兵衛はまったく新八を無視していた。新八のほうは見もせず、もちろん声もかけなかった。

「酒の支度はできているか」

坐るとたんに、六郎兵衛はそう云った。

「すぐにできますわ」とおみやが答えた。

彼女は兄の脱いだ物を片づけながら、新八のほうを見て、「こちらの方は」と云いかけた。すると六郎兵衛は、聞きもせずに遮った。

「うるさい、酒を早くしろ」

「はい」とおみやは口をつぐんだ。

六郎兵衛は黙って飲み、やがて飲み終ると、夜具をとらせて寝てしまった。

それまで新八には、食事が出されなかった。おみやは兄の給仕にかかりきりで、新八には話しかける隙もなかった。六郎兵衛の酒は一刻《いっとき》ばかりかかったが、そのあいだ、彼は少しも妹をはなさず、次から次と用を云いつけた。

――失礼な人だな。

新八はそう思った。厄介になっている、というひけめで、固くるしく坐っていながら、六郎兵衛の態度の無礼さに腹が立った。

――出ていってやろうか。

そんなふうにも思った。六郎兵衛の寝たあと、おみやはこちらの六帖へ食事の膳立てをした。兄の耳を恐れるように、忍び足で、殆んどもの音を立てずに支度をした。

「おそくなってごめんなさい」とおみやは囁いた。「おなかがすいたでしょ」

新八は首を振った。おみやはもっと低い声で囁いた。

「酔っているときはむずかしいの、きげんの好いときもあるし、たいていきげんがいいんだけれど、そうでないときは雷さまみたようなの、気を悪くしないでね」

「失礼したほうがいいんじゃありませんか」

「朝になったら話すわ」とおみやが云った、「酔がさめれば人が違ったようになるのよ、話しをすればわかるし、きっと力になってくれると思うわ、さあ、めしあがれ」

新八は食欲がなかった。朝食を早く喰《た》べたままだから、空腹なことはたしかだが、空腹が過ぎたのと、六郎兵衛のいやな態度で、すっかり食欲がなくなっていた。

その夜、二人は同じ部屋で寝た。もちろん夜具は端と端へはなれていたが、新八は寝ぐるしかった。

「堪忍してちょうだい」おみやが夜具の中からそう囁いた、「兄は癇性《かんしょう》で、人が同じ部屋にいると眠れないんですって、迷惑でしょうけれどがまんして下さいね」

新八は眼をつむったまま、黙って頷《うなず》いた。女と同じ部屋で寝ることなどは初めてだし、なにやら気が咎《とが》めるようで、おみやのほうを見ることができなかった。

「おやすみあそばせ」とおみやが囁いた。

六郎兵衛と話しをしたのは、それから五日ののちのことであった。それまでは起きるとすぐに飲み始め、酔うと出てゆき、帰るとまた飲み、酔っては寝てしまうのである。新八は無視したままだし、妹にも話しかける隙は与えなかった。

五日めの朝、彼は妹に云った、「こちらはどういう人だ」

それは朝食のあとであった。

珍らしく六郎兵衛は酒を飲まなかった。不味《まず》そうに茶漬を喰べたあと、茶を啜《すす》りながら妹に話しかけたのである。おみやは新八の話しをした。

「簡単に話せ」と六郎兵衛は云った。

おみやは「はい」といった。自分では簡単に話すつもりだったろう、しかしそれは諄《くど》くて長かった。

「もっと要点だけにしろ」と六郎兵衛はまた云った。

おみやの話しが終ってから、彼はぼんやりと壁を眺めたまま、ややしばらくなにも云わなかった。それからふと妹を見た。

「おまえでかけないのか」

「ええ、いいんです」とおみやが云った、「なんだか叡山《えいざん》に用があるとかってでかけて、今月いっぱい帰らないんです」

「茶をくれ」と六郎兵衛は云った。

おみやが茶を注ぐと、彼はそれには口をつけず、疲れたような眼で新八を見た。

「国許《くにもと》へ護送される途中ということだが、国許へいってからは、どうなる筈だったのか」

「永の預けということでした」と新八が答えた。

「これの主人も斬《き》られた」と六郎兵衛が云った、「そこもとの兄と、ほかにも二人斬られたそうだ、陸奥守《むつのかみ》に放蕩をすすめたというかどで、いちどの糾明もなく、暗殺された、そして暗殺者は、上意討《じょういうち》だと云ったそうだな」

「私は知りません」

「みやが自分で聞いたんだ」と六郎兵衛は云った。新八は屹《きっ》とした顔で六郎兵衛を見た。

「私は信じません」と新八は云った、「もし本当にそう云ったとすれば詐称《さしょう》です、私は上意討などということは信じません」

「どうして」

「私は、私は知っているんです」

「なにを」

「それは、云えません」と新八は眼を伏せた。

六郎兵衛はじっと新八を見た。それから低い声で云った。

「江戸へ逃げ帰ったのは、そのためか」

「なんですか」

「兄の仇《あだ》を討つためだろう」と六郎兵衛が云った。新八は軀を固くし、黙って顔をそむけた。

「相手は誰だ」

新八は答えなかった。

「私が云おうか」と六郎兵衛が云った、「兵部少輔宗勝《ひょうぶしょうゆうむねかつ》、――違うか」

新八はぴくっとふるえた。兵部少輔宗勝。まさか六郎兵衛が知っていようとは予想もしなかったので、その名を云われたときは、心のなかを見透《みすか》されたように思った。

「伊達《だて》家に内紛があるということは聞いていたし、みやの話しであらまし察しがついたのだが、そこもとの考えはどうだ」

「私も、私も、そう思います」

「話してくれ」と六郎兵衛が云った、「なにかはっきりした根拠があるのか」

「初めからそうだったんです」と新八は云った、「渡辺さんや兄たちは、一ノ関さまに云い含められて、殿さまを新吉原へお伴《つ》れ申し、世間の噂《うわさ》になるようにしたんです」

「兄上が云ったのか」

「兄がいいました」

「理由はなんだ」と六郎兵衛が訊いた。

「御家の系譜を正しくするためだと聞きました」

「系譜を正すって」

「そうです」と新八は強く頷いた。

逼塞《ひっそく》になった綱宗《つなむね》は、亡き忠宗《ただむね》の六男であった。長男の虎千代《とらちよ》は七歳で夭折《ようせつ》、二男の光宗は十九歳で死んだ。長男と二男と、そして立花（左近将監《さこんしょうげん》）忠茂《ただしげ》に嫁《か》したい、なべ姫の三人が正夫人ふり姫から生れた。ふり姫は池田輝政《てるまさ》*の女《むすめ》で、徳川秀忠《ひでただ》*の養女として忠宗に嫁したのであった。

このほかに、三男亀千代《かめちよ》、四男（夭折）五郎吉、五男辰之助《たつのすけ》、六男巳之助丸《みのすけまる》（綱宗）という子たちがおり、これはみな側室から生れた。正保二年、光宗が十九歳で死んだとき、正夫人ふり姫は、いちばん末子《ばっし》の巳之助丸を世継にするよう主張した。それは、巳之助丸の生母が、櫛笥《くしげ》左中将隆致《たかむね》の女《むすめ》だったからである。彼女は貝姫といい、その姉の逢春門院《ほうしゅんもんいん》は後西《ごさい》天皇の御生母であった。こういう名門の出である母から生れたので、正夫人は彼を世継に推したらしい。そして、彼は二人の兄をさし越して、忠宗の世子《せいし》に直った。

三男は田村家を継いで、いま右京亮宗良《うきょうのすけむねよし》となのり、栗原郡《くりはらごおり》岩ケ崎、一万五千石の館主《たてぬし》である。五男も分家して、式部宗倫《むねとも》といい登米郡《とめごおり》寺池、一万二千石の館主であった。

「すると、つまるところ」と六郎兵衛が云った、「上に二人の兄があるのに、末子が跡目《あとめ》を継いだ、それが不当だということか」

「ひと口に申せばそうです」と新八が云った、「兄も正《まさ》しくそうだと云っていました」

「それは兵部の説だな」

「兄はそうだと云いました」

「あとを聞こう」と六郎兵衛が云った。

「私もそうかと思っていたのですが、殿さまが御逼塞になった日、兄は、はかられた、と申しておりました」

「はかられたって」

「そうです、ひどく苛《いら》いらしたおちつかないようすで、はかられた、はかられたと申し、どうしたらいいか、などと、苦しそうに独り言を云っていました」

「その明くる晩、刺客が来たのか」

「その明くる晩でした」

六郎兵衛は茶を啜った。

「兵部のしごとだ」と六郎兵衛は云った、「兵部が四人をそそのかし、そそのかした事実を抹殺するために、四人を片づけたのだ」

「貴方《あなた》もそうお考えですか」

「みやの話で推察したんだ」と六郎兵衛は云った、「みやの話しでは、渡辺どのは食禄《しょくろく》を加増され、重く用いられる筈だった、一ノ関が明らかにそう約束したと、酔ったまぎれに云ったそうだ」

「私は兄の恨みをはらします」

「まあおちつけ」

「私はおちついてはいられないんです」と新八は云った、「私はたよる親類もなし、親類はあってもこんな事情だからたよってはゆけないし、それに、それに私は」

「そうです、私はもう、二三枚の銭しか持っていないんです」

「心配するな」と六郎兵衛が云った。

「そうよ、お金のことなんか心配することはないわ」

とおみやが云った。

「おまえは黙れ」と六郎兵衛が云った、「兵部をうらみたいのはそこもとだけではない、妹の主人を殺されたおれも、このまま手をつかねてはおらぬつもりだし、また、他の二人にも遺族があるだろう」

「はい、畑さんに二人、宇乃《うの》という娘と、虎之《とらの》助《すけ》という小さい子がいます」

「そこもと一人の敵《かたき》ではない、そうだろう」

新八は俯向いた。

――兵部め、搾《しぼ》ってくれるぞ。

と六郎兵衛は思った。

――骨の髄まで搾ってくれるぞ。

彼は茶碗《ちゃわん》を置いて、「着物を出せ」と云った。おみやはすぐに立っていった。

「時期を待て、このおれが付いている」と六郎兵衛は云った、「いつか必ず、おれが討たせてやるぞ」

こおろぎ

「もうよくってよ」とおみやが云った、「着物はそっちで脱いでらっしゃい」

新八は「ええ」といった。彼は六郎兵衛の単衣《ひとえ》を着ていた。この家へ来てから十余日、肌着や下のものはおみやが新調してくれたし、着物は六郎兵衛のお古を着せられていた。

「なにをしているの」と勝手でおみやが云った。

新八は「いま」と云いながら、不決断に帯を解いた。おみやが勝手口から顔を出した、「なにしてるの、あたしが脱がせてあげましょうか」

「大丈夫です」新八は下帯だけになった。

勝手はひどく狭い。そこに盥《たらい》が置いてあり、半分ほど湯が入れてあった。おみやは手拭《てぬぐい》を渡しながら、新八と入れ換った。

「下帯をとりなさいな」おみやが云った、「今日は代りのがまだ乾いていないでしよ、それを濡《ぬ》らすと緊《し》めるのがなくってよ」

「ええ、でもこれで」

「いいじゃないの、よそではいるんじゃなし人が見るわけでもなし、あたしだっていつもそうするのよ」

新八は頷いたが、両手を脇《わき》に垂れたまま立っていた。

「どうしたの、新さん」

「ええ、いま」

「あらいやだ、恥ずかしいの」

「あっちへいって下さい」

「恥ずかしいのね」

新八は黙っていた。おみやは上気した顔で、可笑《おか》しそうに彼を眺め、それからわざと強い調子で云《い》った。

「冗談じゃないわよ、新さん、男のくせになによ、そんなこと恥ずかしがるなんてだらしがないじゃないの、はっきりしなさいよ」

新八は下帯をとった。おみやは彼の背中を平手で叩《たた》き、くくと笑いながら六帖のほうへ去った。

新八は盥の中へはいった。盥は小さくはなかったが、片方が壁、片方に釜戸《かまど》があるので、軀をながすには窮屈であった。彼は片膝《かたひざ》を立て、手拭をぬるま湯に浸しては、そろそろと軀をしめした。するとおみやが覗《のぞ》いた。

「そうね、男が行水をつかうには此処《ここ》はちょっと無理ね」とおみやが云った。

新八はびくっと身をちぢめた。おみやはそばへ来た。

「あたしがながしてあげる」

「大丈夫です」と新八が云った。

「ながしてあげるわよ」

「よして下さい、大丈夫ですから」

新八は肩をすくめた。おみやがすばやく手拭を取りあげると、壁へ湯がはねた。

「ほらごらんなさい、湯がはねるじゃないの」とおみやが云った、「湯がはねるからながしてあげるっていうのよ、じっとしてらっしゃい」

新八は固くなった。

「ずいぶんしっかりした軀をしてるのね、裸になると十六だなんて思えやしないわ、ここのところなんて肉がこりこりしてるじゃないの」

おみやは片手で彼の肩をつかみ、片方の手にまるめた手拭を持って、それで彼の肩や背中をこすった。新八の白い膚《はだ》は、こするにしたがって赤くなった。まだ少年らしい柔軟な薄い膚であるが、育ちざかりの、新鮮な、活《い》き活《い》きした力の脈搏《みゃくう》っているのが、その膚の下に感じられた。

「あら、どうするのよ」とおみやが云った、「そんなに逃げちゃあながせないでしょ」

「擽《くすぐ》ったいんです」

「子供のようなこと云わないの、しゃんと力をいれてなさいな、ずいぶん垢《あか》がよれるわ」

おみやの顔は赤くなり、力をいれるので息も荒くなった。おみやが立ったり蹈《かが》んだりするたびに、彼女のからだの匂《にお》いと香油の香が新八を包み、彼女の荒い呼吸が、うしろ頸《くび》や、肩や、背中を熱く撫《な》でた。新八は息ぐるしくなり、ますます固くなった。

「こんどはお手て」とおみやは彼の右腕をつかんだ、「もっと伸ばして」

「もう自分でやります」

「伸ばすのよ、そんなに世話ばかりやかせるとぶってあげるから」

新八は右手をあげ、右手のあったところへ左手を置いた。おみやの眼がすばやく動いた。彼女は脇へまわり、新八の腕をあげて、腋《わき》のほうを洗った。新八は「あ」といいながら、左の手でおみやの手をよけ、右手をふり放した。湯を打ったので湯がはね、おみやの顔にまではねかかった。そのときまた、おみやの眼がすばしこく動いた。

「まあひどい、乱暴ね」

「だって擽るから」新八は赤くなった。

「こんなに湯をはねかして」

「済みません」

そのとき戸口に人の声がした。

「うちかしら」とおみやが云った。

その声は戸口でしていた。おみやは「はい」と答え、持っている手拭を絞って濡れたところを拭《ふ》き、はしょっていた裾をおろすと、襷《たすき》をとりながら出ていった。

戸口にはみなれない侍が立っていた。

「柿崎《かきざき》さんのお住居《すまい》はこちらですか」

「はい、柿崎でございます」おみやは膝をついて、相手を見あげた。

それは三十歳ばかりの、軀の痩せた、おちくぼんだ眼のするどい、貧相な浪人者であった。

「私は野中又五郎という者ですが」とその侍は云った、「柿崎さんは御在宅ですか」

「ただいま留守でございます」とおみやが答えた。

浪人は「はあ」といった。その顔に失望の色がつよくあらわれ、おみやから眼をそらして、溜息《ためいき》をついた。

――どういう人だろう。

とおみやは思った。兄のところへは訪ねて来る者は殆んどない、兄にもつきあう者はあるようだが、この家へ伴れて来ることはなかった。人とのつきあいは外だけに限っているのだろう、野中というその浪人も、おみやは初めて見る顔であった。

「なにか御用でしょうか」とおみやが訊いた。

「困ったな」浪人は困ったなと繰り返した。いかにも途方にくれたという云いかたであった。

「お帰りはわかりませんか」

「昨日でかけたままですから、今日はたぶん戻るだろうと思いますけれど」

新八にもその問答が聞えた。

彼は戸口の声が侍だとわかったとき、伊達《だて》家の追手《おって》ではないかと思い、かっとなりながら、濡れた軀をよくも拭かずに、手ばしこく着物を着た。彼が着物を着てしまい、こちらの六帖でようすをうかがっていると、侍はまもなく帰ってゆき、おみやが戻って来た。

「誰ですか」

「あら、もう出ちゃったの」

「いまのは誰ですか」

「心配しなくっても大丈夫、兄のところへむしんにでも来たんでしょ、おちぶれた恰好をして、あたしも見たことのない人よ」

新八は坐った。

「あたしも汗をながそう」とおみやは云った、「新さん済まないけれど蚊遣《かや》りを焚《た》いてちょうだい、わかるでしょ」

「わかります」新八は立ちあがった。

彼が干した蓬《よもぎ》を火鉢で焚いていると、勝手でおみやが、盥の湯かげんを直すのが聞えた。

それから彼女は六帖へ来て、着物を脱ぎ、裸になって勝手へ戻った。

「新さん」とおみやが勝手から云った、「お使いだてして済まないけれど、そこに糠袋《ぬかぶくろ》があるから取ってちょうだいな」

新八は「はあ」といったが、煙にむせんで咳《せき》こんだ、「どこですか」

「鏡架けの脇に掛けてあるでしょう」

糸で括《くく》った糠袋が、鏡架けに掛けてあった。煙がしみて涙の出る眼をこすりながら、彼はそれを障子のところからさしだした。

「こっちへ来てよ、無精ね」とおみやが云った、「そんなところからじゃ届きゃしないわ、こっちへはいって来てちょうだいな」

新八は勝手へはいって、眼をそむけながら糠袋を渡した。おみやはくっと笑った。

「どこを見ているの、新さん」

「煙が眼にはいったんです」

「ちょっと」おみやが呼び止めた、「あんた、ずいぶん薄情ね、そのままいってしまうの」

「なんですか」

「あたしだってながしてあげたじゃないの、背中ぐらいながしてくれるものよ」

新八は向うを見たまま立っていた。

「ねえ、背中だけでいいわ」

新八は黙っていた。

「そんなにうしろ向きに石地蔵を置いたように突っ立ってないで、こっちを見てなにかお云いなさいな、ねえ新さん、あんたあたしの裸を見るのが恥ずかしいの、そうでしょ、あんたいろけづいたんだわ」

新八は拳《こぶし》をにぎった。

「そうじゃなければ、背中ぐらいながせない筈《はず》はないことよ、だって、あたしたちきょうだいになるって約束したんですもの」

「蚊遣りが、消えますから」と新八がいった。

「いいわよ、たんとそうなさい、もう頼まないわ」

「済みません」

新八は六帖へ去った。うしろでおみやの、含み笑いが聞えた。

彼はついにおみやのほうを見なかった。しかし、もう薄暗くなりかけた勝手のそこに、脂肪ののった、白い、素裸な女の体のあることは、眼で見るよりも鮮やかに、なまなましく彼の感覚が見ていた。

——おれは堕落した。

新八は心のなかで思った。これまで、かつてそんな感情を味わったことはなかった。異性に対する漠然とした、あこがれの気持はあった。同じ年の友達のなかには、おとなぶったふりをして、ずいぶん露骨な話しをする者もある。なかには売女《ばいた》と寝たなどといって、誇らしげにそのようすを語る者もいたが、新八には理解もできなかったし、そういうことに興味もなかった。

彼が身ぢかに知っていた女性は、母と一人の姉だけであった。母も姉も亡くなったが、母や姉のところに来る女客のなかに、好きなひとがいて、そのひとが来るとよく母たちの客間へいっては叱られた経験があった。おそらくそれも漠然とした興味、ごく単純な女性というものへの関心という程度であったろうが、それらの人たちには、母や姉とちがった、一種の胸のときめくような感じを、与えられたものであった。

おみやのばあいは、そういう経験とはまったくかけはなれていた。彼はいま、毎日、自分が汚れてゆくように思えるのであった。

——おれはだんだん堕落する、堕落してゆくばかりだ。

新八はそう思った。おみやとの生活はまだ半月くらいにすぎないが、彼を絶えず混乱と羞恥《しゅうち》で動揺させた。おみやといっしょにいると、これまで彼の知らなかった感情や感覚が、彼のなかにめざめ、つよい力で彼を支配しようとする。しかも彼は、自分がそれに抵抗できなくなるだろう、ということを感じ、そのために自分が不潔で、けがらわしく思われる。

——この家を出てゆこう。

出てゆかなければならない。幾十たびとなくそう決心した。しかし出てはゆけない、彼はその家を出てゆくことはできなかった。

——金も持ってはいないし、仙台藩の追手に捉《つか》まるだろう。

たしかに、そのとおりだった。それは決して「口実」ではない。口実ではないか。たしかに「口実」ではないか。新八は自分を恥じ、自分を不潔に思った。

おみやは浮き浮きしていた。夕餉《ゆうげ》の支度をしながら、あまえた声で新八に話しかけ、なにか楽しいことでもあるように、鼻唄《はなうた》をうたったりした。——二人が食膳《しょくぜん》に向かったとき、六郎兵衛が帰って来た。彼は酔っていた。そして、いつものように酒を命じ、奥の六帖で飲みだした。

六郎兵衛が飲みだすとまもなく、隣りのお久米《くめ》が戸口へ来て、おみやと何か話しだした。お久米は日本橋のほうの、回船問屋をしている老人のかこい者で、おみやの話しによると、六郎兵衛に想《おも》いをかけているのだという。

——ずっとまえからよ。

と新八に云ったことがある。

——でも兄はだめなの。ずいぶん辛抱づよく云いよるんだけれど、てんで見向きもしないのよ、見ていて可哀《かわい》そうなくらいだわ。

いまもくどくど頼んでいるのは、なにか酒の肴《さかな》を持って来て、酌をさせてもらいたい、とせがんでいるようであった。だがまもなく、六郎兵衛が「みや」と尖《とが》った声で呼び、云いさとされたのだろう、お久米はそっと帰っていった。こちらにいる新八にも、お久米の落胆していることがわかるような、よわよわしく哀《かな》しげな挨拶ぶりであった。

「ああ、今日お客さまがみえましたよ」

給仕をしながらおみやの云うのが聞えた。

「野口、いいえ、あらいやだ、なんていったかしら、野口じゃなかったわね」

「もの覚えの悪いやつだ」

「さっきまでちゃんと覚えていたのよ」

新八がこちらで咳をし、そして云った、「野中又五郎といっておられましたね」

「あら、そうかしら」

「野中又五郎といっておられましたよ」

「わかった」と六郎兵衛が云った、「野中ならわかっている、飯にしてくれ」

「あら、もういいんですか」

「飯にしよう」と六郎兵衛は云った、「すぐでかけなければならない」

「今夜もですか」

「茶漬で食おう」

食事を簡単に済ませると、もういちど着替えをして、六郎兵衛は出ていった。

「野中さんがみえたら、なんて云っておきますか」

「来はすまいが、来たら寺へいったと云っておけ」

「お寺ですって」

「云えばわかる」

そして彼は出ていった。

その夜半、新八は夢でひどくうなされた。断崖《だんがい》の裂け目にはいったまま、どうしてもぬけだすことができず、断崖が両方から圧迫して来て、いまにも圧《お》し潰《つぶ》されるかと思うほど苦しい。殆んどみしみしと骨のきしむ音が聞えるくらいだった。おそらくごく短いあいだのことだったろうが、苦しさのあまり彼は呻《うめ》き声をあげ、そして眼をさました。するとあまい香料がつよく匂い、自分が誰かに、上から抱きしめられていることに気づいた。まだ眠りからさめきらず、半ば悪夢のなかにいながら、彼は上から抱かれていることに気づき、その抱擁からのがれようとして、身をもがき、手を振ろうとした。しかし呻き声が出るだけで、身動きもできず、手は、まるで金縛りにでもされたように、まったく自由にならなかった。

「じっとしてて」と耳のそばで喘《あえ》ぐのが聞えた、「じっとしてらっしゃいね、新さん、じっとしてるの、わかって」

新八は首を振った。ねっとりとした、火のように熱いものが、唇を押え、耳たぶに触れ、また唇を痛いほど吸った。新八はようやく眼ざめ、殆んど恐怖におそわれながら、その腕をつかみ、身をよじった。相手は手と足とで絡《から》みつき、押え、のしかかって緊めつけた。ぬめぬめとした火のように熱いものが、頬に頸に吸いつき、肩に歯を立て、そうしてあらあらしい喘ぎで彼を包んだ。

「いやです」と新八は手を払った、「よして下さい、いやです」

新八ははね起きた。相手は「痛い」といった。行燈《あんどん》が消えていて、部屋の中はまっ暗であった。

「ひどいのね」と闇《やみ》のなかでおみやが云った。新八は坐ったまま、うしろへしさった。すると、背中が壁につかえた。

「ひどい新さん、あんまりよ」とおみやが云った。

新八は立って、手さぐりで襖《ふすま》をあけた。彼は外へ出ようと思った。

「新さん、どうするの」とおみやの立つけはいがした、「どうするのよ、新さん」

「ちょっと、――」と新八が吃《ども》った。その声はみじめにふるえていた。彼は三帖のほうへ出た。

「待って、待ってよ」おみやが追って来た、「堪忍《かんにん》して、あたしが悪かったわ、あやまるから堪忍して、ね、新さん、もうなんにもしないから、堪忍してちょうだい」

「来ないで下さい」新八が云った、声はまだおののいていた、「こっちへ来ないで下さい」

「ええいいわ、いかないわ、おとなしくするわ、だからあんたも戻って来て」

「私は此処にいます」

「もう決してなにもしないから、ねえ、お願いよ新さん」

「来ないで下さい」

「ゆきゃあしないことよ、ほら、こっちにいるじゃないの」

「構わないで寝て下さい、私は少しこうしています」

「だめよ、そんなこと、もうしないってあやまってるじゃないの、お願いだから戻って寝てちょうだい、お願いよ、新さん」

「私は少しこうしています」

新八はその三帖で坐った。

おみやはなおくどいた。新八はもう返辞をしなかった。おみやは戻って行燈に火をつけ、ではあたしは寝ます、と云った。新八は黙っていた。おみやは本当にもうなにもしない、と誓い、あたしが眠って、もう安心だと思ったらあんたも寝てちょうだい、と云った。

新八は壁に背をよせて坐っていた。おみやは寝床の中へはいった。

――こんなことになるだろうと思った。

彼は心のなかで思った。寝しずまった夜半すぎの床下で、しきりにこおろぎが鳴いていた。新八はそっと手の甲で眼を拭いた。

新八の気のつかないうちに、おみやは、ひと夜ごとに夜具の間隔をちぢめて来た。やがて気がついたが、彼にはなにを云うこともできなかった。彼は自分が、そんなことで文句を云える立場ではない、と思った。おみやは寝返りを打って、手や足を、新八の夜具へのせることもあったが、彼はそっと軀をずらせるだけで、押し返したり、よび起こして注意するようなことはしなかった。そして、とうとうこんなことになった。新八は寝衣《ねまき》の袖《そで》で、自分の唇や、顔や頸などを拭きながら、嘔吐《おうと》の発作におそわれた。

「堪忍してね、新さん」六帖でおみやが囁《ささや》いた、「あたしあなたを、弟のように思っていたの、弟のように思っているうちに、情が移ってしまったのよ、辛《つら》いわ」とおみやが囁いた。

「あたしもう決して、あなたのいやがるようなことはしないわ、だから、嫌わないでね」

おみやの啜り泣くのが聞えた。新八はこおろぎの声に聞きいっていた。

石　火

住居を出た柿崎《かきざき》六郎兵衛は、旅籠町《はたごちょう》までまっすぐにゆき、二丁目を右へ曲って、西福寺という寺へはいった。

彼はそのまま出て来なかった。

明くる朝、その寺の土塀《どべい》に付いたくぐり門から、二人の浪人者がはいってゆき、十時ころ、さらに三人の浪人者がはいっていった。そして午後二時まえ、――六郎兵衛は一人の浪人者と、門から出て来た。その伴れは、あとからきた五人とはべつの男で、たぶん寺に泊っていたとみえるが、彼は野中又五郎であった。

旅籠町の通りへ出ると、そこで二人は別れた。野中は低頭して「では」と云った。六郎兵衛は目礼もしなかった、彼は野中には眼もくれずに歩いてゆき、片町の角のところで辻駕籠《つじかご》に乗った。

「宇田川町へやれ」と彼は駕籠の中で云った。

駕籠が芝の宇田川町へかかると、そこで彼は駕籠をおり、宇田川橋を南へ渡って、伊達兵部《だてひょうぶ》邸の門をおとずれた。

名を告げると、わかっていたとみえ、番士が脇玄関へ案内し、そこで若侍にひきつがれた。若侍は彼を接待の間へみちびき、「しばらく待つように」と云って去った。

彼はながく待たされた。茶と菓子が二度出され、約二時間ちかく経《た》ったとき、中年の侍があらわれて、自分は用人の唯野内膳《ただのないぜん》であるとなのった。六郎兵衛は黙って目礼した。

「御用のおもむきをうかがいましょう」と内膳が云った。六郎兵衛は黙っていた。内膳がもういちど、同じことを繰り返した。

「私は兵部少輔《しょうゆう》さまにおめにかかりたいと申し出てあります」と六郎兵衛は答えた。それはわかっている、と内膳が云った。

「それは承知しているが、いちおう御用のおもむきをうかがうのが、用人としての私の役目ですから」

六郎兵衛は相手を見、それから冷やかに云った。

「いち言で申せば、一ノ関侯の御首にかかわることです」

内膳は口をつぐみ、やがて、静かな声で云った、「それは一大事ですな」

六郎兵衛は黙っていた。

「しかし、ただそれだけではあまりに唐突で、取次ぎの申しように困ります、もう少し詳しいことをうかがえませんか」

「これでいけなければ帰るだけです」と六郎兵衛が云った。内膳はしばらく黙っていたが、六郎兵衛が承知しないとみたのだろう、「しばらく」と云って立っていった。

こんどもまた待たされた。

そして四半刻《しはんとき》ほどして、四十五六になる小柄な、逞《たくま》しい軀《からだ》つきの侍が出て来、

「家老の新妻隼人《にいづまはやと》である」となのった。

六郎兵衛は、無遠慮に、相手を眺めた。

新妻隼人も平静な眼で、六郎兵衛を見返していた。彼がなのったのに対して、六郎兵衛は目礼はしたが、なにも云わなかった。隼人がまた云った。

「用向きを聞きましょう」

「わかりの悪い人たちだな」と六郎兵衛が云った、「同じことをなんど云わせればいいんだ」

「私が用向きを聞きます」

「侯には会わせないというんですね」

「用向きを聞きましょう」

六郎兵衛は黙った。それから云った。

「私は非常な大事について、侯じきじきに会いたいと申しいれ、会うから来いという返事で来たのだ」

「その返事は私が出したのだ」

「侯は知らぬというんですか」

「かようなことを、いちいち殿の採否にまつくらいなら、家老や用人はなくて済む、そうは思われないか」

「これは尋常のばあいではない」

「どう尋常でないかを聞きたいのだ」

「侯に会って云いましょう」と六郎兵衛は云った、「さもなければ帰るだけだ」

隼人はするどく彼を見た。

「よろしい」と隼人が頷《うなず》いた、「それではやむを得ません」

六郎兵衛は眉《まゆ》も動かさずに、左手で刀を取って立ちあがった。

隼人が声をかけると、案内をするために若侍が出て来た。六郎兵衛はその若侍について、廊下を玄関のほうへと静かに歩きだした。そのとき、たぶんようすを聞いていたのだろう、用人の唯野内膳が、すり足で追って来た。

「しばらく」と内膳がよびかけた。

六郎兵衛は黙って歩きつづけた。内膳は追いついて、「お上がお会いなされる」と云ったが、六郎兵衛は足を停めなかった。

「お待ち下さい、お上が会うと仰《おお》せられています、柿崎どの」

「いやだ」と六郎兵衛は歩きながら云った、「私は駆引きは嫌いだ」

「私どものおちどです、主人は知らぬことですから、どうぞ、どうぞしばらく」

六郎兵衛は立停った、「貴方がたのおちどか」

「役目上やむを得なかったのです、どうぞ御了解のうえお戻り下さい」

「手数をかける人たちだな」

六郎兵衛は冷笑し、そして頷いた。

「どうぞこちらへ」

内膳が接待の間まで伴れ戻した。そこでまたひともめあった。刀をそこで預かるという、六郎兵衛は拒絶した。刀を預かるというのは、さして不当な要求ではない。一万石あまりの小大名にしろ、その前へ出るには作法がある。脇差はともかく、刀は置いて出るのが礼儀だった。しかし六郎兵衛は拒絶した。自分は誰の扶持《ふち》もうけていない浪人者である。兵部どのには警告をしに来たのだから、対等でなくては会わない、と云った。

そこにはすでに新妻隼人はいなかった。内膳は困って、いちど奥へ相談にゆき、戻って来て「ではそのまま」と承知した。

とおされたのは小書院であった。こんどは待たせなかった。六郎兵衛のそばには内膳がひかえ、兵部は*小姓一人をつれて上段へ出て来た。六郎兵衛は軽く低頭した。

「——聞こう」と兵部が云った。六郎兵衛は大胆に、兵部の眼をみつめながら云った。

「人ばらいを願います」

兵部は黙って見返し、それから云った。

「それほどのことか」

「侯のおためです」

内膳がなにか云おうとした。兵部はそれを制止し、にっと微笑しながら云った。

「みなさがっておれ」

小姓は持っていた佩刀《はかせ》を、刀架《かたなかけ》にかけて去った。内膳はちょっと躊《ため》らったが、しかしこれも*入側《いりがわ》へさがった。

「聞こう」と兵部が云った。

「隼人どのからお耳に達したと思いますが、侯のおしるしを覘《ねら》っている者がございます」

「どういう人間だ」

「おわかりの筈だと思います」

「では、なんのために来た」と兵部が云った、「おれが知っていると思うのなら、そのほうが来る必要はなかろう」

「仰せのとおりです」

「ではなんのために来た」

「お役に立つかと思ったのです」

兵部は黙った。

「誰が侯を覘っているか、それは御自身で知っておられると思います」六郎兵衛はゆっくりと云った、「しかし、かれらが侯を覘う動機と、侯のお首を覘うだけでなく、べつに行動を起こすかもしれないということは——」

六郎兵衛は言葉を切った。兵部が笑ったからである。六郎兵衛が言葉を切ると、兵部は「気にするな」と云った。

「聞いておる、つづけるがいい」

「私の申すことがお信じになれないようですな」と六郎兵衛が云った。すると兵部が云った。

「おれは単直を好む、それだけのことだ」

「私は単直に申しています」

「よし、つづけるがいい」

六郎兵衛は心のなかで、舌打ちをした。

——これは相当なやつだぞ。

兵部が笑ったのは、意味があるのではなく、こちらの話しの腰を折るためである。こちらの話しの調子に乗らぬために、わざと話しの腰を折ったのだ。

「かれらは」——と六郎兵衛は云った、「自分たちの父や、主人や、兄たちが、誰の手によって抹殺されたか、その原因がなんであるかを、知っています」

「そのほうもか」

「私もです」

「妄想ではあるまいな」

「それは侯が御存じの筈です」

「あとを聞こう」と兵部が云った。

六郎兵衛はずばずばと云った。さる人が渡辺ら四人に命じて、陸奥守《むつのかみ》に放蕩《ほうとう》をさせ、綱宗《つなむね》が逼塞になったこと、そこで放蕩をさせた事実を湮滅《いんめつ》するために、四人を暗殺させたこと。これらはみな「さる人」の方寸によって行われたことであるし、暗殺された遺族はみなそれを承知していることなど、まったく無遠慮に云ってのけた。

兵部は聞き終ってから、「そのさる人と申すのが、余だというのか」と云って微笑した。

六郎兵衛は答えなかった。兵部は微笑したまま云った。「それではさだめし、さる人がなぜそんなことをしたか、その理由もわかっておるだろうな」

「理由は表裏二面あります」と六郎兵衛が云った、「その一は、陸奥守どのが兄君お二人をさし越して家督を相続された、これを正しくするということ、その二は、陸奥守どのに代って、その人御自身が六十万石のあるじに直ろう、という御計画です」

「そして、それがこのおれだというのか」

「私はお役に立つつもりです」

「おれが六十万石のあるじに直るつもりだというのか」

「お断わり申しますが」と六郎兵衛は云った、「私がここへ参上するには、つかむだけのものをつかんだからのことです、御継嗣を誰にするかという入札《いれふだ》のことも、その入札のなかに、一ノ関さまの御名のあったことも存じています」

兵部の顔がひき緊った。六郎兵衛はそれをしかと認めてそうして云った。

「私はお役に立つつもりです」

「――望みを申してみろ」と兵部が云った。

六郎兵衛は平然と答えた、「さしあたり五百金*、そのあとは月づき三百金、臨時の入費はべつに頂戴《ちょうだい》いたします」

兵部は六郎兵衛に興味をもったようであった。興味をもったという以上に、共通した性格の一面が、つよく兵部をひきつけたといえるかもしれない。兵部は云った。

「おれは部屋住《へやずみ》の苦いおもいを経験した」

「存じております」

「ひやめしの味も知っておる」と兵部は云った、「おれは金の価値を知らぬ大名そだちではない、欲しいものがあっても、値段によっては買わずにがまんするようにそだって来た」

「私は使える人間を五人やしなっております」と六郎兵衛は云った、「かれらは素姓も正しく、兵法武術にもひとなみ以上の心得がありながら、運の悪いために窮迫し、自分の命を売って食わなければならない者たちです」

「その男たちも事情を知っているのか」

「私は必要のないことを情《じょう》にまかせてしゃべるような人間ではございません」

「そうらしいな」と兵部が頷いた、「金のことは隼人に申しつけよう」

「いや、侯御自身から頂きます」

「なぜだ」

「この契約は侯と私だけ、ほかには誰びとにも口だしをしてもらいたくないのです。お申しつけになる御用も侯じきじき、お手当も御自身のお手から頂きます」

「家来どもは信用せぬと申すのか」

「私は人に頭を下げるのが嫌いでございます」

「覚えておこう」兵部は微笑した、「呼び出すにはどうしたらよいのだ」

「御用人に申しておきます」

「役に立つという証拠は」

「宮本新八という者を、御存じでございますか」

「知っておる」

「国もと預けになった筈でございますな」

「送る途中で脱走したそうだ」

「それを押えてあります」

「新八をか」

「宮本新八を押えておきました」

兵部は懐紙を出して唇をぬぐった。唇を懐紙でぬぐいながら、「どこへ」と云った。六郎兵衛は黙っていた。

「どこに置いてある」と兵部が云った。六郎兵衛は黙って、じっと兵部の眼をみつめた。兵部は懐紙を捨てた。そして頷きながら云った。

「よし、手当を遣わそう」

そして「これ」と振返った。

六郎兵衛が兵部邸を出たのは、宵の八時にちかいじぶんだった。

雨もよいの、ひどく蒸しむしする晩で、空には雲が低く道の上は暗かった。六郎兵衛は大通りへ出て、宇田川橋のほうへ曲ったとき、そこでふと立停った。

――来るな。

と六郎兵衛は思った。立停った彼は、振向きはしなかったが、うしろから人の跟《つ》けて来るけはいは、まちがいなく感じることができた。

それは兵部邸の、築地塀《ついじべい》の角《かど》に待っていたようである。そこで六郎兵衛をやりすごし、間あいを計って跟けて来た。これだけのことが、かなりはっきりと感じられたのである。斬《き》るつもりか、それとも腕だめしか。いま尾行者は身を隠している。

――どっちだろう。

六郎兵衛は道の左右を見た。辻駕籠をひろうにはどちらへいったらいいかと、迷っているようなかたちだった。

彼はゆっくりと宇田川橋を渡った。道を左へはいると、伊達本家の中屋敷がある。そこは左右ともずっと武家屋敷だから、まだ宵のくちではあるが、灯《ひ》も少ないし人どおりもなかった。

六郎兵衛はその道へはいっていった。尾行者は跟けて来た。伊達家の築地塀にかかり、門長屋*の武者窓*の灯が、ほのかな光を、道の上に投げていた。そこへ来たとき、「いまだ」と六郎兵衛は思った。彼の直感に紛れはなかった。それまでに間隔をちぢめて来た相手は、小砂利の路上をつつと詰め、低い、ちぎれるような掛声と共に、うしろから突っかけた。

的確な、みごとな突《つき》であった。六郎兵衛は相手の刀の切尖《きっさき》が、こちらの軀に当る刹那《せつな》、燕《つばめ》の返るように身を転じた。刀は六郎兵衛の脇《わき》を――着物を貫き裂いたが、身を転じた六郎兵衛の手に、きらっと刀が光ったとき、相手は毬《まり》のように走りぬけて、敏速に向き直っていた。

相手はまだ若かった。黒っぽい着物に、袴《はかま》の股立《ももだち》をとり、襷をかけていた。汗止《あせどめ》をする暇はなかったらしい、覆面もしていないし、足は足袋はだしであった。

「どうするんだ」と六郎兵衛が云った、「まだやるのか」

相手は間あいを詰めた。黙ったままで、くいしばった唇のあいだに、歯が見えた。

「仕止めろといわれたのか」と六郎兵衛が云《い》った、「きさまには無理だぞ」

そのとき相手が斬りこんだ。真向から右胴へ、大きく跳躍し、くの字に身を沈めて。これもまたたしかな、呼吸も太刀さばきも水際《みずぎわ》立った打込みであった。

真向へ来るとみえた刀が右胴へ切り返されたとき、六郎兵衛はすっと爪先《つまさき》だちになり、刀を右に振りざま横へとんだ。相手は激しく膝《ひざ》をつき、その刀が地面を打った。刀は路上の石に当り、火花がとんだ。石を打った刀の音と、そこから発した火花とは、その勝負の終ったことを示すようであった。

六郎兵衛は相手の面上へ刀をつきつけていた。

相手は片方の膝をついたまま、はっはっと肩で息をしていた。六郎兵衛は上から、そのようすをしばらく見ていた。門長屋の武者窓の、灯のさしている障子に、人の影が写った。いまの物音を聞きつけたらしい、だが、障子をあけるようすはなかったし、その影もすぐに見えなくなった。

「云いつけたのは誰だ」と六郎兵衛が訊《き》いた、「兵部少輔か」

「斬れ」と相手が云った。

六郎兵衛が云った、「兵部少輔の云いつけか」

「云うことはない斬れ」

「云わせてみせるさ」六郎兵衛は、相手の眉間《みけん》へ、刀の切尖をつきつけた、「云わなければ、きさまを縛ってこのまま、出る所へ出てみせる、きさまがその人間の名を云わなくとも、仙台六十万石の名は出ずにはいないぞ」

「おれを斬れ」と相手は云った、「おれを斬ることはできるが、生きたまま縛ることはできない、おれが自分で死ぬのをきさまが止めることはできないぞ」

「そうか、――」

云うとたんに、六郎兵衛は相手の胸さきを蹴《け》あげた。彼は当身《あてみ》をくれるつもりだったらしい、だが、そのとき、向うの暗がりから人が出て来た。

「もういい、そのへんでよしてやれ」とその男が云った。

六郎兵衛は脇へとびのいた。尾行者は軀を横にねじって路上に片手をついたまま喘いでいた。男はこっちへ近よった。「誰だ」、と六郎兵衛が云った。

「そんなことを気にするな」と男は云った、「おまえさんの知りたいのは、その男におまえさんを斬れと命じた人間だろう。そいつはあの屋敷の家老で、新妻隼人という者だ」

「新妻隼人、――」

「一ノ関家の忠臣さ」とその男は云った、「それから、そこにいる気の毒な男は、渡辺七兵衛という暗殺の名手だ」

「そこもとは誰だ」

「聞くことはそれだけか」

「そこもとは誰だ」と六郎兵衛が云った。

男はくすくすと笑い、振向いて、たち去りながら云った。「おれは伊東七十郎」

そしてなおくすくすと笑うのが聞えた。六郎兵衛は茫然《ぼうぜん》と、みおくっていた。

柳の落葉

湯島の家の居間で、原田甲斐《はらだかい》は机に向かって覚書《おぼえがき》を書いていた。

その脇で、伊東七十郎が、酒を飲みながら、活発に話していた。午後四時すぎ。八月下旬の日はもう傾いて、あけてある窓の外には、塀の向うの黒ずんだ松林と、その上に高くかかった、茜色《あかねいろ》の夕雲が見えていた。――七十郎は酒肴《しゅこう》の膳を前に、着ながしであぐらをかき、片手に盃《さかずき》を持って話していたが、ふと口をつぐんで、夕雲のかかっている空を見あげた。

座敷のほうから、唄や三味線の音が、賑《にぎ》やかに聞えて来る。そちらでは、甲斐の妻のために、別宴がひらかれていた。律《りつ》は明日、船岡《ふなおか》へ帰るので、おくみがあるじ役になって、小酒宴を催しているのであった。

「おかしいな、もうそんな季節かな」と七十郎が呟《つぶや》いた、「あれは雁《がん》でしょう」

七十郎は盃を持った手を、空のほうへあげた。甲斐は書きつづけていた。

——同じく八月十五日。

と甲斐は行を改めた。

——老中より使者あり、酒井邸へまいる。一ノ関どの、涌谷《わくや》どの、弾正《だんじょう》どの、周《す》防《おう》、大条《おおえだ》、片倉どの、おのれとも七人。立花《たちばな》侯、奥山大学は不参。老中《ろうじゅう》がたは酒井（雅楽《うた》）侯、*稲葉（美濃《みの》）侯、*阿部《あべ》（豊後《ぶんご》）侯。またお側衆《そばしゅう》、久世《くぜ》（大和《やまと》）侯であった。

酒井侯より試問、周防その答弁に当り、大略左のような問答があった。

酒、——むつの守《かみ》が不行跡によって逼塞《ひっそく》を仰《おお》せつけられ、さきごろ跡式《あとしき》の儀を申し出るようにとお沙汰《さた》があったところ、亀千代《かめちよ》をもって家督を願い出たようであるが、これに相違ないか。

周、――亀千代をもって家督を願い出たに相違ございません。

酒、――亀千代は何歳になるか。

周、――去年三月の出生にて、当年二歳になります。

酒、――さような幼児に六十万石の仕置《しおき》ができると思うか。

周、――この儀については伊達《だて》一門、一家宿老《しゅくろう》ども熟談し、入札のうえ決定したものでございます。

酒、――かような幼児に仙台六十万石の仕置はできない。故《こ》、政宗《まさむね》公の血統にて、十五歳以上になる者を改めて願い出るがよかろう。

酒井侯の言葉こそ藩家の大事であった。涌谷どのは身をふるわせ、息を詰めておられた。酒井侯の言葉は、先夜、吉祥寺橋の普請《ふしん》小屋において、茂庭《もにわ》周防の語ったことと符を合わせるものである。

涌谷どのはじめ、一同たましいも消えるおもいであった。周防は願いを繰り返し、酒井侯は首を横に振った。

酒井侯は平然と、亀千代君の幼弱を盾にとり、もっと年長の者を願い出るように、と繰り返すばかりであった。そこで周防が云った。

周、——六十万石の仕置には後見を立てる法もありましょう、家督を相続する者は、むつの守の実子のほかにはありません。亀千代こそ、故、政宗の正統であって、もし亀千代に家督が許されないとなら、いっそ伊達家をとりつぶして頂きましょう。

酒、——仙台をとりつぶせと。

周、——正統でない者に家督を命ぜられるくらいなら、むしろ六十万石をとりつぶされるほうがましでございます。

周防の言葉には肺腑《はいふ》を刺すおもむきがあった。周防がそういう調子で、それほど思いきったことを云おうとは、涌谷どのも予想しなかったらしい。また、さすがの酒井侯も、拍子五つほどがあいだ、口をつぐまれた。

そのとき久世侯が発言された。

久世侯が将軍側衆として、その席に臨まれたことは、大藩の相続問題であるため、当然の規式ではあったが、特にそれが久世侯であったということは、侯の周防に対する、並ならぬ好意とみなければなるまい。

久世侯は云われた。

久、——茂庭どのの申されるところは、伊達家臣として道理にかなっていると思われる。


するとと老中の阿部侯がすばやく云われた。

阿、——自分も茂庭どのの申すことに理ありと思う、……しばらく次へさがって待つように。


阿部侯は老中の先任である。侯の発言は救いであった。涌谷どのの深い溜息《ためいき》が聞え、硬くなった全身の、ほぐれるのが見えるようであった。待つこと約半刻、再びよび出されたうえ、阿部侯より「吟味するであろう」という沙汰があり、われわれは退出した。


甲斐はそこまで書いて、七十郎のほうは見ずに訊いた、「雁がどうしたって」

「いま雁が渡ったのです」と七十郎が云った、「まだ雁が来るにははやすぎるでしょう、しかしたしかにあれは雁でしたよ、いやな前兆だ」

「七十郎が縁起をかつぐのか」

「縁起じゃあありません。雁のはやく来る年は凶作だという、古くからの農民のいい伝えです」

「それでどうした」

「それで、つまり」と七十郎は甲斐を見、「ああそうか」といって、手酌で飲んだ。

そして云った。

「それで終りです」

「その男はなに者だ」

「知りません」七十郎はまた手酌で飲んだ。

「知らないって」と甲斐が云った。

七十郎は「知りません」と云い、さらにつづけて云った、「私は午《ひる》すぎに宇田川橋を訪ねて、酒を飲んでいるうちに寝てしまったのです、このうたた寝は私の特技でしてね、ごろ寝をしているといろいろなことが聞けるもんです」

「このうちでもやるか」

「だからこそ、ここに間者《かんじゃ》のいることも、貴方に知らせることができたわけです」

甲斐は笑った。七十郎はちょっと羞《はにか》んで付け加えた。

「もっとも、貴方《あなた》はもう知っておられた、そうでしょう」

「どうだかな」

「貴方にはかないません」

甲斐はまた書きはじめた。七十郎はつづけた。

「ごろ寝をしていると、あの渡辺七兵衛の声が聞えたんです、御家老といったから、相手は新妻隼人《にいづまはやと》でしょう、単純なやつですからね、頼むといわれるとすぐ壮烈な気分になる、よろしい、というわけだったんでしょうな、――必ず仕止めてみせる、などと、たいそうりきんでいました、そこでこっちも眼をさまし、おいとまをしてあとを跟けたわけです」

甲斐は書いていた。

――同じく八月二十三日。

鳩古堂《きゅうこどう》から筆を届けて来た。周防よりの秘信で、「久世侯によばれてまいった、家督のことは安心するように、とのことである、同慶これに及ぶものなし」とあった。

――同じく八月二十五日。

すなわち一昨日の朝、老中より使者あり、酒井邸へまいる。一ノ関さま、立花侯、*太田（摂津守資次《せっつのかみすけつぐ》）侯。大条、片倉、周防、おのれとも七人。涌谷どの、奥山大学は不参。

列座は、将軍家補佐、保科《ほしな》（正之《まさゆき》）侯、酒井侯、阿部侯、稲葉侯、*大目付、*兼松（下総《しもうさ》）どの、以上であった。

お沙汰は、――

一、亀千代をもって伊達家の相続をゆるす。
一、兵部少輔宗勝《ひょうぶしょうゆうむねかつ》、田村右京宗良《むねよし》の両人を、亀千代の後見とすること。
一、兵部、右京の二人に加増、おのおの本知とも三万石を与えること。
右のとおりであった。

——同じく八月二十七日。

すなわち今日、亀千代君の家督と、両後見のことを、幕府より諸侯に通達された。涌谷どの、周防はじめ、家中のよろこびはどれほど大きかったろう。周防は特に久世侯の周旋を謝するため、水戸（頼房《よりふさ》）家より贈られた毛氈《もうせん》＊十間に、酒肴をそえて届けたということである。

「まだ終らないんですか」と七十郎が云った、「今日は涌谷のじいさんの会もあるんでしょう、五時から涌谷のじいさんの会があると聞いていましたがね、そうじゃないんですか」

「七十郎も出るのか」

「あのじいさんだけは、苦手でしてね」

「そうらしいな」

甲斐はまた書いた。

——明日の朝、涌谷どのは帰国される。

そして彼は筆を措《お》いた。

「一ノ関などへも平気でゆくのに、涌谷どのが苦手というのは七十郎らしい」

「弁慶にも泣きどころといいますよ」と七十郎がいった。

甲斐は覚書をしまい、片手で机の上を払った。あけてある窓から黄ばんだ柳の葉が、散りこんで来るのである。柳の木は裏木戸のほうにあるし、それほど風があるとも思えないのに、その枯葉は、しきりに窓から散りこむのであった。

「向うに里見がいるのだろう」と甲斐が云った。

七十郎は手酌で飲んだ、「むろん来ています」

「ぬけて来たのは、いまの話しをするためか」

「なに、ひと口論やって、うるさくなったからです、この盃で一杯どうですか」

「あとにしよう」

「貴方は酒のみではない」

「酒は好きだよ」

「貴方は酒のみではない、よく酒を飲むし、酒好きのようにみえるが、貴方は酒のみではない」

「そんなにいきまくな」

「貴方は女好きでもない」と七十郎は云った、「貴方はよく女に惚《ほ》れられる、ふしぎなほど女に惚れられるし、御自分も女にはあまいようなふうをしているが、貴方は決して女好きではない」

「いきまくことはない」と甲斐が云った、「私は酒も女も好きだ」

「伊東七十郎は、ごまかせませんよ」

「どうだかな」

「では云いましょうか」

「ゆこう、好きな酒と女のところへゆこう、里見のほかに誰が来ている」

「後藤孫兵衛、真山刑部《ぎょうぶ》の二人です」

「真山と後藤だって」

「堀普請の奉行です」と七十郎が云った、「貴方が慰労をしようといわれたと、十左衛門が云ってましたよ」

「それは云ったが」

「奥方の別宴とかち合ったので、十左衛門はひどく恐縮していたようです」

「涌谷どのは五時だな」

「席は松山さんです」

「五時か、――いいだろう」

甲斐は机の上の鈴を鳴らした。そしておくみが来ると「着替える」と云った。七十郎は盃だけ持って、立ちながら云った。

「時間になったら、私がそう云います」

客は男四人、里見十左衛門と伊東七十郎、後藤孫兵衛、真山刑部という顔ぶれであった。後藤と真山とは、小石川堀普請の奉行で、ほとんど現場の小屋に詰めきりであったし、その精勤ぶりを十左衛門がしばしば話すのでいちど慰労しようと云っていたが十左衛門は今夜まねかれたのを、律のための別宴とは知らずに、二人をさそって来たものであった。

それで主賓の律は、しぜん主人役にまわり、おくみとともに、客の接待をしなければならなかった。芸人は男女とも七人いて、いかにも律の好みらしく、鳴りもの、唄《うた》、踊りと、賑やかな酒宴になっていた。

甲斐は自分の席に坐《すわ》って、客に挨拶《あいさつ》をし盃に三つほど飲むと、「涌谷どのの別宴があるから」と断わって、その席から去った。すると律が追って来た。

「戻って来て下さるわね」と律が訊いた。

「そのつもりだ」

「戻って来て下さるわ」と律はつよい調子でいった、「だってまだ、いちどだってしみじみお話もしないし、このまま帰るなんていやですわ」

「戻って来るつもりだ」

「わたくしお話しなければならないことがあるんです」

「船岡へ帰ってから聞こう」

「それではまにあわないかもしれませんわ」

「およそわかっている」と甲斐は云った。

律はどきっとしたように良人《おっと》を見た。

「わかっていらっしゃるんですって」

「わからないと思うのか」

「わかる筈《はず》がありませんわ」

「それならそれでいい」と甲斐は云った。

「待って下さい」

「もう時間がないんだ」

「ひと言だけ聞かせて下さい」と律が云った、彼女の顔は硬くなり、眼がきらきらした、「あなた本当にわかっていらっしゃるんですか」

「私はおまえの良人だ」

「本当にですか」

「こんどだけではない、このまえのときも、そのまえのときもだ」と甲斐が云った。

律は蒼《あお》くなった。そして、なにか云おうとしたが、唇がふるえただけで、言葉は出なかった。

「お駕籠《かご》がまいりました」と襖《ふすま》の向うでおくみの云うのが聞えた。すると律は「待たせておおき」と答え、良人に向かって云った。

「それはどういうことですの、こんどとかこのまえとか、そのまえのときとかって」律の声は怒りのためにふるえた、「仰《おっ》しゃって下さい、いったいそれはどういうことなんですの」

「船岡へ帰ってから話そう」

「いいえいまうかがいます」

「時間がないんだ」

甲斐はゆこうとした。律はその前へまわり、両手で良人の腕をつかんだ。

「あなたの考えていることを仰しゃって下さい、今夜も戻っていらっしゃらないことはわかっています、わたくしをこのまま船岡へ帰らせるなんてあんまりですわ」

「私はこんな性分なんだ」

「そうよ、あなたはそういうかただわ」と律はふるえながら云った、「あなたは冷淡で、無情で、残酷なかたよ、十五年の余も夫婦でいて、ただのいちども本心をおみせになったことがない。いつも御自分のなかにとじこもって、誰ひとり近よせようとなさらない、ひとが苦しんだり悩んだりしていても、ただじっと眺めていらっしゃるだけです、あなたはそういう残酷な、いっそもう男らしくないかたですわ」

「おまえの眼は正しいようだ」と甲斐は頷いた、「しかし、私はもうこの性分を直すわけにはいかない、それについては、船岡へ帰ってから話すことにしよう」

「帰ってからなにを話すと仰しゃいますの」

「断わっておくが」と甲斐は云った、「十五年以上も夫婦でくらしたのは、おまえだけのことではない、私は同じ年数だけ、おまえと夫婦でいたのだ」

「そんなことうかがうまでもありませんわ」

「それなら結構だ」

「だからどうだと仰しゃるんですか」

「それなら結構だというのだ」

甲斐はそう云って、つかまれていた手を、しずかにふり放した。律はうしろへさがった。「一つだけお願いがあります」と律は低い声で叫んだ、「中黒達弥《たつや》にいとまをやって下さい」

「なんのためだ」

「理由は云えません」

甲斐は眼をそらした、「親の代から仕えている者を、理由なしにいとまがだせるか」

「ですから一つだけのお願いと申しているんです」

「そんなことはできない」

「どうしてもですか」

甲斐は襖のほうへゆき、襖をあけて出た。うしろから、律が、「あなた」と訴えるように呼んだ。

甲斐は振返って云った。

「母上によろしく伝えてくれ」

「あなた、――」

甲斐は玄関へ出ていった。

玄関には、松原十右衛門、岡本次郎兵衛、中黒達弥の三人が控えていた。甲斐が出るのを待っていたように、おくみが杉戸のほうから、刀を持って送りに出て来た。律の来るようすはなかった。

「私は今夜は戻れないと思う」と甲斐は三人に云った。「十右衛門、奥は持病が出ているようだ、途中よく気をつけてやってくれ」

「承知つかまつりました」

「達弥、――」と甲斐は彼を見た。

手をついて見上げた中黒達弥の端正な顔が、きっと、するどくひき緊《しま》った。

「おまえは江戸に残れ」と甲斐は云った。

達弥は眼をそらさずに答えた、「おくち返しをするようですが、母親が病んでおりますので、できることなら帰国させて頂きとうございます」

「いや、おまえは残るのだ」と甲斐は云った、「正月に柴田《しばた》（内蔵介《くらのすけ》）どのがのぼれれば私も帰国する、達弥はそれまで江戸にいるのだ」

達弥はなにか云おうとしたが、黙って頭《こうべ》を垂れた。

甲斐はおくみから刀を受取って、玄関へおりた。駕籠のそばには、矢崎舎人《とねり》と成瀬久馬が待っていた。駕籠は二梃《ちょう》あり、うしろの駕籠を見ると、伊東七十郎がにやっと笑い顔を見せた。「考え直しましてね」と七十郎は云った。「涌谷のじいさんに会うことにしました、里見の頑固おやじよりましですからな」

「むずかしいぞ」

「なにがですか」

「涌谷どのもそうだが、松山もきちんとした人だ、七十郎が招かれているならべつだが、さもないと席へとおるのもむずかしいぞ」

甲斐は駕籠に乗った。駕籠は二ついっしょにあがった。

「なに大丈夫です」と七十郎がうしろの駕籠で云った。

「じいさんは格式と儀礼を第一にしますからね、私はそこが嫌いなんだが、懐柔するにはやさしい相手ですよ」

「それは結構だ」

「貴方は信じないんですか」

「そんなことはないよ」

「よろしい、まあ見ていて下さい」と七十郎が云った、「きれいにまるめてみせますからね、まあ見ていて下さい」

甲斐は返辞をしなかった。

茂庭周防の住居は浜屋敷の中にあった。甲斐は約束の時間にややおくれて到着した。客間ではもう、酒宴がはじまっていた。

菊

その夜、茂庭《もにわ》家には、八人の客が集まっていた。

主賓は伊達安芸《だてあき》、つぎに現職の家老、奥山大学、大条兵庫《おおえだひょうご》、古内主膳《ふるうちしゅぜん》。また「一家《いっけ》」の格式である片倉小十郎。ほかに原田甲斐《はらだかい》、富塚内蔵允《くらのすけ》、遠藤又七郎、この三人は「着座《*ちゃくざ》」といって宿老《しゅくろう》であった。

酒は定刻よりも早くはじまったらしい。

甲斐はわずかに遅刻しただけであるが、座はもう賑やかになり、奥山大学はもう酔って、高い声でなにかきえんをあげていた。

甲斐は古内主膳に挨拶した。主膳重安は五十二歳で、すでに老境にはいった人のように、痩《や》せた蒼白い顔だちの、声の低い、柔和な男であった。彼の亡父、主膳重広は、故忠宗《ただむね》に殉死した人である。こんど彼は忠宗の法事のため、高野山に使いし、三日まえに帰ってきたものであった。

挨拶が済むと、主膳が声をひそめて云った。

「どうやら無事におさまったようで、さぞ安堵《あんど》なすったことでしょう」

甲斐はあいまいに微笑した。

「周防《すおう》どのにあらましのことを聞きました」と主膳は云った、「久世《くぜ》侯の話しも聞きました、周防どのは、これで伊達家も壊滅かと、覚悟をきめたと申しておられました」

「周防どのはみごとでした」と甲斐が云った、「酒井侯に向かって、亀千代《かめちよ》さまに家督がゆるされないなら、いっそ六十万石をとりつぶしてもらいたい、と申された、あの一言がお家を救ったのです」

「そのことは大条どのから聞きました、たしかにそのひと言は効果があったでしょう」と主膳は頷《うなず》いて、「しかし」と低い声でつづけた、「しかし周防どのの申されるには、そのひと言が云えたのは、その座に久世侯がおられたからであるし、また久世侯が列席されたかげには、板倉（重矩《しげのり》）侯の奔走があったからだということでした」

甲斐は眼をそらしながら頷いた。

「誰か板倉侯に窮状を訴えた者があるのではないか、と周防どのは申されていました、久世侯のくちぶりでは、たしかに誰かが板倉侯に窮状を訴えにいった、というふうであったと云っていました」

「そうかもしれません」と甲斐は眼をそらしたまま云った。「私はどうとも申せませんが、こんどの事はかなりひろく諸侯のあいだに知られているようですから、板倉侯は自分だけのお考えで、お骨折り下すったのではないかと思います」

「原田さん、貴方はなにか」

「失礼ですが」と甲斐は主膳を遮って云った、「ちょっと涌谷《わくや》さまに挨拶をしてまいります」

甲斐は立って、安芸のところへ挨拶にいった。そして、こんどは自分の席についた。

彼の席は三人の宿老の中央で、古内主膳とは少しはなれていた。主膳は自分の席から、ときどきさりげなく、甲斐のほうを見た。「岩沼どの（主膳）は知っている筈だ」奥山大学が云っていた、「亡《な》き主膳どのは、殉死をするに当って、一ノ関さまの御聡明《ごそうめい》は、お家のために力づよいことであるが、しかし、あまりに御聡明すぎるのが案じられる、あまりに御聡明であり、あまりにお知恵がまわりすぎる、それがいかにも案じられる、そうではなかったか、岩沼どの」

「そういう意味でした」と主膳が云った。その声も、言葉の調子もよわよわしく、彼はつづけた、「しかしそれほど強い言葉ではなく、明敏でいらっしゃるのは心づよいが、お家のためには案じられるように思われてならない、と申したようにおぼえています」

「同じことだ」と大学は盃の酒を飲んだ。

奥山大学は主膳より若く、そのとき四十六であった。彼は黒川郡吉岡《よしおか》、六千石の館主《たてぬし》で、そこは仙台領のうちもっとも肥沃《ひよく》の地であり、したがって勝手向きも豊かであった。彼の性質は傲岸《ごうがん》で、みずから直情径行を誇り、いかなるばあいにも、自分で「よし」と信ずることを枉《ま》げたためしはなかった。

「同じことです」と大学は云った、「亡き主膳どのは禍根がどこにあるのか、すでにみぬいておられた、私はその証拠を見たのです」彼は安芸を見て云った、「私が出府してすぐ、宇田川橋へ挨拶にいったときのことですが、そのとき一ノ関さま御自身から入札《いれふだ》の話しが出て、右京どの、式部どのに入れた者もあるし、また、おかしなことに、このおれに入れた者もある、と申された」

「たしかにそうらしゅうございますな」と富塚内蔵允が云った、「二三の人が、一ノ関さまに札を入れたということは、私も聞いております」

「私は胆《きも》がにえました」と大学は云った、彼は富塚の言葉をまったく無視して、安芸に向かってつづけた、「それで、いかなる人が一ノ関さまに札を入れたのですか、とたずねました、そう訊かずにはいられなかったのです」

「それで」と片倉小十郎が訊いた、「一ノ関ではなんとお云いなされた」

「一ノ関さまはにが笑いをなされ、事が済んだあとだ、無用なせんさくをすることはあるまい、と申されました。そこで私も云いました、事の済んだあとで無用ならこんな話しはなさらなければよい、聞いた以上は私もその名を知っておかなければなりません」

大学の口ぶりは激しく、昂然《こうぜん》としたものであった。みんな黙って、聞いていた。大学はつづけた。

「私は国老として、その名を知っておく必要がある、と申しました、すると、一ノ関さまは尤《もっと》もらしく頷かれ、ではおれに入れた者の名だけ云おう、それは弾正（宗《むね》敏《とし》）どのだ、と云われたのです」

「札の交換ですかな」富塚が云った、「弾正さまは一ノ関さまへ、一ノ関さまは」

そのとき安芸が咳《せき》をした。から咳で富塚をさえぎり、そして云った。

「吉岡（大学）どのはいつ帰国されますか」

「私ですか、私は、――」と大学は持っている盃を見た。

安芸はしずかに云った、「すぐ江戸番になるのだが、在国が解けておらぬのだから、いちおう帰国しなければならぬでしょう、この老人といっしょにお帰りなさらぬか」

「有難うございますが、所用がございますので、四五日のうちに帰ろうと思います」と大学は答えた。

彼はむっとしていた。自分の話したことには重大な意味がある、伊達家の将来のために、ここでぜひはっきりさせその対策をたてておかなければならないことだ。大学はそう思った。ましてその相手は後見という役についた、これまでも藩政に干渉するふうがみえたのだから、今後はそれがもっと激しくなるだろう。相《あい》後見の田村右京は温厚だけの人だし、周防にしても、主膳にしても、大条はむろんのこと、一ノ関を抑えることはできまい、大学はこう思った。

――かれらに一ノ関を抑えることはできない、周防も主膳も兵庫も、おそらく一ノ関に操縦されるのがおちだろう。

と大学は思っていたのであった。

「船岡《ふなおか》どの」と安芸が云った、「久方ぶりで、一つまいろう」

甲斐は目礼した。

給仕の少年が、安芸から盃を受取って立ち、甲斐の前へ来た。甲斐が盃を取ると、侍《じ》していた若侍が酒を注いだ。甲斐は盃の中を見、その眼で安芸を見た。

「それは私が焼いたものだ」と安芸がいった、「涌谷でなぐさみに焼いたものです、船岡どのは酒好きだそうだから進呈しようと思って持って来た、お気にいらぬかもしれぬが、持って帰って下さい」

甲斐は「頂戴《ちょうだい》いたします」と云い、酒を飲むとすぐ、その盃を懐紙に包んで、ふところへ入れた。

奥山大学がまた話しだした。甲斐はしばらくして、手を洗いに立ったが、戻ってくると、しきりに飲みはじめ、やがて酔いつぶれてしまった。甲斐が酔いつぶれるまで、奥山大学はきえんをあげつづけた。

大学は誰をも好かない、ことに茂庭周防とは仲がわるかった。家老として、茂庭周防は首座である。七つも年下の周防が、自分より上位にいるので、気にくわないということもあろう。しかし、同じ席にいる大条兵庫や、古内主膳とも、うまが合わなかった。

安芸がいたからよかった。さすがの大学も、伊達安芸に盾をつく勇気はないらしく、同じいきまくにしても、ふだんよりずっと毒が少なかった。

甲斐が酔いつぶれると、周防は自分で立ち、若侍三人をよんで、寝所へ伴《つ》れてゆかせた。伴れてゆくというより、殆《ほと》んどかついでいったというくらいの、酔いぶりであった。

そして夜明け前、寝所へはいって来る人のけはいで、甲斐が頭をあげて見ると、茂庭周防であった。

「まいろう――」と周防が云った。

甲斐は起きあがった。袴《はかま》はぬいでいるが、着たままである、周防も常着《つねぎ》の着ながしであった。

「四時ちょっと前だ」と周防が云った。

廊下へ出てゆきながら、甲斐が囁《ささや》いた、「供のなかに内通者がいる、こういうことはよくない」

「やむを得なかったのだ」

「盃を使うなどは乱暴すぎる」と甲斐は云った、「私はこういうやりかたは好まない、筆の軸もそうだが、盃へ紅《べに》で書いて知らせるなどということは、危険をもてあそぶようなものだ」

「それがやむを得ないということは、わかっている筈だ」と周防が云った、「隠れた伝言や人使いなどでは、却《かえ》ってかれらに嗅《か》ぎつけられてしまう、人の面前でやるほうが、かれらの眼を眩《くら》ます、もっとも安全な手段なのだ」

「私は好まない」と甲斐は云《い》った、「私はこういうことには不向きな人間だ」

「此処《ここ》だ」と周防が立停った。

そこは八帖《じょう》ほどの、書院窓の付いた部屋で、周防の常居《つねい》の間という感じだった。二人がはいったとき、安芸のうしろにいた一人の若い女が、立って、こちらへ目礼をして、静かに出ていった。

安芸は白の寝衣《ねまき》に白い括《くく》り帯。出ていった女も寝衣で、解《ほど》いた髪を背中でむすんでいたのと、*扱帯《しごき》のはなやいだ色と、そうして、裾《すそ》をさばく素足の、しなやかな美しさが甲斐の眼に鮮やかに残った。安芸が寝所から出て坐り、女がうしろから、安芸の髪を直していたものらしい、周防は燭台《しょくだい》を近よせた。

「みごとな酔いぶりだった」と安芸が云った。

いま女が出ていったことなど、まったく関心のないようすで、二人が坐るとすぐ、甲斐に向かって云った。甲斐は黙って低頭した。

「わしは本当に酔いつぶれたのかと思った、飲むことも相当に飲んだようだが、これは本当につぶれたなと思ったくらいだ」

「もう少しお低く」と周防が注意した。

「田舎者は声が高いな」

安芸は苦笑し、敷物の上で坐り直した。それまでは右の膝《ひざ》を立て、その上に右手の肱《ひじ》をのせて、割れた寝衣の裾から、日にやけた、毛深い脛《すね》をみせていたが、坐り直すとともに、両手を膝の上にそろえた。

「さて、――」と安芸は声を低めて云った、「どうやらこれで、当面のことは切りぬけた、六十万石を寸断される危険は、いちおう去ったといってもよかろう、しかし終ったのではない」

甲斐は床の間を見ていた。

周防がじまんの、青磁《せいじ》の壺《つぼ》に、白い菊がいちりん挿してあった。燭台の光からはなれた、暗い床の間で、そのいちりんの菊が、ひっそりと白く、この場の話しに聞きいっているようにみえた。

――もう菊が咲くのだな。

甲斐は心のなかで呟いた。

「岩ケ崎（田村右京・このとき栗原郡岩ケ崎一万五千石）さまはともかく、一ノ関を後見に据えたのは酒井侯の主張であろう、右京さまは篤実《とくじつ》温順なお人で、とうてい一ノ関の敵ではない、六十万石を分割寸断する陰謀は、いちおう危機を避け得ただけで、決して消滅したのではない、決して」と安芸は云った、「外に酒井侯があり、一ノ関は伊達家のまん中へ、後見役という実権をもって坐った、問題はまぎれもなくこれからだ、しかも、老臣どもの多くが、いずれを敵ともわかち難く、信じて事を計りうる者は極めて少ない、困難なのはこの点にある」

安芸は二人を交互に見た。

「内と外と呼応する、敵の力の強大であることよりも、家中《かちゅう》に信じうる者の少ない事実のほうが、われわれにとっては困難であり、むずかしいところだ。このことを、初めによくたしかめておく、われわれが今後なにをするにせよ、忘れてならぬのはこの事実だ」

「そのことのほかに」と周防が云った、「涌谷さまとわれら、私と船岡とも、従来どおり疎遠《そえん》の関係をつづけなければならぬと思います」

「むしろ不和な仲のようにだ」

「不和であるように致しましょう」

安芸は頷いて、云った、「では相談にかかるとしよう」

三人の相談は、半刻《はんとき》あまりかかった。

甲斐はなにも意見を云わず、二人の話しを聞き、打合わせた条件を認めただけであった。それが終って、もとの寝所へ戻ったとき、連子窓《れんじまど》がほのかに白んでいた。寝所まで送って来た周防が、帰ろうとするのを、甲斐が呼びとめた。

「ちょっと坐ってくれないか」

「もう人の眼につく」

「ひと言だ」と甲斐は云った、「かれらが、特に松山と私に眼をつけていることは、わかっているな」

周防は頷いた。

「いま相談したことをやってゆくには、これまでのように単に不和をよそおっているだけではだめだ、もっとはっきりと、互いに離反しているかたちを、とらなければならないと思う」

「たとえば」

「ここでは云えない」と甲斐は云った、「手段を話したうえでやれば、計った離反だということは、かれらにもすぐわかってしまう、松山は松山で考えてくれ、私には私で手段がある」

「そこまでやる必要があるだろうか」

「私はどちらでもいい」と甲斐は云った、「なんども云うとおり、私はこういうことは好かない、一ノ関さまの陰謀にしても、その陰謀に対抗する、こんどの計画にしても、私にとっては興味もなし、むしろ迷惑なくらいだ、私は誰にもかかわりなしに、そっとしておいてもらいたいのだ」

「それは本心か」と周防が反問した。

「松山には本心が云える」

「ではなぜ、板倉侯のところへいった」と周防が云った、「そういうやりかたを好まないなら、すすんで板倉侯に会い、継嗣問題に助力をたのんだのはなぜだ」

「誤解しないでくれ」と甲斐は苦笑した、「あれはただ茶に招かれただけだ、まえから七十郎が板倉侯の知遇を得ている関係で、新らしい席が出来たから来い、という伝言を下すった」

「忍んで来いとか」

「忍んでゆくものか、私が板倉侯を訪ねたことは、一ノ関さまのほうにもとっくにわかっている、松山がいまそんなことを云うのはおかしいくらいだ」

「わかった、それはそうとしよう」周防は云った、「では船岡はこの問題から手をひきたいというのか」

「ひいてよければ手をひくか」と周防はつめ寄った。

「よければよければだ」

甲斐は静かに周防を見た。

「もし涌谷さまやおれが、手をひいてもいいと云ったら、船岡は手をひくか」

「そのほうがいいね」

「たしかだな」周防は唇を歪《ゆが》めた、「その言葉にまちがいはないな」

「まちがいはないよ」

「原田、——そこもとは、そんな人間だったのか」周防の声はふるえた、「いや、信じられない、そんなことがあるわけはない、おれはそこもとを知っている。そこもとが小四郎といっていた時代から、口には出さなかったが、心から敬服し頼みに思っていた、それがいまお家の大事に当って」

「ああ」と甲斐は静かにさえぎった、「そう誇張するのはよそう、誰だって少年時代には、近い親族の年長者をたのもしく思うものだ、まして松山と私とは重縁になっているし、年も三つちがいで、そこもとには男きょうだいがなかった、だから、少年時代の感情がいまでも消えずに残っている、敬服されるのも頼みに思われるのも有難いが、そういう誇張した感情で見ることだけは勘弁してくれ」

「私がなにを誇張したというのだ」

「なにもかもだ」甲斐はそう云って、じっと周防の眼をみつめ、それから肩をゆりあげた、「私は帰ることにしよう」

「このままでか」と周防が云った。

甲斐は立ちあがった、「このままでだ、もう話すことはない」

「いや、まだ話しは済んでいないぞ」

「久馬、いるか」と甲斐が呼んだ。

周防はさっと色を変えた。次の間に誰かいた、ということに気づき、殆んど水をあびせられたような表情で、口をあけて、甲斐を見た。甲斐はまた呼んだ。

「久馬、まいれ」

こんどは答える声がした。ひと間おいた向うで答える声がし、すぐに成瀬久馬が来た。

「袴――」と甲斐が云った。少年はすぐに、次の間から袴を持って来、甲斐がそれをはくのを手伝った。

「眠れたか」と甲斐が訊《き》いた。

久馬は「はい」と答えた。

「うたたねをしておりましたので、お呼びになったのが聞えませんでした」

「聞えなかったか」

「二度めのお声で、やっと眼がさめました」

「そうか」と云って、甲斐は周防を見た。

周防は眼を伏せた。

「舎人《とねり》に乗物をまわせと云え」

久馬が去ると、周防が眼をあげた。甲斐は刀を取りながら云った。

「床の間の菊はみごとだった」

断章（三）

——涌谷《わくや》さまはお立ちになりました。

「そうか」

——船岡《ふなおか》どのの御内室がいっしょです。

「もう帰ったのか」

――なにかもめごとがあったそうでございます。

「夫婦でか」

――そう申しておりました。

「二人は仲がいい筈だ」

――御内室が船岡どのに向かって、あなたは冷酷で無情なかただ、と云われていたそうでございます。

「それは初めて聞く評だな」

――はあ。

「これまで原田は、情の篤《あつ》い、心の温かい人間だといわれて来た、彼だけは敵がなく、みんなに好意をもたれて来たそうではないか」

――さように存じます。

「しかもその妻は、冷酷無情だと申したのか」

――あなたとは十五年以上もいっしょに暮して来たが、と云われたということです。

「まさか嫉妬《しっと》ではあるまい」

――湯島の家ではくみという女といっしょでございます。

「そんなことはない、あれは側女《そばめ》などに嫉妬するような、ふたしなみな女ではない、おれは娘時代のあれを知っているが、おうようで暢《のん》びりした、とうてい嫉妬などをするような性質ではなかった」

――はあ。

「たぶん、冷酷無情というのにはなにか意味があるのだろう、十五年もともに暮した妻の口から、原田甲斐《はらだかい》が冷酷な人間だと云ったとすれば、よし、覚えておこう」

＊

――別宴のことを申上げます。

「集まったのは誰だ」

――四家老、三宿老、それに片倉どのでございます。

「大学もいったか」

――奥山どのお一人で、声高《こわだか》に云いつのっておられたそうです。

「なにを申した」

――近よることができず、内容は聞きとれなかったそうですが、奥山どのお一人だけの高ごえが聞えた、と申していました。

「原田はどうした」

――酔いつぶれて、途中で寝所へ移られたといいます。

「しめし合わせたな」

――酔いつぶれたのは事実のようで、彼は眠らずにようすをうかがっていたと申しました。

「なにもなかったのか」

――明けがたまでなにごともなく、彼がうとうとしていると、松山どのの声が聞えたそうです。

「しめし合わせたのだ」

――そうでしょうか。

「涌谷もいっしょだ」

――いや、松山どのだけで、涌谷さまの声はしなかったと申します。

「周防《すおう》はなにを云った」

――船岡どのと口論になり、船岡どのは手をひくと云われたそうです。

「手をひくとは」

――こういうことは好まない、自分はやりたくない、と船岡どのが申され、板倉侯には新らしい茶室の釜《かま》びらきに招かれたので、ほかになにも意味はない、と云われていたと申しておりました。

「原田が周防にか」

――まちがいなしとのことでございます。

「あの狸《たぬき》が」

――はあ。

「周防は騙《だま》されてもおれは騙されぬ、だがまあよし、みていてやろう」

――それだけでございます。

「隼人《はやと》にもまいれと云え」

――お召しにございますか。

「西福寺*のことはどうした」

――不首尾でございました。

「聞こう」

――六人とも、柿崎《かきざき》六郎兵衛に心服しているもようで、こちらの申し出を拒絶いたしました。

「扶持《ふち》を受けぬというのか」

――われらは身命を柿崎に預けてある。進退生死とも柿崎の命にしたがう約束だ、いかなる条件でも彼にそむくことはできない、と申しました。

「六人の姓名は」

――蒲生《がもう》浪人　野中又五郎。

同じく　島田市蔵。

肥後浪人　石川兵庫介《ひょうごのすけ》。

和州浪人　砂山忠之進。

中国浪人　藤沢内蔵助《ふじさわくらのすけ》。

同じく　尾田内記。

以上でございます。

「みな困窮していると申していたな」

――野中、尾田、砂山の三人には家族があり、他はみな独身ですが、それぞれみな窮迫しているとのことです。

「それでなお扶持を拒むのか」

――よほど柿崎にほれこんでいるものとみえます。

「六人にはそのほうが会ったのだな」

――そういうお申しつけでございました。

「七兵衛の刀で失敗し、隼人の説得で失敗した、しかも、七兵衛のときには伊東七十郎に見られている、これはおれの負けだな」

——取詰めましょうか。

「使うことにしよう」

——仰《おお》せではございますが。

「いや、使ってみよう、あいつは役に立ちそうだ、ましてそこまで心服している六人を抱えているとすれば、これからいくらも使いみちはあるだろう」

——はあ。

「手当は求めて来たら呉《く》れてやれ、申しつけたぞ」

孤燈《ことう》のかげ

伊達安芸《だてあき》といっしょに、妻の律《りつ》が帰国したあと、甲斐《かい》はかるい風邪にかかって、四五日籠居《ろうきょ》した。

九月二日に、仙台へ派遣される幕府の国目付《くにめつけ》（幕府から諸国へ出される監察使で、仙台は毎年二人、任期は半年であった）が、将軍の墨印を持って、伊達家の桜田本邸へ来た。国目付は津田平左衛門（幕府使番*）柘植《つげ》兵右衛門（同）という二人。墨印は将軍家綱の花押《かおう》で、朱印より重いものである。亀千代《かめちよ》は抱守《だきもり》にかかえられて、表広書院《おもてひろしょいん》で人に会い、墨印を受取った。これは、幕府が公式に、亀千代を伊達家の当主と認めたことになるので、伊達家では一藩こぞって安堵《あんど》するとともに、祝いの宴を張った。

甲斐は「墨印受領」の席へも出なかったし、祝宴にも出なかった。

柴田内蔵介《しばたくらのすけ》は早ければ十二月、おそくとも正月には出府する筈《はず》で、そうすれば甲斐は船岡《ふなおか》へ帰ることができる。彼は松山の茂庭佐月《もにわさつき》に、そのむねを手紙で知らせ、また、同じ意味の手紙を二通書いた。一は船岡で山守りをしている与五兵衛、一は青根の温泉《いでゆ》の宿へあてて、どちらも、在国ちゅうの甲斐にとっては、身のいこいに欠くことのできない相手であった。

九月五日の夜。中黒達弥《たつや》が自殺しようとした。達弥は江戸に残されてから、ひと間にこもったきり、人と話しもせず、なにかひどくおもい悩んでいた。

彼は七歳のとき父に死なれ、いまは母が船岡にいるだけで、二十二歳になるが、まだ妻はなかった。亡父の代からの家従で、住居も館《たて》の内にあり、四年まえまでは、ずっと甲斐の側《そば》に仕えていた。達弥は色が白く、眉《まゆ》が濃く、おもながで、端麗な顔だちだった。口かずの少ない、潔癖な、気のつよい性分で朋輩《ほうばい》とのつきあいはあまりないほうであった。

五日の夜十時ころ、甲斐が覚書《おぼえがき》を書いていると、侍部屋のほうで、ざわざわと人の騒ぐ声がした。甲斐は筆をとめて、しばらくようすを聞いていたが、ふつうの騒ぎとは思えないようすなので、机の上の鈴を鳴らした。

すぐに塩沢丹三郎が来た。

「茶をくれ」と甲斐が云った、「なにを騒いでいる」

丹三郎は「みてまいります」と答えて去った。するといれちがいに、堀内惣左衛《ほりうちそうざえ》門《もん》がはいって来た。

「どうした」と甲斐が訊いた。

「中黒達弥が切腹しようとしております」

「達弥が」

甲斐は眉をあげた。すると額に深く皺《しわ》がよった。惣左衛門が云った。

「矢崎がみつけて押止《おしとど》めましたが、どうしても腹を切らなければならぬ、武士のなさけだ、切らせてくれと申してききません」

甲斐は筆を措《お》いた。

「ここへ伴れて来てくれ」と甲斐は云った、「力ずくでもいいから伴れて来てくれ」

惣左衛門は去った。

丹三郎が茶道具を持って来た。甲斐はそれを膝の前へひきよせ、静かな手つきで、自分で茶を淹《い》れた。丹三郎がさがると、惣左衛門につきそわれて、中黒達弥がはいって来た。彼は袷《あわせ》の着ながしに、無腰で、髪毛が乱れ、蒼《あお》ざめた硬い顔をしていた。

「堀内はさがってくれ」と甲斐は云った、「呼ばぬうちは誰も来ないように、丹三郎も小屋へさがるように云ってくれ」惣左衛門は承知して去った。

甲斐は静かに茶をすすった。かなり冷える夜で、壁のどこかにかねたたきが一匹、それから床下に二匹ばかりのこおろぎが、とぎれとぎれの声で、互いに、なにかを嘆き交わすかのように、ほそぼそと鳴いていた。

「どうしたのだ」と甲斐が云った。

達弥は黙って、膝の上の両手を、こまかくふるわせていた。

「なんのために死ぬのだ」

「申上げられません」と達弥が云った。

甲斐はまたゆっくりと茶をすすった。それから、茶碗《ちゃわん》を持った手を、膝の上におろし、低い静かな声で云った。

「奥が、達弥にいとまを遣《や》ってくれ、と云ったことを知っているか」達弥は頭《こうべ》を垂れた、「なぜいとまを遣れと云ったか、その理由がわかるか」

「はい」達弥の声は低かった。

「そのために、死のうというのか」達弥は黙っていた。

「その理由のために、おまえは死のうとしたんだな」

「――はい」

頭を垂れた達弥の眼から、涙がこぼれおちた。彼は手の甲でそれをぬぐった。

「達弥、おまえは、このおれをなんとおもう」

「三世《さんぜ》までの、ただ一人の、御主人とおもいます」

「そのおれがゆるさぬのに、おまえはなぜ死のうというのか」

「おゆるし下さい」達弥は崩れるように、両手を畳について泣きだした、そして、泣きながら云った、「理由も申上げず、お心にそむいて死ぬのは不忠のかぎりですが、どうしても生きてはいられないのです、どうしても、生きてはいられないわけがあるのです」

「わけは知っている」と甲斐が云った。

達弥はびくっとし、涙で濡《ぬ》れた眼で、見あげた。甲斐は云った、「理由はおれが知っている」

甲斐を見あげた達弥の顔は、疑いと怖《おそ》れのために硬《こわ》ばった。

「だから、おまえが自殺しようとする気持も、およそ察しがつく」と甲斐は云った、「ほかの者なら、べつの手段をとるだろうが、おまえは自分で死ぬ覚悟をきめた、おまえは自殺するのがもっともいい方法だと考えたのだろう、おれはおまえの性分を知っている、そう思いつめた気持もよくわかる、できることなら死なせてやりたいが、おまえには生きていてもらわなければならない」

甲斐は茶碗を下に置いた。

「どんなばあいでも、生きることは、死ぬことより楽ではない、まして、いまのおまえは死ぬほうが望ましいだろう、しかし、達弥、おれはおまえに生きていてもらわなければならぬ、単に生きているだけでなく、死ぬよりも困難な、苦しい勤めを受持ってもらいたいのだ」

達弥は両手を膝に戻した。

「もしこのおれを、しんじつ三世までの主人とおもってくれるなら、おれのたのみもきいてくれる筈だ、こう云っては無理か」

「私にできることでございますか」

「それはおまえの肚《はら》ひとつだ」

「私はもう死んだ人間も同様です」

「話しを聞くか」

「はい」と達弥は答えた。

「ではもっと寄れ」と甲斐が云った。

達弥は涙をぬぐい、膝で前へとすすみ出た。

話しは半刻あまりかかった。甲斐はうちあけて語った。達弥は初め驚愕《きょうがく》した。甲斐は、おまえのほかにたのむ者はないと云い、達弥は哀訴した。それだけはできません。むしろいま自殺させて下さい、と云った。甲斐は辛抱づよかった。藩家の将来にかかっている複雑な問題と、自分の立場の微妙な困難さを語り、彼に助力を求めた。

侍にとって「忠死」が本望であることにまちがいはない。しかし侍の「道」のためには、ときに不忠不臣の名も甘受しなければならぬばあいがある。自分もその覚悟だから、おまえも自分に助力してくれ。甲斐は、繰り返してそう云った。

達弥はついに承知した。

「おれを憎め」と甲斐は云った、「おれのたのみは無法なものだ、しかし、どうしてもそうしなければならない、ということはわかってくれるだろう」

「はい」と達弥は頭を垂れた。

「おまえのほかにも、幾人か、同じような役を受持ってもらわなければならぬと思う、こういうとき侍に生れあわせ、おれのような主人を持ったのが不運だった、おれを憎め、おれを恨め、だが、役目だけは果してくれ」

達弥は「はい」といってさらに低く頭を垂れた。短い沈黙をぬって、こおろぎの音が、たえだえに聞えた。甲斐はしずかに云った。

「ではさがって寝るがいい」

達弥は静かに去った。

風邪が治って、甲斐が出仕した日に、小石川の普請場《ふしんば》で事が起こり、評定役《ひょうじょうやく》に検分を求めて来た。朝から雨が降っていたが、甲斐は上席なので、他の五人と共にでかけていった。

普請場には総奉行の茂庭周防《もにわすおう》が待ってい、自分で六人を案内してまわった。事というのは、工事の終った堤の一部が、五十間《けん》ばかり崩れて、初めからやり直さなければならなくなったのである。これは命ぜられた期日に遅れるばかりでなく、費用の嵩《かさ》む点で、一藩にとって大きな打撃であった。

堀普請は伊達家にとってたいへんな重荷だった。

神田川の筋違橋《すじかい》から、西へ遡《さか》のぼり、お茶の水の堀、吉祥寺橋《きちじょうじ》、小石川橋を経て、牛込御門《うしごめ》、土橋に至るあいだ。それまで堀形のあったのを、浚《さら》って深く掘り下げ、船の運漕《うんそう》ができるようにするのだが、この長さ六百六十間。幅三十間。深さ二間半。掘りあげた土で、両岸の土堤《どて》を築くという、大きな工事であった。

高一万石について、土工人夫百人という積りだから、六十二万石で六千二百人。幕府は人数だけの扶持米を支給しあとはぜんぶ伊達家の負担だった。それで、全藩士に加役金が課されたが、難工事のために、人夫の賃銀をつぎつぎに増さなければならなかったし、すでに三回も堤が崩れたりして、工費の予算はもうぎりぎりになっていた。

そこへまた、五十間余も堤が崩れたのである。案内してまわる普請奉行、茂庭周防はじめ、後藤孫兵衛、真山刑部《ぎょうぶ》、そして目付役の里見十左衛門や北見彦右衛門《ひこえもん》など、誰一人ものを云う者がなかったし、六人の評定役も嘆息するばかりであった。

検分のあと、吉祥寺橋の小屋場で、一刻ほど話しあった。——会談が終って、出ようとしたとき、小屋の表で、真山刑部と里見十左衛門とが、人夫頭と見える男たち五人と、こわだかに云い諍《あらそ》っていた。

甲斐が立停ったのを見て、里見十左衛門がよって来た。

「人足どもが賃増しを求めて来たのです」と十左が云った、「寒さに向かうし、水にはいる仕事で、現在の賃銀では人夫に出る者がない、一日金一分《ぶ》にしてくれ、などと無法なことを云うのです」

「四日で小判一枚か」と甲斐が云った、「辛《つら》いところだが、結局は出さなければならぬだろう」

「一日一分ですか」

「かれらは賢いからな」と甲斐は云った、「工費の嵩むほど幕府はよろこぶだろうし、人足どもはそれをよく知っている。こちらの負けとわかっていることに肚は立てぬものだ」

そして甲斐は、非番の日に朝粥《あさがゆ》をたべに来い、と云って、そこを去った。

雨は三日つづけて降った。そして雨のあがった午後、綱宗《つなむね》に伺候《しこう》するため、甲斐は品川の下屋敷《しもやしき》へいった。

綱宗は酒を飲んでいるということで、下屋敷の家老、大町備前*（定頼《さだより》）は、甲斐の伺候を拒もうとした。公儀から逼塞《ひっそく》を命ぜられているので、現職の老臣が会うことは、違法に問われはしないか、というのであった。

甲斐はおだやかに頷《うなず》き、ごくさりげない調子で、亀千代君に家督のゆるしが下り、将軍の墨印まで受領したのだから、綱宗侯は「隠居」ということになった筈である。改めて沙汰《さた》はなくとも「逼塞」は解かれたとみてよいと思うが、と云った。

すると備前は話しを変えた。綱宗がいま酒を飲んでいること、このごろは酔うと狂暴になる癖があるから、酔っていないときに会われたらどうか、と云った。甲斐はやはりさからわずに、酒はたびたび飲まれますか、と訊いた。殆んど連日連夜です、と備前が答えた。それでは貴方《あなた》もたいへんですね、そのたびに乱暴をなさるのですか。いやそのたびとも限りませんが、なにか気にいらぬことがあるとか、常に会わない人に会ったりすると、昂奮《こうふん》して狂暴になるようです、と備前が云った。

「私はちかく御番あきで、国へ帰ることになるようです」と甲斐が云った、「そういうごようすでは、またといってもいい折はなさそうですから、おいとま乞《ご》いのために、今日おめどおりを願うとしましょう」

「たってと云われるならやむを得ません」

「どうぞお取次ぎ下さい」と甲斐は云った。

備前はやむなく立っていったが、殆んどいれちがいに、一人の若侍がその部屋へはいって来た。備前がいるものと思ったらしく、はいって来て甲斐の姿を見ると、おどろいて目礼しながら去ろうとした。

「待て、善太夫《ぜんだゆう》」と甲斐が声をかけた、「今村善太夫ではないか」

若侍は「は」といってそこへ膝をついた。

それは目付役の今村善太夫という者であった。甲斐は珍らしい物でも見るような眼つきで、じっと彼の顔をみつめた、善太夫は顔を伏せた。

「そのほう役替えにでもなったのか」と甲斐が云った。

善太夫は両手をおろし、ふるえ声で「そうではない」と答えた。

「では使者にでも来たのか」

「はい」と善太夫は口ごもった。

「使者に来たというのか」と甲斐は問い詰めた。

善太夫は答えなかった。そこへ大町備前が戻って来、このようすを見て、ちょっと色を変えた。

甲斐は備前を見た。

「どうぞ、御前《ごぜん》へ、御前へ、――」と備前が云った。

どうぞ御前へ、という大町の口調には、明らかにその場をとりつくろう響きがあった。

甲斐は立ちあがった。今村善太夫のほうには眼も向けなかったし、まったく気にもとめていない、という態度であった。備前はするどく、善太夫に一瞥《いちべつ》をくれて、甲斐の案内に立った。廊下へ出たとき、なにか云いたそうに甲斐を見たが、どうやらすぐには舌が動かないようすであった。

——善太夫のいたことを弁明するつもりだな。

と甲斐は察した。

——それだけで充分だ。

と甲斐は心のなかで思った。

この下屋敷には、大町備前のほかに、侍が七人いるほか、男は小者だけで、あとは奥女中十三人、お末《すえ》や端下《はした》四十七人という、女ばかりの生活であった。大町備前が品川の家老に選ばれたのは、綱宗がこちらへ移った直後であり、選んだのは兵部宗勝《ひょうぶむねかつ》である。また、今村善太夫が本邸詰の目付になったのも、ごく最近のことであるし、これまた兵部の選であることは、甲斐にもよくわかっていた。

——低いところから、水がしだいに土地を浸してゆくように、じりじりと、一分、二分ずつ、眼につかぬちからで、兵部はその手をひろげてゆく。

いま甲斐には、それが眼に見えるように思えた。

*錠口には藤井《ふじい》という老女が待っていた。甲斐は立停った。どうやらそこで老女に

ひきつがれるらしい。とすれば、綱宗は奥にいるのであろう。表と奥の区別はひじょうに厳重だから、さすがに甲斐も少し迷った。

「どうぞ御遠慮なく」と備前が云った、「召されるのですからどうぞ」

老女も「こちらへ」と会釈《えしやく》をした。甲斐は錠口から、奥へとはいった。

綱宗は数寄屋《すきや》にいた。

そばには三沢はつ女《じょ》がい、五人の侍女が給仕に坐《すわ》っていた。はつ女は綱宗と同じ年の二十一歳であるが、去年亀千代を産んでいるので、年よりはかなりふけてみえる。また、あとでわかったのだが、そのときは懐妊していたためだろう、しもぶくれの、おっとりした顔も、血色がよかったし、軀《からだ》も健康そうに肥えていた。

「よく来た、さあ、これへ」綱宗は手で招いた、「おれは隠居だから、無用な辞儀はいらない、もっとこれへ寄れ、よく来てくれた、甲斐は酒がつよい、まず盃《さかずき》をやれ」

綱宗はせかせかと云った。いかにもうれしそうで、そのうれしさが抑えられないというようすだった。

甲斐は盃を受けた。綱宗は云った。

「重ねるがいい、おれも飲む、よく来てくれた、飲みながら話そう、久しぶりだった」

綱宗はひとりで話し、よく飲んだ。

甲斐は黙って聞き、云われるままに盃を重ねた。綱宗のうれしそうなようすを見ると、酒を辞退する気にもなれなかったし、話しの腰を折ることもできず、知らぬまに一刻あまりも経《た》ってしまった。やがて、綱宗はしだいに昂奮し、まるく肉づきのいい顔がいつか白く硬ばってきた。

「おれは哀れな人間だ、どんなにおれが哀れな人間だか、甲斐は知っているだろう」と綱宗は云った、「父上はおれを憎んでいた」

「おそれながら」

甲斐はとめようとした。話しが先君*に及ぶことだけは、避けなければならぬと思った。しかし、綱宗は頭《かぶり》を振って云った。

「いや、おれは云う、おれが云わなくとも、誰でも知っていることだ、父上はおれを憎んでいた、おれがこのはつを知るまで、父上はおれに妻えらびもしなかった、六十万石の世子《せいし》でありながら、二十歳になるまで婚約者もないということがあるか、そんなことがほかにあると思うか、甲斐」

甲斐は自分の盃を見た。

「このはつを娶《めと》ったゆくたても、甲斐はよく知っているだろう、はつはおれの妻になる約束だった、これの叔母の紀伊《きい》は、正室ならばと云い、父上はよしと仰《おっ》しゃった、そうではなかったか」と綱宗は云った。

甲斐は静かに眼をあげた。綱宗の云うとおりである。それが誇張でも誤りでもないことを、甲斐は知っていた。

はつ女の父は美濃《みの》の浪人で、三沢権佐といい、母は朽木《くつき》氏であった。鳥取で生れたが、江戸へ出て、十三歳のときから叔母の紀伊に養われた。紀伊は初め江戸城の大奥に仕えていたが、池田輝政《てるまさ》の女《むすめ》振姫《ふりひめ》が、将軍秀忠《ひでただ》の養女として忠宗《ただむね》に嫁《か》したとき、その侍女として伊達家へ来た。はつ女はその手許《てもと》でそだてられたもので、綱宗が妻にほしいと求めたとき、紀伊は「御正室ならば」とはっきり云った。綱宗はそれを父に告げ、忠宗は承知して、二人は祝言《しゅうげん》をした。だが、祝言の盃を交わしただけで、正式な披露はなく、結局はつ女は側室ということになった。

「そればかりではない」と綱宗はつづけた、「父上は亡《な》くなる直前まで、家督の決定をなさらなかった、周防（茂庭定元《さだもと》）が病床へ幾たびもまいり、切諫《せっかん》を重ねたうえで、ようやく承知をなすったのだ、これも甲斐は知っているだろう、父上はおれを憎んでいた、憎まぬとしても疎《うと》んじておられた。またそのことが、おれをこの哀れな境遇に追いやったのだ、わかるか、甲斐」

「おそれながら、感仙殿《かんせんでん》さまについて、これ以上うかがうことはできません」と甲斐が云った、「これ以上なお仰せられるなら、私はおいとまを頂戴《ちょうだい》いたします」

「いや帰さぬ、帰れもしない筈だ」と綱宗は云った、「おれが心をうちあけて話せるのは、周防と甲斐の二人だけだぞ、逼塞になって以来、周防にもそのほうにも会えない、呼ぶこともできず、手紙をやるたよりもない、いま久方ぶりに会って、この胸に溜《たま》っているおもいを聞いてもらおうとするのに、耳をふさいで帰ることはできない筈だ、甲斐にはそうはできない筈だぞ」

綱宗の声がふるえ、甲斐をみつめる眼は、うるみを帯びてきらきらと光った。甲斐は眼をそむけた。

「それでも帰るというか」と綱宗が云った、「そのほうまでがおれからそむくなら、もうなにも云うことはない、帰るなら帰れ」

「原田さま」とはつ女が云った。

甲斐は頷いた。

「御機嫌を損じて申し訳ございません」と甲斐は云った。

「感仙殿さまのことさえ仰せられなければ、よろこんでお話しをうけたまわります」

「事実であってもか」

「いかような事実があろうともです」

「そのほう怖れているな」と綱宗は云《い》った、「そのほうは事実を知っている、おれがなぜ逼塞になったか、その裏にどんな策略があったか、その策略が誰の手から出たものか甲斐にはよくわかっている筈だ」

「お部屋さま」と甲斐ははつ女を見た。

人ばらいの必要はないか。という意味である、はつ女は淋《さび》しげに微笑し、「どうせ同じことです」という意味のことを云った。

「もちろんだ、聞くなら聞け」と綱宗はたか声になった、「おれは身を慎しんでいた、酒もずっと飲まなかった、それがどうして酒を飲みだしたか、誰が飲むきっかけを作ったか、甲斐は知らない、甲斐はそのとき船岡だった」

「私も聞いております」

「浜屋敷のことをか」

「お席から遠い端に、里見十左が詰めておりました」

「遠くでわかるか」と綱宗はつよく云った、「浜屋敷は普請祝いであった、祝宴が設けられて、おれが盃を三つで置くと、大学が飲めとすすめた、もう家督もすんで六十万石のあるじになったのだ、いまこそ誰に憚《はばか》ることもない、充分に飲めとすすめたのだ、十左はそれを知っていたか」

「彼はそのように申しました」

「おれは弱い人間だ、特に、酒に対して弱い人間だということは、おれ自身がよく知っている、だから慎しんでいたのだ」綱宗は云った、「だからずっと慎しんでいたんだぞ、それを大学は飲めと云った、いまは家督も済み伊達家のあるじである、もう誰に遠慮もないのだから飲めと——だからおれは飲んだ」

綱宗ははつ女に手を伸ばした。はつ女は大きな盃を取って渡し、侍女が、なみなみとその盃に酌をした。綱宗はひと息に呷《あお》り、そして云った。

「おれは飲んだ、大学はみごとだと褒めた、おれは大盃《たいはい》を重ねた、大学はますます褒めたし、誰ひとりとめる者はなかった、これを十左が知っているか」

「そのあとで」と甲斐が云った、「十左は奥山どのを責めた筈でございます」

「甲斐ならどうする」と綱宗が云った、「甲斐もやはり大学を叱《しか》るか」

甲斐は黙っていた。

「十左にはわからない、誰にもわからないかもしれない、しかし、その席に一ノ関がいて、大学の隣りに坐っていたと聞けば、少なくとも甲斐には事情がわかる筈だ」

綱宗はまた酒を注がせて飲み、侍女たちに手を振って「なぜ船岡に酌をしないか」と云い、そして、片手を膝《ひざ》に突いて肩を張った。

「大学は単純な癇癪《かんしゃく》もちにすぎない」と綱宗は云った。「あいつはいかのぼりだ、自分の意志ではなく、操つる者の糸によってどうにでも動かされる、現にいままでは、浜屋敷で酒をすすめたのは茂庭周防だと、しきりに悪声を放っているそうではないか」

「私はまだ聞きません」

「ではすぐに聞けるだろう、ここに押籠《おしこ》められているおれの耳にも聞えたのだ、甲斐にも聞える筈だからよく聞くがいい、彼はいま周防を誹謗《ひぼう》することでやっきになっている、糸に操つられるいかのぼりだということは気がつかずに」

そして綱宗は笑った。かさかさと乾いた、自分をあざけるような笑いであった。

「もっとも、いかのぼりは大学ひとりではない、ほかにもずいぶんいる、ずいぶんいるぞ甲斐」と綱宗は云った、「おれが逼塞になったこともそうだ、おれは幕府から譴責《けんせき》された、なぜだ、どうして幕府から譴責されたか、逼塞を命ぜられるような、なにをしたか、おれがなにをしたか、なるほどおれは廓《くるわ》へかよった、僅《わず》か十日あまり、それも普請小屋の見廻りを終ったあとで、……しかも自分から望んだのではない、京の伯母上から暑気みまいが来たとき、そう精勤しては軀にこたえる、少しは気ばらしをするがよいといって、四人の者におれを伴《つ》れださせた者がいる、むりにおれを伴れださせ、そして廓へ案内をさせた、そいつが誰だか、甲斐は知っているだろう、——一ノ関だ、糸を操っているのは一ノ関だ、これまでのことはすべて、兵部少輔《しょうゆう》宗勝の策略だ」

綱宗の顔はすっかり蒼くなり、充血した眼がきらきらと光りだした。彼は盃を持っていることも忘れたとみえ、その手で膝を打ちながら叫んだ。

「しかも誰ひとり抑える者がない、すべて兵部の策略だと知っている者でも、手を束《つか》ねて傍観している、ただ黙って、なに一つせずに見ているだけだ」

「おくち返しを致すようですが」

「おまえもだ、甲斐」と綱宗は叫んだ、「おまえもその一人だぞ、原田甲斐」

「原田さま」とはつ女が云った。

甲斐は「大丈夫です」というように、はつ女に頷いた。

「おくち返しを致すようですが」と甲斐は静かに云った、「私にはお言葉の意味がよくわかりません」

「なにがわからない」

「仰せになることのすべてです」と甲斐は云った、「すでに若君が御家督あそばされ、伊達家御安泰となったいま、なんのためにさようなことを仰せられますのか、さような酔余のお言葉から、もし騒動でも起こったらいかがあそばす、せっかく御安泰となった御家に、万一のことがあったらいかがあそばしますか」

「黙れ甲斐、仙台六十万石はおれのものだ」と綱宗は叫んだ、「兵部の陰謀にはまって、このまま一生ひかげの身になるくらいなら、六十万石はいっそ潰《つぶ》れるほうがいい」

甲斐は悲しげな眼で綱宗を見た。

「おれは潰すぞ」と綱宗は叫んだ、「なんの六十万石、おれがみごとにとり潰してみせる、こんな無道《むどう》なことを黙っているほど、綱宗が木偶《でく》だと思ったらまちがいだ、おれはきっと潰してみせるぞ」

「ええわかっております」とはつ女が云った、「殿さまの御心中は、原田さまもよくおわかりです、もうおやめあそばせ、小浪《こなみ》に踊らせましょうから御機嫌を直して」

「黙れ、甲斐になにがわかる」

綱宗は「こいつに」と云い、持っている盃を甲斐に向かって投げつけた。甲斐は除《よ》けなかった、盃は彼の胸に当り、それから膳《ぜん》の上に落ちて音をたてた。

「こいつも一味だ」と綱宗は怒号した、「甲斐も兵部の一味だ、おれが成敗してくれる、佩刀《はいとう》をもて」

「原田さま」とはつ女が叫んだ。

綱宗は立ちあがり、うしろにあった刀架《かたなかけ》から刀を取って抜いた。

「原田さま、どうぞ早く」とはつ女が叫んだ。

甲斐は動かなかった。はつ女に「大丈夫です」と頷いたまま、片手に盃を持って坐っていた。

綱宗は抜いた刀を持って、上段からおりて来た。逆上のために眼はつりあがり、乱酔しているので足もとがきまらなかった。

「殿さま」と老女の藤井が叫んだ。そして綱宗を追って来て、その腕にすがりついた。綱宗はふり放した。

「甲斐、動くな」

「殿さま」藤井が再びとりすがった。

綱宗は激しく突きとばした。藤井はよろめいて膝をつきながら、「原田さまお逃げ下さい」と悲鳴をあげた。

はつ女は泣いていた。上段の自分の席に坐ったたまま、彼女が両手で顔を掩《おお》っているのを、甲斐は見た。

甲斐が動かないので、綱宗は斬《き》りつけた。もちろん斬るつもりはなかったろう。甲斐は上体を捻《ひね》って、むぞうさに綱宗の右手をつかんだ。綱宗は身をもがいた。

「おしずまり下さい」と甲斐が云った。

綱宗が叫んだ、「手向いするか」

「おしずまり下さい」

綱宗は「おのれ」と云って足をあげた。蹴《け》ろうとするのを、甲斐は僅かに避け、綱宗の腕を逆にねじあげ、刀を奪い取って、突き放した。

綱宗はうしろへ倒れた。

「藤井どの」と云って、甲斐は刀をさしだした。

老女は両袖《りょうそで》を重ねて受取り、すばやく上段のほうへいった。綱宗は尻《しり》もちをついたまま、苦しそうに「はっはっ」と喘《あえ》ぎ、両手を前についで、頭を垂れた。

「おれは、まだ、二十一だ」と綱宗は云った、「おれはまだ、二十一だぞ、甲斐、わかるか、おまえにわかるか、世に出たのは僅か二年たらず、この年で、これからさき、ずっと、ひかげの身でくらさなければならない、この気持がわかるか」

甲斐は黙っていた。

綱宗は顔をあげて甲斐を見た。綱宗の眼は濡れていた。甲斐はじっと、その濡れている綱宗の眼をみつめた。

「ゆるせ、悪かった」と綱宗が云った、「また来てくれるか」

「正月には船岡へ帰ります」

「また来てくれるな」

「御番であがりましたら伺候《しこう》いたします」

「待っているぞ」綱宗は顔をそむけ、片手をうしろへ伸ばしながら云った、「はつ、手をかせ」

綱宗は、はつ女に支えられて、奥へ去った、数寄屋の中は、すでに暗く、手燭《てしょく》を持った侍女が、二人の先に立ち、老女を残して、他の侍女たちも、うしろを護《まも》っていった。

甲斐はそれを見送った。

はつ女に支えられた、綱宗の姿を、手燭の光が、ぼうと、いかにも心もとなくうつし、そして上段の襖《ふすま》のかなたへ、蹌踉《そうろう》と去っていった。甲斐はしんと、それを見送っていた。綱宗の姿が見えなくなると、彼は静かに眼をつむり、ややしばらく、黙って坐っていた。それはあたかも、いまの綱宗の姿を、記憶にきざみつけようとしているかのようにみえた。

ふと啜《すす》り泣きの声が起こった。老女の藤井が泣きだしたのであった。彼女は低く、囁《ささや》くような声で、云った。

「おいたわしいと、お思いになりませんか」

甲斐は答えなかった。

「お酔いあそばすと、いつものとおりでございます、なにか手だてはないのでしようか」

「さて――」と甲斐は眼をあげた、「私もおいとまをいただくとしましょう」

「原田さま」と藤井がふるえ声で云った、「あなたは、いまのごようすを、おいたわしいとは、お思いにならないのですか、なんとか手だてはないのですか」

「なにをです」

「殿さまを御本邸へお迎えするということです、このまま御隠居おさせ申すのは、あんまりおいたわしすぎます、なんとかお咎《とが》めを解く手だてはないのですか」

「私は評定役にすぎない」と甲斐は穏やかに云った、「そういうことには不案内でもあり、また口を出す立場でもありません」

「ああ、原田さま」

「これでおいとまをいただきます」

そして彼は立ちあがった。

駕籠《かご》に乗ってから、甲斐はふところ紙を出し、それで眼を押えた。駕籠が下屋敷の門を出て、すっかり黄昏《たそが》れた街を、四五町ばかりゆくあいだ、懐紙で眼を押えたまま、彼はじっと息をひそめていた。

その月の末に、船岡で留守をしている家老の、片倉隼人《はやと》から手紙が届いた。

——案じられた秋の収穫が思ったよりよく、年貢米《ねんぐまい》もそろそろ集まりだしている。気温はいつもより低いが、ずっと晴天つづきで、白石川の鰍《かじか》も肥えた。数日まえ、山から与五兵衛が来て、山のけものの動きぐあいでは、この冬は雪が多いだろう、ということであった。また百姓たちは、麦の作も例年より豊作になる、と云いあっている。

幕府から国目付《くにめつけ》が来るので、自分は仙台へいって来た。

到着したのは十一日で、当日は、御一門、御家老、町奉行までが、麻上下《あさがみしも》で河原町まで出迎え、自分もそれに加わった。宿所へ案内したのは、柴田《しばた》（内蔵介《くらのすけ》）どの、富塚（内蔵允《くらのすけ》）どのであった。

明くる十二日。国目付の招きで、御一門、御一家、御一族が宿所にゆき、国目付から、将軍家墨印、奉書の披露があったが、これには御家老がたは出なかった。

二十二日。奥城二ノ丸において、両目付の饗応《きょうおう》があり、自分も接待に出た。御相伴《おしょうばん》は涌谷《わくや》（伊達安芸）さま。両目付に随行して来た中里道朔《どうさく》という医者と、兎玉玄程《とぎょくげんてい》とで、囃《はやし》の座興があった。宴のあと、両目付を本丸へ案内し、それで饗応は終った。

涌谷さまは二十三日に領地へ帰られ、自分はそれを見送ってから、船岡へ帰った。お留守はほかに変りもない、奥方はじめ*小四郎さまも御息災であるし、万事平穏にいっている。

隼人の手紙はそうむすんであった。

その月は事が多かった——兵部少輔宗勝と、右京亮宗良《うきょうのすけむねよし》の二人に、亀千代の後見役として、所領加増のことが決定した。兵部は一万石あまりのところ、三万石に増され、宇田川橋の本邸のほかに、飯倉かわらけ町に中屋敷、麻布《あざぶ》新堀に下屋敷をもらい、その子の東市正《いちのかみ》は土器町《かわらけまち》の中屋敷へ移った。

田村右京はもと栗原郡《くりはらごおり》岩ケ崎で、一万五千石だったが、名取郡岩沼にところ替えして、やはり三万石となり、愛宕下《あたごした》に屋敷をもらった。右京は綱宗の庶兄で、年も三歳上であった。

両後見の加増が決定したあと、家老の任命について、兵部と右京から提案が出た。主唱者は兵部で、右京はそれにひきずられたらしい。柴田内蔵介と富塚内蔵允が候補にあがり、「三千石ずつ加増」という条件を、兵部から付けて来た。

そこで三家老と四評定役のあいだに、合議があり、立花飛騨守《ひだのかみ》に相談のうえ、二人を家老に加えることが定《きま》った。柴田内蔵介は承知した。彼は登米郡米谷《とめごおりまいや》三千石の館主《たてぬし》であったが、これで六千石の家老となり、名も外記朝意《げきともおき》と改めた。

富塚内蔵允からは、任命は受けるが加増は辞退する、と断わって来た。自分の知行は二千石を越え財用は充分に足りている、もし加増されるなら、幼君が御成人のうえで頂戴したい。ということであったが、しかし結局は加増も承知し、二人は家老に就任した。

そして十月になった。

霜柱

よく晴れた朝の九時、——浄妙院の裏門から出て来たおみやは冬空に高く棟を張った、浅草寺《せんそうじ》の本堂の屋根や、五重塔を眺めるようすで、すばやく道の左右に眼をはしらせながら、伝法院《でんぽういん》の脇《わき》を歌仙《かせん》茶屋のほうへぬけていった。

黒っぽい小紋の小袖に、納戸《なんど》色《いろ》の被布《ひふ》をかさね、やはり納戸色の縮緬《ちりめん》の頭巾《ずきん》をしている。小さな包みを抱えた手に、水晶の数珠《じゅず》をかけ、袖に入れた右手で、その包みを押えた姿は、このまえと同じように、寺まいりに来た若い後家《ごけ》というふうにみえた。

「お福茶をあがってらっしゃいまし、お福茶をめしあがれ」

並んでいる茶店では、もうしきりに客を呼ぶ声がしていたし、参詣《さんけい》する人たちもかなり出ていた。

おみやは端から五軒めの茶店へ、「おばさん、お早う」と云いながらはいっていった。腰掛けの並んだ店の奥に、「お吉」と染めた色のれんが掛けてあり、そこから五十歳ばかりになる肥えた女が、こちらを覗《のぞ》いた。

「おや、お帰んなさい、今朝は早いのね」

「法事があるんですって」

「そう、まあこっちへおいでなさいな、まだ誰も来ていないのよ」

おみやは奥へはいった。奥には茶釜《ちゃがま》や器物の棚や、水瓶《みずがめ》などの置いてある土間の片方に、三帖《じょう》ばかりの小部屋があり、茶釜から湯気が立っていた。

「いま火を取るからね」

「あたしすぐに帰りますわ」

おみやはその小部屋の、あがり框《がまち》に腰をかけ、持っていた包みを解《ほど》いた。

「まあいいやね、この時間に帰ると近所がうるさいんでしょ、いまお茶を淹《い》れるよ」

女は釜戸《かまど》から、焚《た》きおとしを十能《じゅうのう》に取り、小部屋の火桶《ひおけ》に入れて、炭をついだ。

おみやは包みの中から、なにがしかの金を出し、紙に包んで、女の前へさしだした。

「おばさん、これ、いつもの」

「あらそう、済まないね」

女はすぐに取って袂《たもと》へ入れ、十能を持って茶釜のほうへ戻った。

「頭巾はぬがないほうがいいよ、今朝はめっぽう冷えるからね」

「もう十一月ですものね」

「十一月だよ、本当に、そうするとおみやさんは、浄妙院へはもう幾月になるかしら」

「八月からですから」

「四つきだね、へえ」と女は茶を淹れながら云った、「うっかりしてたけれど、四つきも続くなんて、おまえさんが初めてだよ」

「あらそう」

「あの和尚《おしょう》さんときたら、はいお茶」

女はこっちへ来て、茶碗《ちゃわん》をのせた盆を置き、おみやにすすめながら、自分も取った。

「あの和尚さんときたら、これまで一と月と続いた人がないんだから」

「あらそうかしら」おみやは茶を啜《すす》った。

「そうかしらって、おまえさん思い当ることはないの」

「いいえ、べつにそんなことはないわ」

「へえ、それじゃあ合っているんだね」と女は云った、「これまでは和尚さんのほうで気にいらないか、和尚さんが気にいれば女の人のほうで逃げだすかで、ほんとのところ一と月と続いたためしがなかったのよ」

「だって、どうして逃げだすのかしら」

「わる好みをするっていうじゃないの」

「いやだわ、おばさん」とおみやはにらんだ。

「そうじゃないの」

「いやだ、おばさんったら」

「ひどくつよいうえに、わる好みをするっていうじゃないの」と女は云った。女は茶碗を置き、莨盆《たばこぼん》をひきよせて、いっぷく吸いつけた、「いちど花魁《おいらん》をひかせたことがあったけれど、廓《くるわ》づとめをしたその人でさえ、軀《からだ》がもたないって逃げだしたくらいよ」

「そうかしらねえ」

「思い当るでしょ」

「わからないわ」とおみやは云った、「あたしは親切で思い遣《や》りのある、いい人だと思うけれど」

「だからあたしが合ってるって云うんだよ」と女が云った。

女は唇を舐《な》めながら、あけっぱなしな口調で、露骨なことをずけずけと云った。

おみやはさして恥じるようすもなく、頰を赤くしながら、これも興ありげに、なんでも答えた。女は乾いた声で笑い、眼をぎらぎらさせた。

「相当なもんだ、おまえさんて人も」

「あらどうして」

「まえの武家の旦那《だんな》っていうのに仕込まれたんだね」

「ぶつわよ、おばさん」

やがて表てから、雇いの茶汲《ちゃく》み女がはいって来た。

「おそくなって済みません」

「いまじぶんよく来られたもんだね」と女は険のある声で云った。おみやはそれをしおに立ちあがった。

「あたし帰りますわ」

「まあいいじゃないの」

「でもそうしてはいられませんから」

おみやは包みを抱えた。

茶汲み女は「母親のぐあいが悪いので」と云いわけを云っていた。おみやは女に挨拶《あいさつ》をして、その茶店を出た。

材木町の家へ帰り、隣りへ声をかけると、お久米《くめ》が慌《あわ》てたように出て来て、「ちょっと」と囁きながら、手まねきをした。おみやは土間へはいった。

「あの人があんたのあとを跟《つ》けてったらしいわよ」

「あの人って」

「新八っていう人よ」

おみやはどきっとした。

「ちょっとあがらない」とお久米が云った。

おみやは首を振り、声をひそめて訊《き》いた、「あたしのあとを跟けたんですって」

「そうだと思うの」とお久米が云った、「ゆうべあんたがでかけると、すぐにあの人も出ていったわ」

「そして、――」

「帰って来たのは十二時ちかいころよ」とお久米は云った、「まさか女あそびにゆく筈《はず》はないし、帰って来てからもようすが変だったわ」

「どんなふうに」

「いつまでも寝ないで、家の中を歩きまわったり、ぶつぶつなにか独り言を云ったり、ずいぶん変なようすだったわ」

「いま、いるのね」
「いる筈よ、あの調子だと朝まで寝なかったかもしれないし、いま静かなのは寝ているのかもしれないわ」
「有難う、いってみるわ」
「みやちゃん」とお久米が囁《ささや》いた、「あんた、あの人と、できたんでしょ」
「まあ、お久米さんたら」
「とうとうものにしちゃったのね、にくらしい」
「そんなんじゃないのよ、まだ十六のまるっきり子供じゃありませんか」
「隠してもだめ、壁ひとえよ」とお久米はにらんだ、「あたしのほうは旦那も足が遠のくばかりだし、あんたのお兄さんは見向いてもくれないし、よく眠れない晩のつづくときもあるんですからね、あんまり聞かせるのは罪だよ、みやちゃん」
「ずいぶん云うわね」おみやは冷淡に云った、「旱《ひでり》のお百姓は、砂が飛んでも雨だと思うっていうけれど、そんな邪推はあんたらしくないことよ」
「いいからいらっしゃい」とお久米は云った、「あたしあんたを怒らせるつもりはないわ、でもおかしいわねえ、あんたって人はずいぶんすご腕なくせに、まるでうぶなところもあるのね」

「あたしがすご腕ですって」

「いいからいらっしゃい」おみやの唇が片方へひきつった、お久米はやさしく云った、「さもないと、あんたの可愛《かわい》い子に、もっといやなことを聞かれるかもしれなくってよ」

「あとで来るわ」とおみやは眼を伏せた、「怒らないでねお久米さん、あたし今朝はどうかしているのよ」

お久米は黙っていた。

おみやはもういちど、あとで来るわねえと云い、お久米に別れて自分の家へはいった。

新八はごろ寝をしていた。こっちの六帖で、着たなりで、一枚の夜具にくるまって、ちぢまって寝ていた。

雨戸が閉めてあるので、部屋の中は暗く、あけた襖からの片明りで、新八の顔はみじめなほど窶《やつ》れてみえた。もとからひよわそうな顔だちであったが、このごろは色艶《いろつや》もめだってわるく、頬もこけたし、唇も乾いて、いつもかさかさしていた。お久米の云うとおり、ひと晩じゅう寝ずに待っていたのかもしれない。いまは眠っているのに、おちくぼんだ眼が少しあいており、額には深い皺《しわ》がよっていた。

おみやは身ぶるいした。浄妙院の住持との、飽くことを知らない、膏《あぶら》ぎった時間のあとで、新八の憔悴《しょうすい》した姿が、却《かえ》っておみやを強く唆《そそ》った。

彼女はおののきながら、手ばやく下衣ひとつになり、襖をしめて、新八のくるまっている、夜具の中へすべりこんだ。新八は呻《うめ》いて軀を伸ばした。おみやは彼にしがみついた。新八はまだよく眼がさめず、呻きながら首をぐらぐらさせたが、おみやの足が絡《から》まったとき、

「あ」といって眼をあいた。

「眼がさめて、新さん」おみやは荒い息をした。

新八は彼女を突きのけ、なおしがみついてくる手足を乱暴にふり放して、立ちあがるなり手で唇を拭《ふ》いた。

「けがらわしい、たくさんだ」

おみやは起き直った。裾《すそ》が捲《まく》れて、太腿《ふともも》まで見えるのにも気がつかず、おみやはびっくりしたような眼で、茫然《ぼうぜん》と新八を見あげていた。

「私は騙《だま》されていた」彼は手の甲でまた唇を拭き、ふるえ声でつづけた、「でも、もう騙されやしない、私はすっかり聞いてしまった、貴女《あなた》は、みだらな、けがらわしい人だ」

「けがらわしいですって」

「けがらわしいさ」

「なにがけがらわしいの」

「自分で知らないのか」

「大きな声をしないでちょうだい、隣りへ聞えるじゃないの」とおみやは云った、「ちょっと坐《すわ》って、新さん、あたしあんたに話さなければならないわ」

「たくさんだ」と新八は首を振った。

「坐ってちょうだい、あたしあんたを騙したおぼえもないし、あんたにけがらわしいなんて云われるおぼえもないことよ」

新八は「それじゃあ」と吃《ども》りながら云った、「あの浄妙院はいったいなんだ」

「浄妙院がどうしたの」とおみやが訊き返した。

新八は口ごもった。

浄妙院がどうした、というおみやの反問は、あまりに平静で、いささかの恥も、うしろめたさもなかった。

「浄妙院のことはあんたに云ってある筈よ」とおみやは云った。

「いや、ちがう」

「なにがちがうの」
「貴女は、おこもりにゆくのだと云った、お父上の遺骨を預けたから、供養《くよう》のために、ときどきおこもりにゆくのだと云った」
「まあ、新さん」
「私はそう信じていた」
「まあ聞いてちょうだい」
「けれども嘘《うそ》だった、私はゆうべ浄妙院へいって、寺男にすっかり聞いたんだ」
「なぜそんなことをしたの」
「お父上の遺骨が納戸の中にあったからだ」と新八は云った、「お父上の俗名と戒名の付いた遺骨の壺《つぼ》が、隠しもせずに置いてあった、おこもりというのは嘘だと、私の感づいたのがむりか」
「まあ聞いてちょうだい」
「たくさんだ」
「聞いてちょうだいったら、新さん」とおみやは云った、「あたしはそう云ったわ、たしかに云ったことよ、でも嘘をついて騙すつもりじゃあなかったわ」
「これが嘘じゃないって」

「そんなつもりはこれっぱかりもなかった、ほんとよ、もしあんたを騙すつもりなら、お骨《こつ》をあんなところに置いときゃあしない、いくらあたしだってそのくらいの知恵はあってよ」

「ではいったいどういうことなんだ」

「あたし新さんが察してくれると思ったのよ」

「察しるって」と新八は拳《こぶし》をふるわせた、「貴女がかよいだいこくといって、あの寺の住持のところへ身を売りにいくことをか」

「新さんには無理だったのね」とおみやは云った。捲れていた裾を直し、弱よわしくうなだれながら、おみやはゆっくりとつづけた、「あたし初めの日に、あんたに云ったでしょう、兄のために苦労する決心をしたって、兄は呑《の》んだくれの我儘者《わがままもの》だけれど、それでも苦労してあげていい値打があるし、そのうえ新さんって人まで殖《ふ》えたでしょう」

「それも嘘だ」と新八が云った。

「あら、なにが嘘なの」

「私はいつか柿崎《かきざき》さんが貴女に云っているのを聞いた、もう稼ぐ必要はない、金はおれが遣るって、柿崎さんははっきり云ったし、貴女が金を貰《もら》っていることも知っている」

「あんたって子供ねえ」

「まだ私を、ごまかせると思うのか」

「まあ聞いてちょうだい」とおみやは坐り直した、「それは新さんの云うとおり、兄は月づきのお金をくれるようになったわ、あたしにはどういうお金だかわからないけれど、とにかく暮しに不足しないだけのお金はくれるわ、けれどね、新さん、世の中はそれで済むっていうものじゃなくってよ」

新八は黙っていた。おみやはつづけた。

「兄のお金がどんな性質のものかわからない、いつまでも続くのか、ほんの当座だけのものかわからない、もし兄のほうがだめになったら、またあたしが稼がなければならないでしょ」

「それなら、もしそれが必要なら」と新八が云った、「そんな恥ずかしいことをしなくったって、私だって人足ぐらいの仕事はやりますよ」

「その軀で、――」おみやは首を振った、「ねえ、聞いてちょうだい」とおみやは云った、「あたしに渡辺の旦那を世話してくれたのも、浄妙院を世話してくれたのも同じ人なのよ、その人にはずいぶん厄介になっているし、これからのことはべつとしても、こっちの都合がよくなったからといって、ではおさらばというわけにはいかないわ」

「私は自分で稼ぎます」

「世の中はそう簡単じゃあなくってよ」

「私はこの家も出ます」と新八が云った、「御厄介になったことは忘れません、しかし私がここへ来たのはまちがいでした、私はもっと早く出てゆかなければならなかった、自分でもそれを知っていたのに」

「新さん、あんたそれ本気で云ってるの」とおみやが云った。

新八は腕で顔を押えながら、壁へよりかかって泣きだした。おみやは「新さん」と云い、はね起きて、新八にすがりついた。新八の泣きだしたことが、彼女の軀に新しく火をつけたようであった。おみやは狂ったように新八を抱きしめ、頰ずりをし、そして声をふるわせて云った。

「あんたはゆきやしない、ゆけやしないわ、外には伊達《だて》さまの追手の眼が光ってるのよ、あんたはお兄さんの仇《あだ》を討たなければならないでしょ、あたしの兄だってあんたを放しゃしないし、あたしだって放しゃしないわ」

おみやの言葉はしどろもどろだった。新八は啜りあげながら、しかしもう、おみやからのがれようとはしなかった。

「あたしを捨てないで、新さん」とおみやは云った、「あんたはあたしにとって初めての人よ、軀はよごれてるかもしれないけれど、あたしの心はきれいよ、あたしは娘のままの、汚れのない心であんたに恋したのよ、わかるでしょ、わかるわね、新さん」

おみやは泣きだした。

「あたしを捨てないで、もし新さんに捨てられたら、あたしもう生きてはいられないわ、お願いよ、わかるわね、新さん」おみやは彼を抱きしめた、「わかってね、ね」

彼女は新八をひきよせた。新八は不決断に反抗した。けれどおみやは力まかせにひきよせ、殆《ほと》んど狂暴にしがみついた。二人はよろめき、絡みあったまま、そこにある夜具の上へ倒れた。どうなるんだ。新八は自分をつなぎとめようとした。きさま、それでも、武士の子か。恥を知れ。だが、彼は包まれてしまう。

綿のように軽く、温かく、柔軟な重みが彼を包み、彼を押え、緊《し》めつけ、痺《しび》れさせてしまう。彼は落ちてゆき、舞いあがり、快楽のなかでひき裂かれる。

——おれは逃げるんだ、逃げてみせる。

新八は放心のなかで叫ぶ。逃げなければならない。しかし彼は落ちる。彼には自分をつなぎとめることはできない。その単調な動作の繰り返しは、彼を縛りあげ、彼をばらばらにしてしまう。

――逃げるんだ、早く早く、逃げだすんだ。

そうして彼は、まったく、自分をみうしない、溶けて、地面のなかへ吸いこまれてしまう。新八は、自分の軀が自分で支配できなくなってゆくことに、気がついていた。一と月ほどまえに初めて経験し、それ以来ずっと繰り返されてきたその習慣は、彼の軀を縛りつけるばかりでなく、考える自由をさえ縛りつけるようであった。

「しかしおれは逃げだすぞ」と新八は口の中で呟《つぶや》いた。

おみやの、陶酔のあとの、やすらかな寝息を聞きながら、彼は、自分が逃げだすだろう、と思った。必ずここから逃げだしてみせる、おれにもまだそのくらいの力はある、彼はそう信じた。

どのくらい経《た》ってからか、新八はふと眼をさました。するとそこに人が立っていた。彼は痺れるような眠りのなかで、眼をさまし、そこに立っている人を見た。その男は新八を見ていた。

「みや、起きろ」とその男は云った。

新八ははっきり眼をさました。しかし動けなかった。その人は柿崎六郎兵衛であった。六郎兵衛は冷やかな表情で眠りこけているおみやの肩へ足をかけて揺すった。おみやはねぼけ声をだした。新八はぞっとして眼をつむり、吐きそうな気持におそわれながら、寝返りをうった。

おみやのねぼけた声は、無知と、卑《いや》しさそのものであった。自分のそんな姿を見られた、救いようのない汚辱感のなかで、新八はおみやを呪《のろ》った。

「新八も起きて来い」と奥の六帖で六郎兵衛の呼ぶ声がした、「きさまにも話すことがある」

その家へ六郎兵衛の帰って来るのは、ちかごろでは珍らしいことであった。まえにも帰らないことはよくあったが、十月はじめあたりからは帰って来るほうが稀《まれ》であり、帰って来ても、用事を済ませるとすぐに出ていくのであった。それでおみやはゆだんしていたのであるが、六郎兵衛の話しを聞くと、おみやはすっかり戸惑いした。

彼は妹に、屋敷奉公にゆくのだから、すぐに支度をしろと云った。おみやはいやだと云った。自分にはもうかたくるしい武家勤めはできない。ならん、おれが命ずるのだ。どうしてですか。それはおまえの知ったことではない、すぐに支度をしろ。

新さんはどうなるんですか。宮本はここに残る。一人でですか。野中又五郎と妻子が来る。では新さんはその人たちといっしょに暮すんですか。そうだ。なにか不服があるか、と六郎兵衛が云った。

おみやはすぐに諦《あきら》めた。兄に反抗することなどは不可能である。おみやは新八と別れたくない、新八とそういうわけになってから、いっそう別れることは辛《つら》い。しかし兄の意志にはさからえないだろう、「この呑んだくれの悪性者《あくしょうもの》は」とおみやは心のなかで思った。もし反抗でもしたら片輪になるほど自分を折檻《せっかん》し、そうしてやはり、思いどおりにするだろう。とおみやは思った。六郎兵衛は妹を「すぐに支度しろ」とせきたて、こんどは新八に向かって、畑与右衛門の遺族のことを訊いた。

新八は宇乃《うの》と虎之助《とらのすけ》のことを話した。

「親しくしていたのか」と六郎兵衛が訊いた。

新八はそうだと答えた。

六郎兵衛はさらに訊いた、「姉弟《きょうだい》とも、おまえの云うことを信ずるくらいにか」

「それはどういう意味ですか」

「あらゆる意味でだ」と六郎兵衛は云った。

「わかりません」と新八は眼を伏せた、「私たちは家族どうしでつきあっていましたし、あの晩はいっしょに逃げて、原田《はらだ》さんに助けられたのです」

「それはもう聞いた」

「ですから、信じてくれているとは思いますが、どれほど信じてくれるかは、事と次第によると思います」

「よかろう」と六郎兵衛は頷《うなず》いた。

新八は不安そうな眼で、六郎兵衛の顔を見た。

「あの二人に、なにかあったんですか」

「救い出すんだ」と六郎兵衛は云《い》った。「その姉弟も、救い出さぬとなにをされるかわからない、そうだろう」

「そうでしょうか」

「そう思わないのか」と六郎兵衛は不審そうに見た。

「はい」と新八ははっきり云った、「あの姉弟は原田さまに保護されています。原田さまはどんなことがあっても、きっと二人を保護して下さると思います」

六郎兵衛は新八を見まもった。

「おまえは、護送される途中で脱走し、江戸へ戻って来たときに、原田どのを頼るつもりだと云っていたな」

「──そうです」

「そんなに信頼できる男か」

「そうだと思います」新八は唾《つば》をのんだ。

六郎兵衛はさらに不審そうな眼で、新八の表情を見まもった。

「そう思うというのは、自分で直接知っているわけではないのだな」

「直接には知りません。原田さんは着座《ちゃくざ》といって、家老になる家柄ですし、私の家とは身分がちがいますから」

「ではどうして、信頼できるということがわかるんだ」と六郎兵衛が云った。新八はちょっとためらった。六郎兵衛は冷笑するように云った。

「家中《かちゅう》の評《うわさ》か」

新八は「そうです」と云った。

「ばかなやつだ」

六郎兵衛の顔に、冷笑と、するどい怒りの色があらわれた。

「きさまはばかなやつだ」と六郎兵衛は云った、「おれも原田甲斐《かい》の評判は知っている、彼は誰にも好かれ、信頼されている、反感をもつ者も少ないし、憎んだり、敵対するような者は一人もないようだ、そうだろう」

新八は頷いた。

「しれ者だ」と六郎兵衛は毒のある調子で云った、「そういう男をしれ者というんだ、人間というものは一方から好かれれば、一方から憎まれる、好評と悪評は必ず付いてまわるものだ、あらゆる人間に好かれ、少しも悪評がないというのは、そいつが奸譎《かんけつ》で狡猾《こうかつ》だという証拠のようなものだ」

「でも原田さんは」

「黙れ、きさまになにがわかる」と六郎兵衛は云った、彼の表情には、怒りの色がもっと強くあらわれた、「きさまはいま、着座だとか家老になれる家柄だとか、軽輩だとか身分がちがうなどと云った、なにが身分だ、身分がなんだ、原田が着座かなにか知らぬ、柴田郡船岡《しばたごおりふなおか》で四千百八十石の館主《たてぬし》かしらぬが、伊達の家臣ということではきさまと同格だぞ、なんのためにそう自分を卑下するんだ」

「私は卑下なんかしません」

「卑下でなければ卑屈だ」と六郎兵衛は云った、「食禄《しょくろく》を多く取り身分が高いということは、奸知と策略に長じた、成りあがり者だということだ、しかも、他の多くの人間から掠《かす》め取ってだ」

六郎兵衛は唇を曲げた。彼はいま、憎悪《ぞうお》と敵意のために、自分を抑えることも忘れたようであった。

彼は安穏に暮している家族や、権力や名声のある者、富貴で人望のある者などにがまんができない。それらの条件は、かれらが不当に手にいれたものである。奸知と策略とで、他の多くの人間から掠め取ったにすぎない。それらの身分や富や権力は、六郎兵衛のものであったかもしれないし、少なくとも他の多くの者の所有だった筈だ。

そのことが、絶えず六郎兵衛を、敵意と憎悪に、駆りたてるのであった。

「もっと額を高くあげろ」と六郎兵衛は云った、「この世はなにもかも闘いだ、相手をたたきふせるか自分がたたきふせられるか、どちらか一つだ、自分を信じ、自分を強くしろ、世評などに惑わされて人を信ずるのは、それだけですでに敗北者だ、しっかりしろ」

「それでは」と新八は不安そうに云った、「原田さんは、信頼できない人なのですか」

「それは事実をたしかめたうえのことだ、事実をたしかめるまでは、なに者も信頼することはできない」と六郎兵衛は云った。

「ではやはり」と新八は六郎兵衛を見た、「やはり畑姉弟を救い出すんですか」

「ぜひともだ」

「いつですか」

「それはおれがきめる」と六郎兵衛は云った。

おみやが出て来て「支度ができた」と云った。髪化粧を直し、着替えをし、包みを持っていた。六郎兵衛は顔をしかめて、妹の姿をためすように眺めた。おみやはもじもじしながら「これでは派手かしら」と訊いた。

六郎兵衛は新八を見た、「あとで野中の家族が来る、夫婦と子供が一人だ、妻女は病身らしいから、これまでのように客のつもりでいてはいかんぞ」

そして「おれは二三日うちに来る」と云って立ちあがった。

おみやは新八をみつめた、「では新さん」

「みや、ぐずぐずするな」と六郎兵衛が云った。

おみやは泣きそうな眼で新八をみつめ、おろおろと云った、「あたしいきますからね、あなたはそんなにお丈夫ではないんだから、よく躯に気をつけて下さいよ」

新八は「ええ」と云った、彼はおみやのほうは見なかった。

「宿下《やどさが》りにはきっと来ます、不自由でしょうけれどがまんしてね、そのうちにはまた」

「みや」と六郎兵衛が云った。

「ではさよなら、新さん」

おみやは指で眼がしらを押えながら、包みを持って立ちあがった。新八は顔をそむけ、黙って、弱よわしく頷いた。

昏《く》れがたになって、野中又五郎と、その妻子が来た。このまえ訪ねて来たときは、新八は声だけ聞いたので、会うのはそれが初めてだった。

又五郎は三十二歳、自分でなのるところによると、蒲生《がもう》家の浪人で、妻の名はさわ、九歳になる娘はお市といった、浪人生活がながかったのであろう、夫婦とも痩《や》せて、膚《はだ》の色が悪いし、着ている物も貧しく、荷物も包みが三つしかなかった。又五郎もさわも、礼儀ただしく新八に挨拶をし、「よろしく頼む」と云って、挨拶が済むとすぐに、又五郎は妻を横にならせた。

新八は奥の六帖をとり、かれらは勝手に続いているほうの六帖をとった。

――客のようなつもりでいてはいかんぞ。

と六郎兵衛は云った。新八はこれまで、客のようなつもりでいたこともないし、そういう扱いをうけた覚えもなかった。しかし、野中の人たちの、生活に疲れきったような姿を見ると、自分にできる限りのことはしよう、と思ったのであるが、さてなにをしたらいいかとなると、まったく見当がつかなかった。

「なにか用があったらそう云って下さい」と新八は、繰り返した。

又五郎は礼を云い、迷惑をかけて済まない、なにも頼むような用はない、どうか心配しないでもらいたい、と云うばかりであった。

お市も静かな子で、なにか用事をするときのほかは、母の側《そば》に坐ったまま、黙ってしんとしていた。あとでわかったのだが、そういうときその少女は、読書か習字をしているのであった。素読は父の又五郎が教え、母が習字や針の使いかたなどを教えていた。しかし素読のときのほか、教える声も答える声も低く、殆んど囁くようで、うっかりすると、誰もいないかと思われるほどであった。

妻を寝かせてから、又五郎はお市をつれて買い物にゆき、帰って来ると、勝手で炊事を始めた。――新八はそのもの音ではじめて気がついた。食事ごしらえなどということはしたこともないし、しなければならないと考えたこともない、おみやが去ったので、これからは自分で煮炊《にた》きをしなければならない。当然そこに気がつく筈であったのに、又五郎が始めたのを知って、ようやく気づいたのであった。

「いや大丈夫です」又五郎は米をとぎながら、微笑をうかべて云った、「妻が弱いので、いつのまにかこんなことが上手になりました、手数は同じことですから貴方《あなた》のもいっしょに作りましょう、どうか坐っていて下さい」

新八は押してどうとも云えなかった。

寝ている妻女の咳《せき》と、勝手でお市の「はい、はい」と答える声と、燃えだした釜戸の、焚木《たきぎ》のはぜる音を聞きながら、新八はぼんやりとおみやのことを想《おも》っていた。

移って来た翌日は、又五郎は一日うちにいて、自分たちの部屋をととのえたり、娘をつれて買い物に出たりした。

新八はなんとなく居づらかった。食事ごしらえなどは、年からいっても当然、自分がしなければならないだろう、する気持はもちろんあるのだが、又五郎が先へ先へとやってしまうし、どう手を出したらいいか、彼にはまったくわからなかった。

それで夕餉《ゆうげ》は外で喰《た》べようと思い、又五郎が買い物にいったあと、なにも云わずに家を出た。彼が出たとき、隣りの家では、ちょうどお久米《くめ》が帰って来たところで、格子《こうし》をあけながら、新八のほうへ笑いかけた。

「あら、おでかけ」新八は「ええ」と頷いた。

「あなたのとこ、誰かお客さまらしいわね」

「移って来たんです」と新八は低い声で答えた。

「移って来て、いっしょに住むわけ」

「そうです」

お久米はへえ——といい、ふと思いついたように、「ちょっとお寄りなさいな」と云った。

「昨日みやちゃんが寄ってったわ、どこかお屋敷へ奉公にあがるんだって、あんた淋《さび》しいでしょ」

新八は赤くなった。お久米は彼が赤くなったのを見て、さらに「寄ってらっしゃい」と云った。

「あたしみやちゃんからあなたのこと頼まれたのよ、ほんとよ、隣りどうしだから面倒をみてあげてくれって、あたしあのひとみたようにいろんなこと上手じゃないけれど、でもあんたのお世話くらい大丈夫よ」

「ちょっと用がありますから」

「いいじゃないの、ねえ、寄ってらっしゃいよ」

お久米は首をかしげ、媚《こ》びた笑いをうかべながら、じっと新八の眼をみつめた。

新八はもっと赤くなり、逃げるように路地を出ていった。すると通りへ出たところで、帰ってくる野中又五郎と会った。買い物の包みを持って、娘といっしょに来た又五郎は、新八を見ると、いそぎ足に近よりながら、首を横に振った。

「いけませんね、外へ出てはいけません」又五郎が云った、「柿崎さんからそう云われているのでしょう、なにか用事でもあるのですか」

「ええ、ちょっと」新八は口ごもった。

「あるなら云って下さい、私がいって来てあげます」

新八はあいまいに首を振り、それほどいそぐことでもない、と口の中で云った。

「では戻りましょう」と又五郎は云って歩きだした、「これからはどうか無断でお出にならないようにして下さい」

その次の日、つまり移って来て三日めには、又五郎は午前八時ころ家を出てゆき、夕方の、もう暗くなるじぶんに帰って来た。高価な品ではないが、羽折、袴《はかま》をきちっと着けた野中の姿は、清潔でりりしくみえた。柿崎は着る物もぜいたくだし、顔だちも美男のほうであるが、又五郎のように清潔な感じもないし、「りりしい」などというところは少しもみえない。

――野中さんは志操の正しい人なんだな。

と新八は心のなかで思った。夕餉が済むと、又五郎が「ちょっとでかけましょう」と云った。新八は彼を見た、「柿崎さんのところです」と又五郎が云った。

新八は着替えをした。着物も帯も袴も、みなおみやが新調してくれたものである。

又五郎は娘に向かって、戸じまりと火のもと、母の世話などを注意した。「今夜は帰れないかもしれない」そういって、新八といっしょに出た。

隣りの前をとおるとき、お久米が障子をあけて、こちらを見ているのが、新八の眼の隅にはいった。彼が一人なら、呼びとめようとしたらしい、路地を出てゆきながら、新八はおみやとのひめごとを思いだしていた。

二人は半刻《はんとき》ちかく歩いた。新八には、浅草御門をぬけたことだけはわかったが、それからさきは、どの町をどう曲ったのか見当がつかなかった。

——駿河台《するがだい》のほうへ来ているのかな。

そんなことを思っていると、裏通りの新らしい家の前で、又五郎が此処《ここ》ですと云った。門柱に「菅流柿崎道場」という看板が掛けてあった。新八はあっけにとられた。

——柿崎さんの道場。

妹にあんな賤《いや》しい稼ぎをさせておいて、自分はこんな立派な道場を持つとは、なんという人だろうと新八は思った。

又五郎は正面の玄関でなく、横へまわって、住居のほうの玄関からはいった。道場のほうは灯《あかり》もついていず、人のいるけはいもなかった。

六郎兵衛は居間で酒を飲んでいた。若い女が三人、ひどく派手な拵《こしら》えで給仕をしていた。十七か八くらいの、きりょうのいい女たちで、髪かたちも着ている物も、立ち居、身ぶりや言葉つきも、まるでいろまちの者のように嬌《なま》めいていた。

「向うへ向うへ」と六郎兵衛は手を振った。

新八がはいって、坐ろうとするとたん、手を振ってそう云った。又五郎は立って、新八にめくばせをし、その部屋を出た。

暗い廊下をいって曲ると、右側に灯で明るい障子があった。「石川うじ」と又五郎が呼びかけ、中から答える声が聞えた。又五郎は障子をあけてはいった。

中年の侍が一人、そこに寝ころんでいた。

こがらし

宇乃《うの》は朝の食事をしていた。

まだ部屋の中は暗かった。掩《おお》いをした行燈《あんどん》の光が、寝ている虎之助《とらのすけ》の顔を、頭のほうから照らしている。宇乃はときどきそっちを見ながら、歯の音もさせまいというようにひっそりと食べていた。

宇乃の顔には疲れがみえる。彼女はまる二日のあいだ眠っていない、虎之助は七日ほどまえから風邪ぎみであったが、一昨日になって、医者が麻疹《はしか》であると診断した。

――すっかり発疹《はっしん》してしまうまでは風に当てないように。

医者はそう念を押した。宇乃は九つの年に麻疹を済ましていた。ちょうど夏の暑いさかりで、幾日も幾日も、閉めきった部屋で寝かされていた苦しさを覚えている。いまは幸い冬だから、閉めきっていてもさして辛《つら》くはないだろうし、虎之助はききわけがよく、姉のいいつけをよく守った。

良源院へ来てからずっと、寺男の弥吉《やきち》と、その妻のおきわが、二人の世話をしてくれていた。――食事は三度とも運んで来るし、縫いものや洗濯や、そのほかこまごました雑用も、すべて弥吉夫婦がやってくれた。もちろん原田家から頼まれた責任もあるだろうが、かれらに子がなかったし、うすうす姉弟の身のうえを聞いて、同情のあまり大事にしているようであった。

宇乃が食事を終りかけているところへ、弥吉が廊下から声をかけた。

「原田《はらだ》さまからお使いの方がみえました」

宇乃は「はい」といった。

昨日、虎之助のことを、手紙に書いて甲斐《かい》に知らせた。麻疹はいのち定めという、そんなこともないだろうが念のために、そう思って簡単に知らせたのである。――それにしても、こんなにまだ時刻が早いのに、と思いながら、宇乃は箸《はし》を置いて立った。

虎之助はよく眠っていた。宇乃は襖《ふすま》や障子のあけたてに注意しながら、高廊下のほうへ出ていった。曇っているのと、時刻が早いのとで、あたりはまだうす暗く、かなり強く風が吹いていた。

刺すような冷たい風に、衿《えり》をかき合わせながら、宇乃はちらと庭の向うを見た。高廊下へ出ると、必ずそうするのが癖になったようである。樅《もみ》ノ木は静かに立っていた。そこは風が当らないのだろうか、かなり強く吹いているのに、甲斐の樅は枝を張ったまま、しんと、少しも揺れずに立っていた。

「宇乃さん、こちらです」と呼ぶ声がした。

庭へおりる踏段のところに、宮本新八がこっちを見ていた。身なりが変っているだけでなく、どこか顔ちがいがしたようで、すぐには彼だということがわからなかった。宇乃は静かに近よっていった。

「しばらくでございました」と宇乃が云った。

宇乃はそう云って会釈《えしゃく》しながら、なつかしそうに新八を見た。新八の顔は蒼《あお》ざめて硬《こわ》ばり、寒さのためだろう、色をなくしたような、乾いた唇がふるえていた。

「原田さまからと仰《おっ》しゃったのは、あなたでしたの」

「そうです」と新八は唇を舐《な》めた、「もちろん、私です」

「わたくしまた、あなたは仙台へいらしったものとばかり思っていましたわ」

「いちどいったんですが」

「たしか国もと預け、*ということだったとうかがいましたけれど」

「ええ、そうです」新八はすばやく、背後のほうを見た。

「それで」と宇乃は云った。

新八はまた唇を舐め、ふるえながら、せかせかと云った、「仙台へ送られる途中で、原田さんに救ってもらい、それからずっと匿《かく》まわれているんですが」

「まあ、原田さまに」

「それで今朝、ここへ来たのは」彼は口ごもった。いそいで云おうとするのだが、舌がよく動かない、というようすであった。彼はまたすばやく左右を見た、「じつは、貴女《あなた》をお伴《つ》れする、ためなんです、貴女と虎之助さんをです」

「どこへですの」

「わかりません」と新八は云った、「原田さんの御家老で堀内惣左衛門《ほりうちそうざえもん》という人を知っているでしょう、あの人が青松寺《せいしょうじ》のところで待っているんです、それからさきはどこへゆくのか、私は聞いていません」
「でも、どうしたのでしょう」と宇乃は訊《き》いた、「そんなに急に、ここを出なければならないようなことでも、できたのでしょうか」
「危なくなったからです」と新八はせきこんで云った、「私も同様ですが、貴女や虎之助さんも危ないんです、いま詳しいことを話している暇はないが、兵部《ひょうぶ》どの一味が、われわれを掠《さら》おうとしているんです」
「なぜでしょう」と宇乃が云った、「わたくしたちには、もうちゃんと御処分がきまったのではございませんか」
「陰謀なんです、ええ」と新八が云った、「兵部どの一味の陰謀なんです、詳しいことは原田さんが話すでしょう、一刻を争うばあいだそうですから、早くしてください」
「でも困りますわ」と宇乃は新八を見た、「原田さまからお聞きではなかったでしょうか、弟は一昨日から麻疹で寝ておりますの」
「しかし、駕籠《かご》が待たせてありますから」と新八は云った、「麻疹くらいなら駕籠でゆけば大丈夫ではありませんか」

「原田さまがそう仰しゃいましたの」

「もちろん、そうです」と新八は云った。宇乃はなお訊いた。

「麻疹を御承知ですのね」

「貴女はなにか疑っていらっしゃるんですか」

「いいえ、疑ってなんかおりません、ただお医者さまに、すっかり発疹してしまうまでは、風に当ててはいけないといわれておりますの、そして弟はまだ発疹し始めたばかりなのですから」

「それはそうでしょうが」と新八は苛《いら》いらと云った、「駕籠があるし、なにかでよくくるんであげて、貴女が抱いてゆけばそんなに風に当ることもないと思いますがね」

「そうでしょうか」

「かれらに掠われれば、まちがいなく命にかかわるのですから、どうかできるだけ早くお支度をなすって下さい」

宇乃は「ええ」と頷いた。

彼女は迷った。新八は追われる者のような眼つきで、左右やうしろに、絶えず眼をはしらせながら、せきたてた。宇乃にはそれが、危険の迫っている証拠のように感じられた。それでようやく決心し、奥へはいっていった。新八は唇を噛《か》み、ががたとふるえた。

宿坊《しゅくぼう》の高い屋根をかすめて、さっと風が吹きおろして来、彼の袴や袂《たもと》をたたいた。新八はちぢみあがった。

「とうとうやった、おれはとうとうやってしまった」彼の呟きはふるえていた、「しかも、宇乃さんを騙《だま》した、おれは、いやそうじゃない」

彼は首を振った。彼は口の中で「そんなばかなことがあるか」と呟いた。どうしてこんなことを思ったのだろう、騙しただなんて。おれは騙しなんかしやしない、おれは畑姉弟を救い出すんだ。そうだろう。柿崎《かきざき》さんは一ノ関の陰謀を知っている、おれたちの仇を討たせてくれる、宇乃さんたちも、此処《ここ》に置いては危ないから救い出すんだ。そうじゃないか、と彼は思った。

「そうだ、おれは二人を救い出すんだ」と新八は口の中で云った。

しかし、まもなく宇乃が出て来たとき、彼は踵《かかと》が地につかぬほどふるえだし、殆んど恐怖におそわれたような眼つきになった。宇乃のうしろに、着物でよくくるんだ虎之助を弥吉が抱き、おきわが包みを持ってついて来た。

「いま駕籠を呼びます」新八は門のほうへ走っていった。

塩沢丹三郎が良源院へ来たのは、宇乃たちの駕籠が、門を出たすぐあとであった。彼は虎之助のみまいに来たのであった。

昨夜、甲斐から虎之助が麻疹で寝ていると聞き、明日はみまいにいってやれ、と云われた。そのとき、みまいの品を持ってゆくようにと、幾らかの金も渡された。もちろんこんな時刻に来るつもりはなかったが、眼がさめると、にわかに気がせきたって、すぐにも宇乃に会い、虎之助のようすが知りたくなった。

——さぞ困っているだろう。

宇乃はまだ十三歳にしかならない。いくらおとなびていても、病気の弟をかかえては途方にくれるにちがいない。丹三郎には、宇乃の途方にくれた、悲しそうな顔が見えるようであった。

——みまいの品はあとでいい。

彼はそう思った。母親は「早すぎる」と云い、朝食をたべてからゆくように、と云った。まだ御門もあきはしないでしょう。いや、不浄門へいって頼みます。そんな問答をしながら、さっさと身支度をして、家を出て来たのであった。

良源院へ着くと、彼は横から裏へまわり、寺男の小屋を訪ねた。弥吉は薪《まき》を割っていた。丹三郎が近よってゆくと、弥吉は鉈《なた》を持ったまま、けげんそうにこっちを見た。

「畑さんへみまいに来ました」と丹三郎が云った、「虎之助さんが病気だそうで」

弥吉は「へえ」となま返辞をし、左手の甲で鼻をこすった。風が吹きつけて、彼の半ば白くなった髪毛が、はらはらっと顔にかかった。

「その」と弥吉は云った、「畑さまの御姉弟は、お迎えが来て、いま出てゆかれたところですがな」

「迎えが来た、どこから」

「それはその、お屋敷からでございます」

「屋敷とはどこの」

「それはもう、原田さまにきまっております」

丹三郎は不安になり、しかし弥吉がなにか勘ちがいをしているのだ、と思った。だが弥吉は間違いではないと云った。事情はわからないが、たしかに原田家から迎えが来、宇乃は虎之助といっしょに、たいそう慌《あわ》てて出ていった。迎えの者は駕籠を待たせていて、姉弟をその駕籠に乗せていった、と弥吉は云った。

丹三郎は色を変えた。

「そんな筈《はず》はない」と彼は云った、「屋敷から迎えの来る筈はない、そいつは偽《に》せ者だ」

「なんでございますって」

「駕籠はどっちへいった」と丹三郎は叫んだ。

話し声を聞きつけたのだろう、勝手口からおきわが覗《のぞ》いた。

弥吉は「出るな」というふうに、片手を振りながら、丹三郎に向かって、駕籠は*おなり道のほうへいった、と答えた。

「私どもは門までお見送りしたのですが、たしかに御本邸のほうへゆきました」

「私は追いかける」と丹三郎が云った、「済まないが中屋敷へ知らせてくれ、いや待て」彼は唇を嚙んだ。

誘拐者が誰だかわからない、迂闊《うかつ》な者には知らせられないぞ。そう気づいて彼は首を振った。

「よし、その必要はない」

「わしもまいりましょう」と弥吉が云った。

丹三郎はもう走りだしていた。

御成門《おなりもん》を出ると馬場があり、そのさきは武家屋敷がつづいている。真向から吹きつける風のなかを、丹三郎はけんめいに走った。けれども駕籠は見えなかった。その道はまっすぐ東へ通じているので、ゆく駕籠があれば見える筈である。切通しかもしれない、と丹三郎は思った。それとも芝の通りか、彼は立停った。すると、うしろで叫ぶ声がした。こちらです、と叫んでいた。

「塩沢さまこちらです」

振返って見ると、弥吉が切通しのほうを指さしていた。丹三郎は駆け戻った。

「いま愛宕下《あたごした》のほうへ曲るのをみました」と弥吉が云った。

「付いている人数は」

「二人いたようです」

丹三郎はけんめいに走った。

まばらに往来する人たちが、走ってゆく丹三郎を見ると、慌てて脇《わき》へよけたり、不安そうな眼で見送ったりした。突風の来るたびに、道の上で埃《ほこり》がまいあがった。

——青松寺の前を少しいったところで、丹三郎は駕籠に追いついた。駕籠のうしろに、黒い羽折で、頭巾《ずきん》をかぶった侍が一人、前のほうに、まだ少年らしい侍が一人付いていた。

左は寺、すぐ向うに愛宕山が見える。右側は武家屋敷で、*仲間《ちゅうげん》たちが門前を掃いているのが見えた。丹三郎は駕籠を追いぬいて、絶叫しながら前へ立ちふさがった。

「駕籠を停めろ」

そして「あっ」と眼をみはった。相手もあっといった。駕籠は停った。

「宮本ではないか」と丹三郎が云った。

新八はさっと蒼くなった、大きく眼をみはり口をあいたが、声は出なかった。

丹三郎は向うを見た。駕籠のうしろにいた侍が、こっちへ進んで来た。それは柿崎六郎兵衛であった。

丹三郎は新八に云った、「どうしたんだ、宇乃さんをどうするんだ、これはどういうわけだ」

「そこもとはなんだ」と云いながら、六郎兵衛が近よった。

丹三郎は相手の眼を見て危険を感じた。頭巾のあいだにあるその眼は、ぶきみな、殺気に似た光をおびていた。

「宇乃さん」と丹三郎は叫んだ、駕籠の中で、はいと答える声がした、「貴女は騙された、駕籠から出て下さい」

「駕籠をやれ」と六郎兵衛が云った、「小僧、邪魔をすると危ないぞ」

「宮本、この人は誰だ」

「おれは畑姉弟を救うのだ」と六郎兵衛が云った、「この姉弟の身が覘《ねら》われているから、安全な場所へ匿まってやるんだ」

「貴方は誰です」

「なのる必要はない」と六郎兵衛は云った、「早く駕籠をやれ」

「そうはさせぬぞ」

丹三郎はとびさがって刀を抜いた。新八はがたがたとふるえていた。風がさっと埃を吹きつけた。丹三郎は片側が武家屋敷で、門前に仲間のいるのを見た。門前を掃いていた二人の仲間は、なに事かというように、こちらを眺めていた。弥吉も五六間はなれた処《ところ》に立っていた。六郎兵衛は刀の柄《つか》へ手をかけ、「新八、駕籠をやらぬか」と叫びながら、丹三郎のほうへ近よって来た。

丹三郎は刀を青眼《せいがん》に構えたまま、喉《のど》いっぱいの声で絶叫した、「お願いです、助勢して下さい、お願いします」

まばらな往来の人たちが立停り、向うで見ていた二人の仲間のうち、一人が屋敷の門の中へとびこんでいった。眼の隅でそれを認めながら、丹三郎はなお叫びつづけた。

「私は伊達《だて》陸奥守《むつのかみ》の家来です。どうか助勢して下さい、これはかどわかしです」

「黙れ小僧」六郎兵衛が詰めよった。

丹三郎は脇へまわりながら叫びつづけた。向うで弥吉も同じことを喚《わめ》きたてた。駕籠は走りだした。丹三郎は六郎兵衛を避けながら、絶叫しつつ駕籠の先へ先へとぬけていった。だが、六郎兵衛はすぐに丹三郎を追いつめた。そこは愛宕山の下で、左に男坂の高い石段が見える。丹三郎は溝《みぞ》に架かった一間ばかりの石橋をとび、境内にはいりながら、「弥吉どの」と叫んだ。

「こっちは大丈夫だ、駕籠を追ってくれ」

弥吉の返辞が聞え、六郎兵衛が踏みこんで来た。

丹三郎は頭がかっとなった。踏み込んで来る六郎兵衛の体が、おそろしく巨《おお》きく、しかも圧倒的にみえた。斬《き》られる、と丹三郎は思った。

六郎兵衛は彼を睨《にら》んだまま、ぐい、ぐいと近よりつつ、間合《まあ》い二間ほどになると、刀の柄に手をかけた。丹三郎は動けなかった。おれは斬られる、ともういちど思った。

だが、そのとき、五人の侍が、こっちへ駆けつけて来た。さっきの仲間が知らせて、そこの武家屋敷から、助勢に来てくれたのであろう。

「伊達家の方はどちらだ」とかれらの一人が呼びかけた。

「私です」と丹三郎が云った、「大事な預け人《びと》をかどわかされたのです。向うへゆく駕籠がそれです、どうか御助勢を願います」

「心得た」と云って、五人のうち二人は駕籠のあとを追い、三人はこっちへ来た。かれらは叫んだ。

「われわれは松平隠岐守《おきのかみ》*の家臣だ、助勢するぞ」

六郎兵衛は向き直っていた。彼は刀の柄へかけた手を放し、冷やかに三人を見た。その冷たい眼光と、おちついた隙《すき》のない身構えを見て、松平家の三人は、さっと左右にひらいた。

六郎兵衛は事が失敗したのを認めた。

彼は松平家の三人を、一人ずつ順に眺め、それから丹三郎を見た。

「小僧――」と六郎兵衛は云った、「うまくやったな」

丹三郎はまだ刀を青眼につけていた。

六郎兵衛は頭巾のぐあいを直し、両手をふところに入れて、ゆっくりと通りの方へ歩きだした。ゆっくりと、一歩、一歩、ためすような足どりで、ふところ手をしたまま。丹三郎も松平家の人たちも、じっと息をつめて、それを見送るばかりだった。

六郎兵衛が通りへ出たとき、松平家の他の二人と、弥吉とで、宇乃と虎之助を伴れ戻して来た。弥吉が虎之助を抱いていた。六郎兵衛はそれには眼もくれずに、薬師小路へと曲っていった。

丹三郎は刀をおさめ、松平家の人たちに礼を述べると、宇乃のほうへ走っていった。

「宇乃さん、けがはないか」

「はい」と宇乃は彼を見あげた、「弟を風に当てたのが心配です、まだ発疹しきらないものですから」

「いそいで帰りましょう」

「宮本さまは、わたくしをどうしようとなすったのでしょうか」

「わかりません、しかしやがてわかるでしょう」

丹三郎はもういちど、松平家の人たちに礼を述べた。そして四人は、風のなかを、良源院へと帰った。

断章(四)

──仙台の奥山（大学）どのから、また密訴の書面がまいりました。

「二度めだな、なんといって来た」

──茂庭《もにわ》（周防《すおう》）どのの弾劾《だんがい》です。

「なんと申しておる」

──綱宗《つなむね》さまの不行跡は茂庭どのがすすめたものである、小石川の堀普請《ほりぶしん》がはかどらず、多額の失費を重ねて藩の財政を窮迫せしめ、なお臣下一統を加役金にて苦しめながら、いつ普請を終るとみえぬのも、総奉行としての茂庭どのの責任である。

「初めて具体的なことを挙げて来たな」

──ほかにも三カ条ありますが、重要ではございません。

「要求はなんだ」

──辞職を求めております。

「辞職だと」

──茂庭どののような、悪心ある人とともに、御用を勤めることはできない、茂庭どのを罰し、国の仕置をぜんぶ自分に任せてくれるならいいが、さもなければ辞職するほかはない、と書いてあります。

「岩沼（田村右京）へも出したようか」

——同文の訴状をさしあげたとあります。

「では相談に来るだろう」

——岩沼さまがですか。

「気が弱いからな、とうてい握りつぶしにはできまい、きっと相談に来るだろう」

——どうあそばします。

「隼人《はやと》ならどうする」

——茂庭どのをしりぞけるには、もっけの機会と存じます。

「浅慮だな、周防は堀普請の総奉行だぞ、幕府の公用を勤めている者を、そうやすやす動かせると思うか」

——これはあやまりました。

「たとえ動かすことができるにしても、このままでは動かしがいがない、もっと大学を怒らせるのだ」

——はあ。

「この密訴も握りつぶす、岩沼がまいったらきめつけてくれよう、後見の任にある身で、公私のけじめもつかぬか、大学の訴状など一顧の要もないとな」

——奥山どのは辞職なさらぬでしょうか。

「するものか、彼は周防を逐《お》って国老首席になろうと、のぼせあがっている、辞職したいと申すのが本心なら、こんな密訴をよこすまえに辞職している筈だ」

——すれば、怒ること必定《ひつじょう》でございますな。

「他の三カ条とはなんだ」

——殿の御好意を願っております。

「泣きごとか」

——万治元年、殿に御加増の案が起こったおり、茂庭どのは三千石と申したが、自分は七千石御加増を主張し、同じ十二月の御加増には自分の主張どおり決定した。ひとえに頼む御方と信じたからであって、このたびの件については、格別の御好意を得たいと思う、こういう意味のことをしたためてございます。

「もうよい、ばかなことを申すやつだ」

——他の二カ条も申上げましょうか。

「もうよい、その訴状はしまっておけ」

——かしこまりました。

「周防から知らせはないか」

——なにもございません。

「将軍家へ、亀千代《かめちよ》どの家督の礼として、献上品の相談がある筈だ」

——茂庭どのからはまだなんの知らせもございません。

「それだけか」

——比野仲右衛門がまいっております。

「会おう」

——お召しによって伺候《しこう》つかまつりました、私、比野仲右衛門でございます。

「隼人はさがっておれ」

——はあ。

「人ばらいだぞ」

——かしこまりました。

「仲右衛門、寄れ」

——御免。

「そのほうさきごろ、亀千代どの抱守《だきもり》の役を命ぜられたであろう」

——御意《ぎょい》のとおり、大松沢甚左衛門《じんざえもん》、橋本善右衛門、両名とともに仰《おお》せつけられました。

「大役《たいやく》ということを知っておるか」

——存じております。

「いや知ってはおるまい、知っておる筈はないぞ」

——はあ。

「橋本と大松沢のなかに、抱守としてそのほうを加えたのはおれだ、それは、そのほうのつらだましいを見込んだからだ」

——私は能のない人間でございます。

「おれが欲しいのは、不退転の忠志だ」

——うけたまわりましょう。

「亀千代どののために死ぬことができるか」

——御念には及びません。

「よく聞け、亀千代どのは安泰ではない、いつどんな事が亀千代どのの身に起こるか、わからないのだ」

——思いもよらぬことをうかがいます。

「そのほうは知る筈がないと云《い》った」

——仔《し》細《さい》をお聞かせ下さい。

「品川の下屋《しもや》敷《しき》には、大町備前が家老として詰めておる、おれは後見役であって、下屋敷のことにも責任があるが、備前からの報告によると、綱宗どのは隠居が不服で、いまいちど陸奥守《むつのかみ》として世に出たい、と望んでおられるとのことだ」

――御本心からですか。

「いつか船岡《ふなおか》(原田甲斐《はらだかい》)が伺候したときなどは、いかにもしていまいちど世に出る、自分を隠居させたのは陰謀だと、佩刀《はかせ》を抜いて暴れたそうだ」

――御乱酔のことはうかがっています。

「綱宗どのに同情し、心をよせる者も少なくない、誤った同情から、どんなことを企《たく》む者があるかも計りがたい、事実、すでに不審なことが二三あったのだ」

――私には信じかねます。

「信じろとは云わぬ、信ずる必要もない、そのほうは一身を棄《す》てる覚悟で、抱守の役をはたしてくれればよいのだ」

――その覚悟はできています。

「それでよい、呼んだのはその覚悟を聞くためだった、おれの眼に狂いはなかった、さがるがいい」

――ひと言うかがいます。

「なんだ」

――綱宗さまに心をよせる者があり、綱宗さまを世に返そうと計っているのは、事実でございますか。

「おまえは信じなくともよい」

――では、亀千代ぎみの御身辺に、なにごとかすでにあった、と仰せられるのも、事実なのでございますか。

「おれは信じろとは云わぬ、おれがそのほうに頼むのは、そのほうにとって抱守が大役であり、他の二人の同役とはべつに、幼君守護の責任をもつということだ」

――よくわかりました。

「おれが頼みにしていることを忘れるな」

――御期待にはそむかぬつもりです。

「さがってよい、また会おう」

「隼人か、なんだ」

――いまかの者がまいり、宮本新八が江戸にいると申しました。

「新八とは、うん、わかった」

――昨日早朝、良源院にあらわれ、お預けの畑姉弟《きょうだい》を誘拐しようとしたと申します。

「新八は柿崎《かきざき》の手で匿《かく》まわれている筈だ」

——さようでございますか。

「柿崎がそう申しておった、新八がおれを敵《かたき》と覘っている、それで自分が押えてあると申した」

——では誘拐を命じたのは、六郎兵衛でございますな。

「成功したか」

——いや、塩沢と申す者が来あわせ、いま一歩というところで、奪い返されたと申すことです。

「新八はどうした」

——そのまま逃亡したそうでございます。

「柿崎め、みそをつけたな」

——畑姉弟を手に入れるつもりだったのでしょうか。

「彼は挫《くじ》けないやつだ、また隙をみてやるに相違ない、そして畑の姉弟もおれの首を覘っているということだろう」

——六郎兵衛を呼びつけましょうか。

「好きなようにさせておけ、いまに彼には申しつける役がある、彼に支払っただけのものは、必ずおれは取上げてみせる」

――九時でございます、厩橋《うまやばし》（酒井忠清）さまへお越しあそばしますか。

「周防から知らせはないか」

――まだまいりません。

「では厩橋へまいろう、周防から来たら、おれに構わず相談をしろと云え」

――承知つかまつりました。

貝合せ

その日、――原田《はらだ》家の朝粥《あさがゆ》の会には、いつになく珍らしい客があった。国もとから出府して来た、柴田外記《しばたげき》と古内志摩《ふるうちしま》（義如《よしゆき》）、そして片倉小十郎（景《かげ》長《なが》）である。柴田外記はさきごろ国老に就任したものであり、古内志摩は、国老の主膳《しゅぜん》重安の子で、年は三十、評定役《ひょうじょうやく》を勤めていたが、父の主膳が、亡君忠宗《ただむね》の法要のため高野山に使いし、役をはたして国もとへ帰ったので、いれ替りに出府したものであった。

片倉小十郎は、刈田郡《かったごおり》白石城、一万七千石あまりの館主《たてぬし》で、家格は「一家《いっけ》」に属し、小石川堀普請の奉行を勤めている。そのほかに老女の鳥羽《とば》、里見十左衛門、伊東七十郎という顔ぶれであった。

老女の鳥羽は、浪人榊田《さかきだ》六郎左衛門の女《むすめ》で、十七歳のとき故忠宗の夫人の侍女にあがり、いまはこの本邸で、亀千代《かめちよ》の守をしている。年は四十になるし、*縹緻《きりょう》もよくはないが、表情の多い眼つきや、やわらかな身ごなしなどで、ふと濃艶《のうえん》な嬌《なま》めかしさをあらわす若さと、賢さをもっていた。伊東七十郎は二三日うちに帰国する筈で、話題はそのことから始まったが、七十郎はいつもの饒舌《じょうぜつ》を忘れたかのように、黙って酒ばかり飲んでいた。

十左衛門はそれが気になるようすで、しきりに七十郎のほうへ眼をやっていた。

——すぐ口論を始めるくせに。

と甲斐《かい》はおかしく思った。

上座では志摩と小十郎が話していた。陸前にある金山《きんざん》の件である。あらたに兵部《ひょうぶ》宗勝《むねかつ》に加えられた領分の中に、伊達《だて》家の金山が含まれている。その鉱山から産する金は、兵部に属するか伊達本藩に属するか、という話であった。

「それはむずかしい問題だ」と片倉小十郎が云った。

「むずかしい問題です」と志摩が頷《うなず》いた。

これは早く帰属をきめておかぬと、やがて諍《あらそ》いのもとになると思う、と志摩が云った。柴田外記は黙っていた。志摩と小十郎の話がとぎれたとき、十左が辛抱をきらしたようすで、七十郎に呼びかけた。

「伊東どの、どうかしたか」

「うん」と七十郎が振向いた。

「ひどくふさいでおるようではないか」と十左が云った。「なにか気懸りなことでもできたのか」

「七十郎は角《つの》を折ったらしい」と甲斐が云った、「このまえ涌谷《わくや》さまの別宴のときにな、そうではないか七十郎」

「別宴のとき、——なんですかそれは」

「云わぬほうがよかろう」と甲斐は微笑した。

柴田外記はにがい顔をした。金山の帰属をどうすべきかについて、いま片倉と志摩とが重要な話しをしているのに、甲斐は益もないことを云い始め、どうやら話題をそらそうとするらしい。たしかに、その話しを避けようとするようすなので、外記はあからさまに、ふきげんな顔をした。また、当の七十郎も十左も、甲斐の口ぶりで、甲斐が話しを変えたがっている、ということを察した。

「云ってもらいましょう」と七十郎は甲斐を見た、「私が茂庭《もにわ》家でどうしました」

「七十郎が、涌谷さまに会うのだ、と云いはりましてね」と甲斐は鳥羽に云った、「彼は招かれてはいないんです、松山は御承知のとおりの気性だし、涌谷さまは規《き》矩《く》を紊《みだ》さない方ですからね」

「それはいつの事ですの」と鳥羽が訊いた。

そう訊きながら、彼女は情をこめた眼つきで、甲斐をじっと見た。

「涌谷さまが帰国されるので、松山の家で別宴が設けられたときです」

「それでどうなりまして」

「私はとめたのですがね、七十郎はしゃれたことを云いました、じいさん、というのは涌谷さまのことですが、じいさんは格式や儀礼にはやかましいが、懐柔するぶんにはたやすい人です、というわけです」

「伊東さまらしいこと」

鳥羽は微笑し、片手で頬を押えながら、またじっと、甲斐の眼をみつめた。

「たぶんなにか懐柔する策があったんでしょう、大いに自負していたようですが、茂庭家ではむろん奥へとおしはしません、こちらで、と控えの間へいれられたまま、ついにめどおりかなわずです」

「原田さまもお人の悪い、どうしておとりなしをしてあげなかったのですか」

「そんなことをすれば、七十郎は怒りますよ」

「お怒りになるんですって」

「怒りますとも」と甲斐は云った、「彼は立派に自負していたんですからね、私がよけいな口をきいたりすれば、彼の誇りを傷つけることになるでしょう」

「伊東さまもむずかしいことね」

「私はわる酔いをして泊ってしまったので、彼がいつ帰ったか知りませんでしたが、まさしく彼はその角を折ったと思いますね、そうではないか、七十郎」

「私は自分に角があったとは思いません、したがって、ない角を折ることもできないと思うんですがね」

「里見どのの感想はどうですか」と甲斐が云った。

十左は当惑して、なにかぶつぶつと口ごもった。

「話しの途中だが」と柴田外記が云った。

つとめて感情を抑えているらしいが、五十二歳の彼の眼や、その声の調子には、隠しようもなく怒りがあらわれていた。一座はしんとなった。

「船岡《ふなおか》どのは、いまの金山を、どう思われるか」

甲斐は当惑したように「さて」と云った。

「新たに一ノ関へ加えられた領内に、金の鉱山《やま》がある、それから産する金は、本藩のものか、一ノ関のものか、船岡どのはどちらが至当と思われるか」

「失礼ですが」と甲斐は穏やかに云った、「この朝粥の会では、政治むきの話しはいっさい禁物、ということにしてあります」

「わしは聞きたいのだ」と外記は云った、「そのほかにも不審なことがある、一ノ関では藩の御用船を気仙沼《けせんぬま》にまわし、御蔵米《おくらまい》と称して自分年貢《ねんぐ》の米を江戸へ回漕《かいそう》している、これはたしかな事実だが、これらについても、江戸の重職の意見が聞いておきたいと思う」

「私はまだ評定役にすぎませんので」

「いやそうではあるまい」と外記がするどく云った、「船岡は着座《ちゃくざ》の家柄であり、一ノ関のあと押しで、近く国老に任ぜられるそうではないか」

「これは、これは」と甲斐は苦笑した、「どこからそんな噂《うわさ》が出たか知りませんが、私はいまうかがうのが初めて、それは意外でございますな」

「わしは意外とは思わぬ」と外記は云った、「わしだけではない、涌谷でも意外とは思っておられぬようだ、しかしいまそのことは措《お》こう、わしの問いに答えてもらいたい」

「では申しましょう」と甲斐は頷いて云った、「私は詳しいことは知りませんが、御領内の金山は、政宗《まさむね》公が豊家《ほうけ》から拝領したとき、いかほど金を産するとも、自分に処理して、公儀に召しあげられることなし、という証判が付いておりました」

「わしはそんなことを訊いてはいない」

「以来、――御領内には」と甲斐はつづけた、「金山本判持*という者が置かれ、これが鉱山を経営して、毎年それぞれ役金を藩におさめております」

「だからどうだというのか」

「もし仮に、本藩で公儀へ、産金のいくばくかを献納するとすれば、その金山は本藩に属するでしょう、そうでないとすれば、鉱山は土地に付いたものですから、その土地を領する人に属するのが当然ではないでしょうか」

「それが、そこもとの、意見なのだな」

外記は辛うじて喚くのを抑えた。外記が喚くのをがまんしたことは、その顔が赤く怒張し、唇が見えるほどふるえるのでわかった。

「なるほど」と外記は云った、「それで船岡どのに、一ノ関さまの御贔屓《ごひいき》のかかっている理由がわかった」

「これはどうも」と甲斐は目礼して云った、「たって意見を述べろとのことで、思いつくままを申し述べたのですが、米谷《まいや》どのにはお気にいらぬとみえますな」

「わしは頑固な田舎者だ」と外記が云った、「融通のきく頭も持たぬし、人のきげんをとることも知らぬ、だが、義不義、正邪黒白の判断ぐらいはできる、そのくらいの眼は持っている、ということを覚えていてもらいましょう」

「これは困りました」と甲斐は片倉小十郎に云った、「すっかり米谷どののきげんを損じたようです、白石どの、おとりなし下さらぬか」

「わしは帰る」と外記は座を立った。

小十郎や鳥羽がなだめたが、古内志摩も立ちあがり、「では私もごいっしょに」と帰り支度をした。甲斐は辛抱づよく詫《わ》びを云い、堀内惣左衛門《ほりうちそうざえもん》に二人を送らせた。

座はすっかりしらけてしまい、それからは話しもはずまず、やがて小十郎が盃を伏せ、給仕の成瀬久馬に、「食事を」と云うと、老女の鳥羽も、里見十左衛門も食事を求めた。すると初めて、伊東七十郎が顔をあげ、十左に向かって云った。

「まだ飯は早い、里見さんはまだだめだ」

「いや、飯をいただこう」

「まあいい、一つまいろう」七十郎は盃をさした、「今日は気がふさいでしようがなかったが、船岡の館主がきめつけられるのを見て、きれいに溜飲《りゅういん》がさがった」

「伊東さま」と鳥羽が向うから睨んだ。

「なんですか」

「少し口をお慎しみあそばせ」

「貴女《あなた》にはその眼を慎しんでもらいたいですね、貴女のそのにらみかたは不謹慎だ、柴田老は気がつかなかったらしいが、さっきから私はひやひやしていたんですぜ」

「あら、なんでひやひやなすったんですか」

「そらその眼だ」と七十郎は云った、「その眼でね、貴女は休みなしに、誰かの顔を眺めていたんだ」

「まあ、伊東さまったら」

「恍惚《うっとり》と、溶けるような眼つきでね、そうでしょう原田さん」

鳥羽は平然と箸《はし》を取った。十左がさも不快そうに云った、「ばかなことを云う男だ」

七十郎は笑った、「里見老などにはばかなことだろうさ、しかし米谷の館主が気づいたら、面白かったんだがな」

「教えてやればよかった」と甲斐が云った、「そうすれば誰がきめつけられたか、わかっただろうにな」

「まあいいですよ」

　七十郎はにやりとし、十左に向かって、「盃を返してくれ」とうながした。そして、塩沢丹三郎に酌をさせながら、十左に云った。

「とにかく、これで原田さんも万全ではなくなったわけさ、なにしろ温和で謙遜《けんそん》で、情誼《じょうぎ》に篤《あつ》くて、かつていちども人に憎まれたり貶《そし》られたりしたこともなし、そういう隙をみせたこともない人だったからな」

　七十郎は自分で「うん」と頷き、ぐっと盃を呷《あお》ってつづけた。

「ところでここに敵があらわれた、しかも面と向かって、真正面から挑戦の矢を射かけた、発止《はっし》とね、万全の座が崩れた、これで原田さんも人間だったということがわかったわけさ、面白くなるぞ」

「船岡どのは」と十左が、七十郎には構わず甲斐に向かって云った、「さきほどの米谷どのに御意見を述べられましたが、あれは御本心でございますか」

「そら、二ノ矢だ」と七十郎が云った。

「そこもとは黙ってくれ」と十左が云った。

「その話しはよそう」と甲斐が云った、「朝粥の会に政治の話しは困る、米谷どのにぜひと云われて、やむを得ず当座の思案を述べてしまったが、私はその職でもないし、むずかしいことはわからない」

「しかし金山の帰属ということが問題になれば、御評定役としてその衝に当らなければなりますまい」

「それは御一門、御一家の意見による」

「御評定役の係りではないと仰《おっ》しゃるのですか」

「もういちど云うが」と甲斐が穏やかに云った、「そういう重い問題については、御一門、御一家の意見がさきで、国老がその判定をするか、評定役の当番になるかは、その意見によってきまるのでしょう」

「では御評定役がその衝に当るとして、お考えのほどをうかがいましょう」

「その話しはよそう」

「うかがえませんか」

「云えないでしょうね」と甲斐は微笑した、「まだ問題が起こってもいないのに、起こったらどうするかと云われても返辞のしようはない、この話しはよしましょう」

小十郎は黙って、食事をつづけていた。十左は顔を硬《こわ》ばらせ、不満そうな、そして訝《いぶか》るような眼で、甲斐の横顔をみつめた。原田どのはこんな人ではなかった、と十左は思ったようであった。

七十郎はそらとぼけた眼つきで、甲斐と十左を眺め、また、そ知らぬ態《てい》で食事をたしている小十郎や、箸をはこびながら、気遣わしそうに、ちらちらと、甲斐のようすをうかがっている鳥羽の表情を、ひそかにぬすみ見ていた。

「惜しいところで幕か」と七十郎は呟《つぶや》いた、「もうひと揉《も》み揉んでもらいたいんだがな、丹三郎、酒だ、原田家の朝粥は、なまぬるいふやけたような会だったが、こうなると捨てたものではない。原田さん、ひとつこれからは政治ばなしの禁制を解こうじゃありませんか」

「私も食事にしていただきましょう」と十左が云った。

それに対して、七十郎がまたなにか云おうとしたが、堀内惣左衛門が来て、甲斐に「鳩古堂《きゅうこどう》がまいっております」と告げた。甲斐は頷き、待たせておけと云って、盃を伏せた。それはこの会の終ったことを示すように、客たちにはみえた。

「どうかお構いなく」と七十郎は云った、「私はまだこれからですから、皆さんはどうかお構いなくやって下さい、丹三郎、酒をもっと云いつけておいてくれ」

甲斐は茶を命じた。

七十郎は腰を据えて飲みだしたが、まもなく片倉小十郎が立ち、鳥羽が立ち、里見十左衛門も立った。三人が去ってから、甲斐も座を立つと、七十郎がにっと笑いながら云った。

「みごとでしたよ、原田さん」

甲斐は振向いて、静かな眼で七十郎を見た。七十郎はもういちど笑った。

「私は貴方《あなた》が好きだ」

「あれだけ私をへこませてか」と甲斐が云った。

七十郎は肩をすくめた、「冗談でしょう、貴方をへこませるどころか、貴方の詩《うた》をひきたてるために、私がへたな琴を弾いたことはわかっている筈《はず》です」

「わからないね、いっこうにわからない」

「私を舐《な》めてはいけません」と七十郎は云った、「私は少なくとも耳が聞えるし眼も見えるし、わりに正確な勘も持っていますからね」

「それは知らなかったな」甲斐がゆっくりと云った、「覚えておこう」

「いつも云うが、貴方にはかなわないところがある、原田さんには負けます、しかし私だって伊東七十郎ですからね、ほかのつんぼやめくら共と同じに考えないで下さい」

甲斐は「覚えておこう」と云った。

甲斐が居間へはいると惣左衛門が鳩古堂の箱を持って来て渡した。

「米谷さまのお言葉にはおどろきました」と惣左衛門が云った。甲斐は「うん」と頷きながら、箱をあけて、斑入《ふい》りの軸に、虎毛《とらげ》の穂の付いた筆を取った。

「あの噂は私なども初耳ですが、どこから出たものでしょうか」

「噂とは、——」

「一ノ関さまに推されて、国老になられるということです」

甲斐は筆の軸を静かに抜き、その軸の中から、小さく巻いた薄葉紙《うすようし》を取出すと、注意ぶかく机の上でひろげながら、当然のことのように云った。

「むろん、涌谷さまだ」

惣左衛門は腑《ふ》におちない顔をした。甲斐は密書を読み、それをすぐ、火桶《ひおけ》の火にくべながら、ふと太息《といき》をついた。

「米谷どのは上府するまえに、涌谷へ寄られたのだろう、そのとき涌谷さまが話されたのだと思う」

「そう致しますと」

「種子《たね》を蒔《ま》かれたらしいな」と甲斐は云った。

惣左衛門はようやくわかったとみえ、いたましそうに主人のうしろ姿を見た。甲斐は机に肱《ひじ》で凭《もた》れた。

「いよいよ、御苦労が始まるのですか」と惣左衛門が云った。

「なに、さしたることはない、さしたることはないだろう、あまり気を病まぬがいい」

「私は、お側《そば》に仕えるのが、辛《つろ》うございます」と惣左衛門が云った、「隼人《はやと》をお召しになって、私にお国もと勤めを願えませんでしょうか」

「おまえはそうはしないだろう」

「私はお側にいるのが耐えられそうもございません」

「おまえにはそうはできない」と甲斐が云った、「たとえおれがそう云っても、おまえは国もとへは帰らないだろう。また国もとには国もとで、やがて辛いことが起こる、隼人にも苦労をかけなければならない、惣左衛門は江戸で勤めてくれ、惣左は江戸では欠くことのできない人間だ」

「私は、ただ、――」と惣左衛門は云いかけて、あとは云わずに頭《こうべ》を垂れた。

「湯島へゆく」と甲斐が云った、「供は喜兵衛に舎人《とねり》、それから久馬だ」

「成瀬でございますか」

「うん、久馬だ」と甲斐が云った、「たぶん泊ることになるだろう、届けておいてくれ」

惣左衛門は消えるように「は」と答えた。

あやめもわかず

湯島の家へゆくと、甲斐《かい》は寝間の支度をさせて横になった。

「灯《あかり》を入れる頃に起きる」と甲斐はおくみに云った、「雁屋《かりや》と、いつもの芸人たちをよんでおいてくれ」

「お話しがあります」とおくみは云った。

甲斐は「あとだ」と云って眼をつむった。おくみは枕《まくら》もとに坐《すわ》り、低い声で囁《ささや》いた。

「御老中《ごろうじゅう》の酒井さまがいらっしゃいました」

甲斐は眼をあいた、「――酒井さまが来たって、ここへか」

おくみは頷いた。いつだ、と甲斐が訊《き》いた。昨日です、とおくみが云った。甲斐は眼をつむった。

「話してくれ」

「家の前でお駕籠《かご》を停め、気分が悪くなったから休ませてもらいたい、と仰しゃいました」

「酒井侯となのってか」

「あとでお供の方が、内密だが、といって知らせて下さいました」

「座敷へあげたのか」

おくみは「はい」と答えた。

甲斐の眉間《みけん》に皺《しわ》がよった。彼は掛けた夜具を、胸から下のほうへと、静かにずらし、それからまた「話してくれ」と云った。

おくみは話した。雅楽頭《うたのかみ》は五人の供をつれていた。寛永寺へ参詣《さんけい》の戻りだそうで、座敷へとおると白湯《さゆ》を求め、懐中薬をのんだ。気分が悪いというふうにはみえなかったし、しばらくすると酒が欲しいと云いだした。

おくみはむっとした。——無礼なことを云う人だ、いかにも身分の高い人らしいが、そんなことを云うのは、こちらを町家の人間とみくびったのであろう。おくみは断わりを云った。

——自分には浪人ではあるが武家の主人がいる。いまその主人が留守だから、酒の接待はできない。

すると相手は笑って、その浪人の名はなんというぞ、と訊いた。

――八十《やそ》島主計《しまかずえ》と申します。

――たしかにそうか。

――わたくしはそう聞いております。

――まあいい、酒を飲もう。

相手はまた笑った。そのとき、供の一人がおくみを脇《わき》へ呼び、その人が老中の酒井侯であり、自分は用人《ようにん》の松平内記であること、御主人のためにも悪くは計らわないから、酒の支度をしてくれるようにと云って、金を包んでさし出した。おくみは金を返して、酒肴《しゅこう》の膳《ぜん》をととのえた。雅楽頭は半刻《はんとき》ほどきげんよく飲んだ。

――その八十島という男は、よほど果報な生れつきとみえるな。

雅楽頭はおくみをそんなふうにからかった。おくみは相手にならなかったが、雅楽頭はなおつづけた。

「待て」と甲斐が云った、「そこをどう云ったか、もっと詳しく話してくれ」

「あたしの口からは云いにくうございますわ」

「云いにくいところは略してもいい」

おくみは考えて、よく思いだすというふうにつづけた。

云いにくいというのは、自分が褒められたことらしい。こんなきれいな女と、こんな静かな隠宅を持っているとは、よほど果報めでたい男であろう。自分もあやかりたいものだ、ぜひ近いうちにその八十島と会いたい、屋敷へ遊びに来るように伝えろ。そちらで屋敷へ来なければ、自分の方でまたこの家へ来る。必ずそう申し伝えろ、と云ったそうである。

甲斐はややしばらく黙っていたが、やがて頷いて、「わかった」と云った。

「あなたが伊達《だて》家の原田さまと知って、いらしったのでしょうか」

「どうだかな」

「あたしにはそう思えました」とおくみは云った、「あなたを原田さまと知っていて、なにかわけがあっていらしった、というふうに思えましたわ」

「どうだかな」と甲斐は云った。

「なにか思い当るようなことはないんですか」

「私は酒井侯とはなんのかかわりもない」と甲斐は云った。そのとき、彼の眉間にまた皺がよった、「むろん、ここへ訪ねて来られるような覚えもないし、おくみが心配することは少しもないよ」

「そうでしょうか」

「少し眠らせてくれ」

「でも、こんどいらしったらどうしましょう」

甲斐は答えなかった。

おくみは彼の寝顔を見まもっていたが、やがて、そっと立って出ていった。

——なんの謎《なぞ》だ。

甲斐は眼をつむったまま思った。

——どんな罠《わな》。

おくみの直感は当っている。その口ぶりから察すれば、雅楽頭がこの家を訪れたのは、原田甲斐の隠宅と知ったうえでのことである。そして、「屋敷へ遊びに来い」と云い、「来なければ自分がまた来る」と云ったという。

——どうするつもりなのか。

老中でも、めきめき威勢を高めている雅楽頭忠清が、自分のような*陪臣《ばいしん》に、なぜそんな興味をもつのか。兵部少輔宗勝《ひょうぶしょうゆうむねかつ》と、雅楽頭との関係はわかっている。伊達家において兵部がいまなにを計画しているかということも、その背後に雅楽頭の支持があることもわかっている。だが、雅楽頭その人が、どうして甲斐に手を伸ばすのか、という点になると、彼には理解しがたいのであった。

甲斐が起こされたとき、もう日は昏《く》れて、部屋には灯がはいっていた。彼は知らぬまに眠った。その眠りが彼の気力を恢復《かいふく》させたようである。雅楽頭がこの家へあらわれたことも、いまではさして重荷とは感じられないし、数日来の心労も軽くなったようであった。風呂《ふろ》にはいり、髭《ひげ》を剃《そ》り、着替えをして出てゆくと、その座敷には燭台《しょくだい》が並び、雁屋信助《しんすけ》も、芸人たちもすでにそろって、酒肴の膳を前に坐っていた。甲斐が盃《さかずき》を取ると、信助が話しだした。

船岡《ふなおか》では気候に変調があり、五月ころのような陽気がつづいたため、麹屋《こうじや》ではく、い、るみ味噌《みそ》を十幾樽《たる》かだめにしたそうである。だめにしたとは腐らせたのか、と甲斐が訊いた。いや、味噌のことですから腐りはしないでしょうが、くるみが混っているために味が変って、売り物にならなくなったということです。十幾樽とは大樽だな。もちろんそうでございましょう。それは損害だな、と甲斐は苦笑した。

「では麴屋はもう作るまい」

「そうでしょうか」

「彼は初めから気がすすまなかった」

甲斐は苦笑しながら云った。

彼がくるみ味噌を作らせたのは、土地の名産の一つにしたかったからである。そして麴屋又左衛門に相談した。麴屋は古くから船岡で醸造を営んでいたし、原田家の金御用をも勤めていた。相談をうけた又左衛門は、くるみを味噌に搗《つ》き混ぜることは、保存がむつかしいし、風味の点で一般的とはいえない。売れてもさしたる利益はないだろう、と難色をみせた。甲斐は大きな利益を期待したのではなくそれを名産として、うまく販路をひろげることができればたとえ利率は少なくとも、将来一定の年収に加えられるかもしれない、と思ったのであった。

——損をしたら原田家が償う、利益があったらこれこれの割で分配しよう。

甲斐はそういう約束で、ようやく又左衛門を承知させたのであった。それから約一年、雁屋信助に販売をさせる一方、甲斐も知友にその味をこころみさせてきた。そして、それは嗜好品《しこうひん》としてはかなり珍重されるが、大量に売れるものではないということが、しだいにはっきりして来たのであった。

「年貢だけに頼っていては、武家の経済はやってゆけなくなる。なにか他に年収のみちを計らなければならない、そう考えた手始めにやってみたのだが」甲斐は自嘲《じちょう》するように云った、「やはり素人《しろうと》の商法はうまくゆかぬらしいな」

「どうでございますかな」

「——なにを笑う」

「失礼いたしました」雁屋信助は低頭して云った、「あまりまじめに仰しゃるので、つい可笑《おか》しくなったのです」

「まじめにとは」

「お叱《しか》りをうけるかもしれませんが」と信助は云った。「くるみ味噌が御経済のために、考案されたかどうか、ほかの者は知らず、この信助だけはよく存じております」

「、、、くるみ味噌か」と甲斐は苦笑しながら、眼をそむけた、「その話しはやめにしよう」

信助は黙って低頭した。

しょうばいはどうだと、甲斐が訊いた。まずまずというところです。幾らか好転したのか。もう少し待ってみないとわかりません。じつは唐船《からふね》が相変らず停《とま》ったも同様なので、自分で船を二艘《そう》もってみました。株を買ったのか。いや、と信助は口をにごした。

甲斐は信助を見た。信助はその眼を避けるように、芸人たちに向かって「始めろ」と合図をした。鳴物《なりもの》が賑《にぎ》やかに始まり、若い男と女太夫《おんなたゆう》の二人が立って、猿若《さるわか》を踊りだした。甲斐はおくみに酌をさせながら、なんの屈託もなさそうに、ゆっくりと飲んでいた。

成瀬久馬は甲斐のうしろに坐っていたが、ときどき眼の隅で右のほうを見た。そちらの襖《ふすま》ぎわに、二人の小間使が控えている。一人はおうら、一人はみやぢという。どちらも十七歳であるが、久馬の視線が動くたびに、おうらの表情にも敏感な変化があらわれた。二人の小間使は、膳の上の酒肴を、さげたり運んで来たりするため、そこでじっとしているわけではないが、坐っているときには、久馬とおうらとのあいだに、その眼つきや僅かな表情で、なにかを（互いに）通じあっているようであった。

半刻ばかりすると、甲斐は盃を置き、そこへ横になって「久馬、足をさすれ」と云った。だが久馬は答えなかった。鳴物の音もあるし、甲斐の声も低かったが、久馬はおうらに気をとられていて、まったく耳に入らなかったのであった。

甲斐は振向いて彼を見、もういちど「足をさすれ」と云った。久馬ははっとし、自分をみつめている甲斐の眼に気づくと、殴られでもしたように、うしろへしさって手をついた。

「なにをうろたえている」甲斐は静かに云った、「おれの云うことが聞えなかったのか」

久馬は「は」と平伏した。

久馬のようすが唯《ただ》ならぬので、芸人たちは鳴物をやめ、踊り手も踊りをやめた。甲斐はそちらへ手を振り、「なんでもない、続けろ」と云い、穏やかな眼で、久馬をじっと眺めた。芸人たちはまた芸を始めた。

「久馬」と甲斐が静かに云った、「いつも粗忽《そこつ》なくやって来たのに、今日はどうした、そんなことでは大事な勤めがはたせまいぞ」

久馬は平伏したまま息をのんでいた。甲斐の言葉には二重の意味がある、久馬はそう感じたようであった。

おくみがそばから云った、「もう堪忍《かんにん》してあげて下さいまし、きっと疲れておいでなんでしょ、あたしがお揉みしますわ」

「いや大丈夫です」と久馬は顔をあげた、「私は疲れてはおりません、うっかりしていてついお申しつけを聞きはぐったのです、お腰を揉むのですか」

「よし、もういい」と甲斐はもの憂《う》げに云った、「そうむきになるほどのことではない、さがって休め」

「私は疲れてはいません」

「さがって休め」と甲斐が云った。

久馬は甲斐を見た。甲斐は肱を立て、手で頭を支えながら、うっとりと眼をつむっていた。

——久馬は座をしさりそれから立って出ていった。甲斐はそのままうとうとしているようであった。いつものことなので、芸人たちは代る代る芸を演じたり、信助にすすめられて酒を飲んだりした。

そして八時ごろになると、甲斐はさりげなく立って、ちょっと信助の顔を見てから、そこを去って寝間へはいった。寝間にはさっきのまま夜具がのべてあった。甲斐のあとから来たおくみが、「おでかけでございますか」と訊いた。

甲斐は首を振った、「松山が来るんだ」

「茂庭《もにわ》さまがですか」

「うん、木戸をあけておいてくれ」

おくみは出てゆこうとして、どこへ客をとおすのか、と訊いた。

おまえの寝間がいい、と甲斐が云った。

おくみが出てゆくと、甲斐はそのまま夜具の中へ横になった。座敷では、鳴物や鄙《ひな》びた唄《うた》の声が、高くなり低くなり、賑やかに続いていたし、ときには信助のうたう、鄙びたお国ぶりも聞えて来た。

周防《すおう》の来たのは十時すぎであった。おくみの狭い寝間に屏風《びょうぶ》をまわし、灯をくらくして、火桶《ひおけ》を中に二人は坐った。

「風邪をひいてしまった」周防は頭巾《ずきん》をとりながら、こう云《い》って袖《そで》で口を押えて咳《せき》をした。周防は顔色が悪く、灯がくらいためか、頬がひどくこけたようにみえた。

「どうしてもこの咳が止まらない、夜もよく眠れないのでまいっている」

「私のほうからいってもよかったのに」

「場所がない」と周防が云った、「小石川の小屋場からははなれられないし、小屋場では会う場所がなくなった。どんな隅にも眼と耳が配られているようだ」

甲斐は頷いて云った、「話しを聞こう」

「吉岡《よしおか》（奥山大学）から両後見に密訴があった」と周防が云った。

甲斐はうんと頷いた、「そうらしいな」

「知っているのか」

「つい先日、耳にはいった」

「内容も知っているのか」

「まず聞こう」

「私の弾劾《だんがい》だ」と周防が云った、「いろいろと無根《むこん》の罪状を並べたうえ、一日も早く処罰するよう、そして国の仕置を自分一人に任せてくれるように、さもなければ辞職すると書いてあったそうだ」

「二度か、三度目だ」と甲斐が云った。

　周防は充血した眼で、訝しげに甲斐を見た。甲斐はまた云った。

「これまでに幾たびか、そういう訴状を一ノ関の手へ送っているらしい」

「同じ意味のものか」

「そういうことだ」

「私はこんどが初耳だ」と周防は云った、「船岡が聞いていたのなら、どうしてひと言そういってくれなかったのだ」

「知らせてどうする」と甲斐は穏やかに云った、「堀普請《ほりぶしん》が故障つづきで、吉岡でもこの点をつよく追及しているらしいが、工事を完成させるために松山は精根をつくしている、そのうえ密訴のことなど、どうして私に知らせることができるか」

「堀普請とそれとはべつだ、吉岡が私を弾劾しているとすれば、私もそれに対抗する手段を講じなければならぬではないか」

「なんのために」

「なんのためだって」

周防の落ち窪《くぼ》んだ頬が、ぴくっとひきつった。彼は袖で口を掩《おお》って咳をし、息をととのえてから、低い声でするどく云った。

「奥山大学と一ノ関とは特別な関係がある、かつて一ノ関に加増の議が起こったとき、吉岡ひとり我《が》を張って、加増の高を増した、一ノ関はそれを徳としているし、吉岡はそれを手掛りに一ノ関と組もうと計っている、自分一人に国の仕置を任せよというのは、そうすれば一ノ関の思うままの政治をしようという意味なのだ」

甲斐の額に皺がよった。横に三筋、くっきりと深く皺をよらせ、片手で静かに、火桶のふちを撫《な》でた。

「一ノ関はまた訴えを利用するだろう」と周防はつづけた、「無根の条目を牽強付《けんきょうふ》会《かい》して、私の罪状をつくりあげ、私を国老の席から放逐するに相違ない、これでも対抗策をたてる必要がないと思うか」

「松山は疲れている」

「私は首席国老に坐っていなければならない、藩家を犯そうとする勢いをくい止めるために、第一の堤防として、この席を動くことはできないのだ」

「松山は疲れている」と甲斐はまた云った。

周防は昂奮《こうふん》をしずめるように、袖で口を押えて咳をした。甲斐は静かに眼をあげた。

「吉岡が一ノ関と組もうとしていることは、あるいは事実かも知れない、しかし、それが本心でないことは、一ノ関がよく知っている」

「本心でないとは」

「吉岡の本心は、むしろ一ノ関を押えることだと思う」

周防はまた訝しそうな眼をした。甲斐はゆっくりと云った。

「七月の評定役会議で、遠山勘解由《かげゆ》がひとり異をとなえ、渡辺金兵衛ら三名を訊問《じんもん》にかけた」

「それは聞いている」

「遠山勘解由は吉岡の弟で、彼を評定役に推したのは一ノ関だ、それにもかかわらず、勘解由は一ノ関に盾をついた」

「盾をついたとは」

「渡辺金兵衛らには一ノ関の息がかかっている、あの七月十九日夜の暗殺事件は、一ノ関が糸をひいたものだ」

周防は頷《うなず》いた。甲斐は静かに続けた。

「勘解由が三人の訊問を主張したのは、むろん吉岡の指図によるものだし、吉岡がなぜそんなことをしたかといえば自分の存在を一ノ関に知らせるためだと思う」

「反対者としてか」

「向背両面の意味でだ」

「というと」

「吉岡はまじめなんだ」と甲斐は云った、「奥山大学という人物は、まじめに藩家のおためをおもっている、自分こそ藩家の柱石となる人間だと信じている」

「それは船岡の見かただ」

「まあ聞いてくれ」甲斐は火桶のふちを撫でながら、いかにも穏やかな調子でつづけた、「こんどの事では、一ノ関をべつにして、すべての人がまじめに、藩家のおためをおもっている、渡辺金兵衛ら三人の暗殺者も、一ノ関に糸をひかれているとは気がつかず、心から藩家のおためと信じて暗殺を決行した、吉岡もそのとおり、自分ひとりで国の仕置をすることができれば、必ず藩家を安泰にしてみせる、そのほかに万全なみちはない、と確信しているんだ」

「私にはそうは思えない」

「彼が一ノ関と手を握りたがっているのは、自分の権勢欲のためではなく、首席国老になるための方便なのだ」

「それは船岡の思いすごしだ」

「もう少し聞いてくれ」と甲斐は云った、「大学という人はそういう人物なのだ、そして、一ノ関はそれをよく知っている、一ノ関がそれを知っているところに、むずかしい点があるんだ」

周防はじっと甲斐を見た。

「つづめて云えば」と周防が訊いた。

「暗殺の件についての評定のときに、私は気がついた」と甲斐は云った、「一ノ関は家中《かちゅう》に紛争を起こさせようとしている、知ってのとおり、仙台人は我執が強く、排他的で、藩家のおためという点でさえ自分の意を立てようとする、綱宗《つなむね》さま隠居のとき、御継嗣入札《いれふだ》のとき、老臣誓詞のとき、いちどとして意見の一致したことがなかった」

周防は頷いた。

「現にこんど亀千代《かめちよ》さま御家督の礼として、将軍家へ献上する金品についても、老職の意見がまちまちで、いまだに決定しない」と甲斐はつづけた、「それも妨害するつもりではなく、それぞれが伊達家のためをおもい、しんじつ忠義のためと信じている、そして、もし自分の意見がとおらなければ、すぐにも切腹しかねないようなことを云う、奥山大学などは、その典型的な一人といっていいだろう」

「すると、密訴のことはどうなると思う」

「わからない」と甲斐は首を振った、「ただ推察されることは、一ノ関が吉岡を怒らせて、松山とのあいだに紛争を起こさせるだろう、ということだ」

「率直な意見を云ってくれ」と周防が云った、「私はどうしたらいい、歪曲《わいきょく》された無根の罪状を、黙って甘受すべきなのか」

「いかに歪曲し牽強付会しても、無根の事実で人間を罰するわけにはいかない、たって係争すれば黒白は明白になる、しかし、それは一ノ関の思うつぼだ、国老間に紛争が起これば、一ノ関は後見として、幕府老中の裁決を乞《こ》うだろう、そうは思わないか」

周防は眼を伏せた。

「いつか松山の家で、涌谷《わくや》さまと三人で話した」と甲斐はつづけた、「一ノ関には、伊達六十万石を分割し、その半ばを取ろうという野心がある、うしろ盾は酒井雅楽頭、――家中紛争をもちだせば、雅楽頭の手で必ず老中にとりあげられる、それだけはまちがいなしだ」

「そうだ、おそらく、それはたしかだろう」

「松山は辞職すべきだ」と甲斐は云った、「堀普請が終りしだい辞職するがいい」

「すれば吉岡が代るぞ」

「火は燃えきれば消える」

周防は暫《しばら》く考えていて、やがて頷き、「但《ただ》し条件がある」と云った。

「私が辞職する代りに、船岡が国老になってくれるか」

「もうその噂《うわさ》が出ている」と甲斐は苦笑した。

「噂が出ているって」

「米谷《まいや》から今日そのことを云われて、殆《ほと》んど面目を失ったかたちだった」

「どういう意味だ」

周防はまた袖で押えながら咳をした。それがしずまるのを待って甲斐は云った。

「一ノ関のしり押しで、近いうちに国老になるそうではないか、と云われた」

周防は「ほう」といった。

「私は初めて聞くし、思いもよらぬことだと云った、すると米谷が、自分は意外とは思わぬし、涌谷さまも意外とは思っておられぬようだ、と云った」

甲斐は静かな眼で周防を見た。周防はそっと頷いた。

「――涌谷さまか」

「ほかにはあるまい」と甲斐も頷いた、「米谷は口のかたい篤実《とくじつ》な人だ、世間の噂やかげぐちなどに乗せられる人ではない、しかし、涌谷さまから聞かされたとすれば信ずるだろう」

周防は「うん」といった。

「涌谷さまはみごとに人を選んだ、柴田《しばた》どのはまったく信じていたようだ」

「そうか」と周防が低い声で云った、「では船岡にも、敵ができたわけだな」

「七十郎は一ノ矢だと云った」

「彼もいたのか」

「朝粥《あさがゆ》の会に招いたのだ」と甲斐は微笑した、「古内志摩《ふるうちしま》と白石（片倉小十郎）、それに老女の鳥羽《とば》どの、里見十左、七十郎という顔ぶれだった」

「それは、それは」

「効果はてきめんだった、米谷と古内が立ったあとで、里見十左がさっそく詰問《きつもん》し、七十郎はそれを二ノ矢だと喝采《かっさい》した」

「すると、一ノ関の耳にも、すぐ伝わるな」

「もう伝わっているだろう」と甲斐は云った、「眼と耳に不足はないからな」

周防はしみいるような眼で甲斐を見た。それは自分も斬《き》りむすびながら、傷つき倒れようとする友を見やる、戦士の眼にも似ていた。

「それでは」と周防が云った、「いずれにしても国老のはなしが出るだろうが、船岡はもちろん受けてくれるだろうな」

「いちおう辞退したうえでだ」

「辛いことだ――」と周防は云った、「たのみあう友を、敵の陣へ承知でおくるのは、辛いことだ」

「私は役に立たぬかもしれない、幾たびも云うとおり、私はこういう事には向かない人間だ、私にできるのはほんの僅《わず》かなことだけだと思う」

周防は「わかった」と首を振った。

「私は船岡をよく知っている」と周防は云った、「できるなら、こんな事に船岡をまきこみたくなかった、しかしやむを得なかったということもわかってくれ」

「ぐちにしてしまった、話しを変えよう」甲斐は懐紙を出しながら云った、「昨日ここへ厩橋《うまやばし》侯（酒井忠清）が来たそうだ」

「雅楽頭が」と周防は訊き返した。

「不快だから休みたいという口実で、座敷へとおって酒を命じたということだ」

「雅楽頭が」と周防は眼をみはった、「それは、どういうことだ」

「わからない」

「ここを船岡の隠宅と知ってのことか」

「そう思う」と甲斐は頷いた、「おくみは教えてあるとおり、八十島主計といったが、侯は笑っておられた、そして、おれに屋敷へ遊びに来いと云ったそうだ」

「罠だな」

「屋敷へ来なければ、自分のほうでまたここへ来る、とも云ったそうだ」

「それは罠に相違ない」

「おれにはわからない」甲斐は懐紙で顔を拭《ふ》いた、「侯が一ノ関のうしろ盾だということは明白だが、この原田《はらだ》などに眼をつける理由がわからない」

「それはたぶん一ノ関の」と云いかけて、周防は急に口をつぐんだ。

襖の外は廊下になっている。このおくみの寝間は、甲斐の寝所とひと間へだてた、中廊下のつき当りにあるのだが、その廊下でとつぜんおくみの声がし、同時にあらあらしい足音が聞えた。

なにをなさる、とおくみが叫び、「立ち聞きをしていたのだ」と久馬の声が云った。このひとがそこで立ち聞きをしていたから捉《つか》まえたんです。いいえ嘘《うそ》です、と若い娘の声が叫んだ。あたし立ち聞きなんかしません、蹈《かが》んだのは足袋の紐《ひも》をむすんでいたんです。静かになさい、静かに、とおくみの云うのが聞えた。それらの声は低くなり、廊下の向うへ去っていった。

「――やるな」と甲斐が云った。

周防は甲斐を見た。甲斐はまるめた紙を、塵籠《ちりかご》へ入れて云った、「うまく仕組んだ、おれたちを此処《ここ》からさそい出すつもりだったろう、この部屋の客が誰だかわからなかったのだ」

「するといまのは」

「小間使のうらと久馬、馴《な》れあいだ」

周防は低く息をついた。

二人はそれまでの話しをもういちどたしかめあい、やがて周防は立ちあがった。甲斐は周防の支度を眺めて、「それでは寒かろう、待ってくれ」と云った。

「いまくび巻を出させよう」

甲斐はおくみを呼んで、羅紗《らしゃ》のくび巻を持って来させた。周防は頭巾をした上からそれを巻き、合羽《かっぱ》をはおりながら訊いた。

「船岡へはいつ立たれる」

「米谷が出て来たからいつでも立てるが、酒井侯のことがあるので、もうしばらくいようと思う」

「年を越すことになるか」

甲斐は「さて」といった。

おくみは、なにか甲斐に問いかけたいような、そぶりをみせた。久馬とおうらのことだろう、甲斐は気づかないような顔をしていた。

「帰国したら涌谷さまと会うだろう」

「どうなるだろう」と甲斐は首を振った、「涌谷さまが米谷を通じて云われたことは、私がもう一ノ関に組しているという宣告とみなければなるまい、そうとすれば、おそらく涌谷さまのほうで私には会わないだろうと思うが」

「しかし訪ねてゆかないわけにもいかぬだろう」

「どうなるか」と甲斐は云った、「そこもとが帰国したら松山の館《たて》を訪ねよう、松山からなら涌谷へも近いし、なにかの機会があるかもしれない」

「それがいいかもしれぬ」周防は頷いて云った、「私は堀普請が終ったら国老を辞任する、それからは松山の館にこもるから、どんな役にも立てるだろう」

「その必要があればな」と甲斐は云った。

周防は甲斐を見た。甲斐はおくみに手を振った。おくみは襖をあけて、廊下を見、誰もいないことをたしかめて、頷いた。

二人は妻戸口《つまどぐち》から裏へ出た。

暗闇《くらやみ》の中に、茂庭家の従者二人と、村山喜兵衛がいた。風はないが、ひじょうな寒さで、もう地面が凍っているとみえ、従者たちが歩くと、足の下でみしみしと、凍《し》みた土の鳴る音がした。

「ではここで」と甲斐が云った。

周防の従者が、合羽で包んで提灯《ちょうちん》を持っていた。その、合羽からもれる仄明《ほのあか》るい光のなかで、周防がじっと甲斐を見た。甲斐はその眼を避けながら云った。

「風邪をこじらせないように」

「うん、ではこれで」

「暗いな」と甲斐が云った。

周防が低く云った、「まるでいまわれわれの置かれた立場のように暗い、あすの日なにが起こるか、どこにどんな落し穴があるかわからない、この闇には灯が一つあればいいけれども、われわれにはその一つの灯さえないのだ」

「松山は疲れている」と甲斐が云った、「別れよう、大事にしてくれ」

雪

十二月二十五日、――伊達《だて》家では亀千代《かめちよ》の家督の礼として、*基近《もとちか》の太刀、棉《わた》五百把《ぱ》、銀五百枚を将軍家に献上した。

この使者は原田甲斐《はらだかい》であった。甲斐を使者に選んだのは後見役の伊達兵部《ひょうぶ》と田村右京であり、二人は正使の甲斐とともに千代田城の白書院に出、老中の酒井雅楽頭《うたのかみ》に目録を披露した。

役目をはたして帰邸すると、一門、一族、老臣らの祝宴があったが、甲斐は中座《ちゅうざ》して、いちど帰宅したうえ、夕方ちかくに湯島の家へいった。柴田外記《しばたげき》が上府したので、彼の江戸番の任期はすでに終り、定日出仕《じょうびしゅっし》の勤めも解かれたのである。

原田では家政が詰まっていた。江戸番は一年交代であるがこんどは任期が延び、二年ちかくにもなるため、ひどく出費が嵩《かさ》んで、これ以上の滞在は困難になっていた。

使者に選ばれたときも、家老の堀内惣左衛門《ほりうちそうざえもん》は、辞退するように、と云った。それは両後見へ謝礼をしなければならないからで、そんな費用は出しようがない、というのである。甲斐は笑って、その必要はないと云い、この役は借銀をしても勤めると云った。

惣左衛門は黙った。それは甲斐が、兵部との関係をしぜんに接近させようとしているのだ、ということがわかったからである。――惣左衛門はまた、江戸で正月をされては困る。一日も早く帰国されるように、とも云った。甲斐も「そうしたいものだ」と云った。なるべくそうしたいと思う。それはどういう意味ですか、と惣左衛門が訊いた。そこで甲斐は初めて、湯島へ雅楽頭のあらわれたことを話した。惣左衛門は頭《こうべ》を垂れた。主人の甲斐が、しだいに黒い禍《まが》まがしいものに包まれてゆくのを見るおもいがして、眼をあげることもできない、というようすであった。

その日、湯島へは矢崎舎人《とねり》と中黒達弥《たつや》、それに塩沢丹三郎が供をした。

「お客さまはどなたですか」甲斐を見るとすぐに、おくみが訊いた。甲斐は微笑しながら「客はない」と云った。

「まあ、うれしい」とおくみは眼をかがやかせた、「では久しぶりでゆっくりとお話しができますわね、ずいぶん久しぶりだわ、お客なしでいらっしゃるなんて」

「まだよろこぶのは早いよ」と甲斐が云った。

おくみは眼をそばめた、「あら、どうしてですか」

「客は来るかもしれない」と甲斐が云った。

「かもしれないって」

「いつか留守に来た客さ、酒井侯だよ」

おくみは「まあ」といった。

その夜は珍らしく、他人の混らない夕餉《ゆうげ》をとった。舎人、達弥、丹三郎らにも膳《ぜん》を並べさせ、おくみは甲斐の脇《わき》に坐った。甲斐はきげんよく酒を飲み、船岡《ふなおか》へ帰ったら鹿《しか》を狩るのだ、と楽しそうに云った。

おとし甚次郎《じんじろう》で射損じた鹿がある、くびじろというやつで、もう何年も追っているのだが、そのときも五昼夜追ったあげく、江尻《えじり》で逃がしてしまった、と甲斐は云った。与五兵衛は付いていなかったのですか、と矢崎舎人が訊いた。与五兵衛は決して鹿を殺さない、と中黒達弥が云った、ほかのけものはとる、熊《くま》をとらせたら名人だが、決して鹿はとらないと云った。

去年は鹿を見なかったか達弥、と甲斐が訊いた。私は知りません。話しも聞かなかったか。私は聞きませんでしたと達弥は答えた。

「鹿は阿武隈川《あぶくまがわ》の向うから、小坂の瀬を渡って来る」と甲斐は云った、「このまえ、明暦《めいれき》二年だったか、二十二貫もあるのを射とめたが、あれも小坂の瀬を渡って、正覚寺へはいるところでやったのだ」

「あの角《つの》はみごとでございました」

「みごとだった」

「あんなみごとな角は珍らしゅうございます」と舎人が云った。

丹三郎は黙って聞いていて、ふと「私もそんな狩のお供がしてみとうございます」と云った。だめだ、と舎人が云った。狩はいつもお一人でなさる、供のできるのは与五兵衛だけだ、と云った。しかし私はまだ船岡を知りません、せめてお国へお供だけでもしとうございます、と丹三郎が云った、「いつか伴《つ》れてゆこう」と甲斐は頷いた。

「今年お供ができないでしょうか」

「今年はだめだ、おまえは良源院にいる姉弟《きょうだい》をみてやらなければならぬ」

丹三郎は眼を伏せた。それで思いだしたように、甲斐は虎之助《とらのすけ》のようすを訊いた。丹三郎は、まだはっきりしないようだ、と答えた。寝ているのか。いや、寝たっきりではありませんが、まだ床上げを致しません。麻疹《はしか》は済んだのだろう。はい、では余病でも出たのか。よくわかりませんが、腸をこわしたようで、下痢が止まらないということですと丹三郎は云った。

甲斐の眉間《みけん》に皺《しわ》がよった、「いつかみまってやろう」と甲斐は低く呟《つぶや》いた。

その夜半、おくみが甲斐の寝間へ来た。白い寝衣《ねまき》に、派手な色のしごきを緊《し》め、髪を解き化粧をしていた。おくみは甲斐の夜具の中へはいった。

「おとなしく寝るんだぞ」と甲斐が云った。

おくみは甲斐により添い、軀《からだ》を固くしてわなわなとふるえた。甲斐はおくみの肩へ腕をまわした。おくみはその腕を枕《まくら》にし、もっとぴったりと、甲斐のふところへすり寄った。おくみの軀は燃えるように熱く、ふるえはなかなか止まらなかった。ものを云おうとすると、歯がかちかちと鳴った。

「さあ、眠るんだ」と甲斐が云った。

そして、まわしている手で、そっとおくみの肩を叩《たた》いた。彼女はそうされるうちに、やがて、声を忍ばせて泣きはじめた。甲斐は叩くのをやめた。

「私を憎むがいい」甲斐はおくみに囁《ささや》いた、「私はこんな人間だ、八年まえに、私と会ったのがおくみの不運だったのだ」

おくみは泣きながら、激しく頭を振った。甲斐はおくみの肩を静かに撫でた。

「あなたが悪いのじゃありません、悪いのはあたしです」とおくみは云った、「あなたはなんとも思っていらっしゃらないのに、あたしが勝手に、好かれていると思ったんです」

「私はおくみが好きだ」

「あたしばかりじゃなく、兄もそう思いこんでいました」

「私はおくみが好きだよ」

おくみはううと泣いた。

八年まえ、——雁屋《かりや》が原田家の回米を受持つことになり、信助《しんすけ》は日本橋石町《こくちょう》の家へ、甲斐を招待した。そのとき給仕に出たおくみは、ひと眼で甲斐にひきつけられ、信助はまた、妹が甲斐に気にいられたと思いこんだ。

——保養のために控え家を持ってはどうか。

信助は甲斐にそうすすめ、自分の費用で、湯島の家を手にいれた。そして、「お側《そば》の用をさせて下さるよう」と云って、おくみを付けたのであった。

「好きだけれども、私はこのままでいたい、このままでいなければならないのだ」

と甲斐は云った、「これ以上にすすむと、おくみをもっと不幸にし、悲しい思いをさせるからだ」

「あたしどんな不幸だって、いといはしませんわ」

「おまえは知らないからだ」

「なにをですの」

甲斐はちょっと黙った。それから、はぐらかすように、男心というものをさ、と云った。

「本当のことを仰《おっ》しゃって下さい」とおくみは泣きじゃくりながら云った、「あたしがもっと不幸になるようなことがなにかあるんですか」

「もういい、ねるとしよう」

「お願いですから仰しゃって」

「もう眠ろう」と甲斐はおくみの肩を撫でた、「うるさくすると追いだすぞ」

甲斐は湯島に二日いた。

二十九日には船岡へ立つことにきめ、惣左衛門に支度を命ずる使いを出した。すると二十八日の朝、――まだ九時ころのことであるが、酒井忠清が五人の供をつれて、騎馬で乗りつけて来た。

その日、甲斐は本邸へ帰るつもりで、食事も早く済ませ着替えも終ったところだったが、知らせを聞くとすぐに雅楽頭だろうと察し、羽折をぬいで、自分で出迎えに出た。町住居だから式台はない、甲斐はおくみと共に、玄関の四帖《じょう》に坐《すわ》ってかれらを迎えた。雅楽頭はそのとき三十七歳であった。背丈はさして高くないが、やや肥えた逞《たくま》しい軀つきで、下ひろがりの角張った顔は肉づきがよく、書いたようにはっきりと濃い眉《まゆ》と、ひきむすんだ唇のあたりに、自意識のつよい、きかぬ気性があらわれていた。

二人はそれまでに二度、顔をあわせていた。いちどは綱宗《つなむね》に逼塞《ひっそく》の沙汰《さた》の出たとき、一度はつい三日まえ、亀千代の家督の礼で、献上品の披露に登城したとき。これは甲斐が正使として、城中の白書院でじかに言葉を交わした。

玄関へ入って来た雅楽頭は、笠《かさ》と鞭《むち》を供の少年に渡しながら、その大きな眼でまっすぐに甲斐を見た。甲斐は膝《ひざ》に手を置いて、静かに低頭し、やはりまっすぐに、だが極めて穏やかな眼つきで、雅楽頭を見あげた。

「あるじか」と雅楽頭が云った、「八十島主計《やそしまかずえ》と申すそうだな」

甲斐は黙って目礼した。

「先日は留守にまいって馳走《ちそう》になった、今日はひと馬せめに出た途中で、ふと思いついてたち寄ったのだが」

「ようこそ」と甲斐は会釈《えしゃく》した。

そして、どうぞとおるようにと云い、雅楽頭は頷いた。扈従《こじゅう》の少年がゆいつけ草履をぬがせると、雅楽頭はあがって、さっさと奥へとおった。座敷には敷物と火鉢が出ていた。雅楽頭は腰から刀を脱《はず》しながら、敷物の上にあぐらをかいて坐った。他の従者は玄関に残ったが、少年はすぐ来て、雅楽頭のうしろに、その刀を捧《ささ》げて坐った。甲斐はずっとさがって、敬礼をした。雅楽頭はもっと寄れと云った。甲斐は動かずに、身分が違うからこれで勘弁していただきたい、と辞退した。

「おれを知っているのか」と雅楽頭が云った。

甲斐は穏やかに、女どもから聞いていたし、厩橋《うまやばし》侯であることは、江戸の市民なら誰でも知っているであろう、と答えた。

雅楽頭は唇で笑った、「おれもそのほうを見たように思う」と雅楽頭は云い、するどい眼で、じっと甲斐の眼をみつめた、「たしかに、どこかで会ったように思う」

雅楽頭は明らかに、その一瞬をたのしんでいた。その一瞬をたのしむために来た、といってもいいほど、彼の眼には期待の色がみえた。

甲斐の左の頬にふかい竪皺《たてじわ》がよった。甲斐はかすかに唇で笑い、ごくさりげなく、それは光栄であると云った。老中のなかでも、いま御威勢高き厩橋侯にそういわれることは、一代の面目であると云った。

そこへ酒肴《しゅこう》の膳がはこばれた。

雅楽頭だけの膳である。おくみが自分で雅楽頭の前に据え、給仕をするために坐った。雅楽頭は盃《さかずき》を取って飲み、「遣《つか》わそう」と甲斐にさしだした。おくみが取次ごうとすると、寄って取れ、と雅楽頭が云った。甲斐はおくみに「頂戴《ちょうだい》してくれ」と云い、やはりそこを動かなかった。

「ゆるす、寄って取れ」と雅楽頭が云った。

甲斐は黙っていた。

「どうした」と雅楽頭が云った、「足でも萎《な》えたか」

甲斐は「おくみ」と云った。

「おまえの接待がお気にめさぬようだ、御機嫌の直るように、よくお詫《わ》びを申すがいい」

「寄れというのだ、寄れ」と雅楽頭が叫んだ。

甲斐は額をあげて相手を見た。そして、殆んど微笑するような、静かな表情で、ゆっくりと云った。

「失礼ですがここは私の住居でございます。たとえ貴方《あなた》が従《じゅ》四位下の少将で、十余万石の御城主かは存じませんが、扶持《ふち》をいただいておらぬ限りは対と対、私は自分の住居では自分の好ましいように致します」

「ではおれの盃は受けぬというのだな」

「お直《じき》ではおそれ多いと申上げるのです」

「どうしてもか」と雅楽頭が云った。

甲斐は目礼し、微笑した。雅楽頭の顔が赤くなった。そのときおくみが、その盃を自分がいただきたい、と云って両手を出した。雅楽頭は盃をおくみに与えた。

おくみは盃を額まであげ、唇をつけて、懐紙にくるんだ。それから、雅楽頭が次の盃を取ると、銚子《ちょうし》を持って給仕した。

「どうやらおれは、よろこばれぬ客のようだな」と雅楽頭が云った。

甲斐は一揖《いちゆう》した、「それこそおぼしめし違い、浪人のことでお歴々にふさわしいもてなしはできませんが、おたち寄り下さればこの上もなき名誉、よろこんで御接待をつかまつります」

「覚えておくぞ」と雅楽頭は云った。そして盃を置いて立ちあがった、「また会おう、ぞうさであった」

そして雅楽頭はさっさと出ていった。扈従の少年が刀を捧げてつづき、甲斐とおくみも送っていった。

酒井忠清を送りだすと、甲斐もすぐに帰り支度をした。

「どうしてあんなに、強情をお張りなさいましたの」とおくみが不審そうに訊《き》いた。

「強情だって」

「お盃ですわ」とおくみが云った、「どんなときにもこだわるようなことはないのに、どうしてあのお盃をお受けにならなかったんですの」

「べつに仔細《しさい》はない」と甲斐は云った、「前へ出るのが面倒だっただけだ」

「それだけで酒井さまを怒らせておしまいなすったんですか」

「侯は怒りはしない」

「お怒りになりましたわ、お顔がぱっと赤くなって、あたしあの盃をお投げになるかと思いました」

「えらいな」と甲斐は微笑した、「侯は怒りはしなかった、しかしあの盃は投げたかもしれない、おれも投げるかなと思った」

「ですからあたし、いそいで頂戴したんですわ」

「いい呼吸だった」

甲斐は頷いて、おかげで侯は命びろいをしたよ、と云った。

「命びろいをしたですって」

「駕籠《かご》はまだか」と甲斐が高い声で云った。すると次の間ですぐに、「まいっております」と丹三郎の声がした。

「どういうわけですの、どうして酒井さまが命びろいをなすったのですか」

「舎人と丹三郎がいるのを忘れたのか」と甲斐が云った。「私が辱《はずかし》められれば二人は黙ってはいない、必ず侯に斬ってかかる、もっとも、私がそれを待ってはいないがね」

「恐ろしいことを」とおくみは身ぶるいをした、「そんな恐ろしいことを、本当に考えていらしったんですか」

「私の命と引換えで済むならな」と甲斐は声をたてずに笑った。

おくみはもういちど身ぶるいをし、では自分が盃をもらってよかった、と太息《といき》をつきながら云った。

甲斐は頭巾をかぶりながら立ちあがった。おくみはにわかに別れが惜しくなったようすで、甲斐の羽折の袖や袴《はかま》の裾《すそ》などを直しながら、涙ぐんだ声で旅中の無事を祈り、留守の辛《つら》さをくどき、また会うことの約束をせがんだ。甲斐は辛抱づよく受け答えながら、丹三郎に声をかけ、玄関へと出ていった。刀を袖で抱えて、うしろからついて出たおくみは、玄関で刀を甲斐に渡すと、ふいに、両手で顔を掩《おお》って泣きだした。

玄関には支度をした舎人が控えていた。

「矢崎さま」とおくみは泣きながら云った、「どうぞ*御前《ごぜん》をおたのみ申します」

舎人は黙って低頭した。

甲斐は右手に刀を持ったまま、玄関を出て駕籠に乗った。おくみはおろおろと涙を拭き、その眼でひき止めようとでもするように、甲斐のうしろ姿をじっと見まもっていた。

丹三郎が脇について、駕籠があがった。

「良源院へ寄ろう」と甲斐が云った。

乗ってゆくあいだずっと、甲斐は腕組みをし、眼をつむっていた。ときどき眉をしかめたり、額に皺をよせながら唇を噛《か》んだりした。雅楽頭との対面が、彼の気分を重くるしくしていた。

――理由はなんだ。

なんの必要があって、二度も自分を訪ねて来たのか。対談ちゅうにさぐり当てようとしたが、終りまで、いとぐちもつかめなかった。一ノ関と相談のうえか。わからない。兵部にそんな必要があろうと思えないし、そのために湯島などを訪ねるような、雅楽頭とも思えなかった。

盃のことは笑止であった、あの盃をじかに受けたら、「主従のかためだぞ」ぐらいのことは云ったであろう。こちらは浪人の八十島主計でとおしたし、雅楽頭のほうでは、原田甲斐と云わせたかったようだ。もちろんいやがらせにすぎないが、盃を受けたら、「主従のかためだ」などと云いそうであった。

「そうだ、いけなかった」と甲斐は口の中で呟いた、「あの盃は受けたほうがよかった、雅楽頭がもしそう云ったとしたら、そこから、訪ねて来た意図がさぐりだせたかもしれない」

甲斐の額に深く皺がよった。だが、そうせくことはない、と甲斐は思った。雅楽頭は怒った、たしかに、いくらかは怒ったようにみえた。おそらくこのままでは済まないだろう、わがままで癇癖《かんぺき》の強い性質のようだ。必ずまたなにか仕掛けて来るにちがいない、必ず。甲斐は眼をつむったまま、微笑した。

「お気の毒ながら厩橋侯」と彼はまた口の中で云った、「貴方には従四位下の少将と、幕府閣老という枷《かせ》がある。この甲斐をしめるにはその枷が邪魔になるでしょう」

そして彼は微笑した。

良源院へ着くと、玄関で柴田外記と出あった。伊達式部（宗倫《むねとも》）といっしょで、二人とも麻上下《あさがみしも》だった。いま帰るところらしく、住職や僧たちが出ていたし、従者たちが式台の下に控えていた。外記は目礼をしたまま去っていったが、式部が呼びかけたので、甲斐は謙遜《けんそん》に久闊《きゅうかつ》を述べた。

式部宗倫は、故忠宗《ただむね》の五男で、綱宗には腹ちがいの兄に当り、年は同じ二十一歳。登米郡《とめごおり》寺池で一万二千石を領していた。綱宗とは違って、軀も痩《や》せているし、顔つきも尖《とが》って、神経質な、おちつきのない眼と、女性的な、ねばるような話しぶりに特徴があった。

「近いうち国老になるそうですね」と式部が云《い》った。

甲斐は微笑しながら、さて、いかがなものですか、と答えた。式部はとりいるような調子で、愛宕下《あたごした》ではもっぱらの評判です、いつごろ就任ですか、と訊いた。

「今日はなにごとのおはこびですか」と甲斐は話しをそらした。

式部はそれには答えずに、国老就任は機密らしいですね、と云い、白い歯をみせた。甲斐は穏やかに微笑して云った。

「そんなことはありません、私はまだなにも知らないのです」

「知らないんですって」

式部は皮肉な眼つきをし「ははあ」と頷いた。しかしそこで急に思いついたように、帰国されるそうだが、それはいつか、と訊いた。たぶん明日帰れると思う、と甲斐は答えた。帰ったら涌谷《わくや》と会われるでしょう。さていかがなものでしょうか。涌谷と会われたら伝言してもらいたいことがあるのです、と式部が云いだした。

「谷地《やち》の境について、紛らわしいことを云って来るんです。寺池領の者が、地境を無視して涌谷領へ鍬《くわ》をいれる、というんですが」と式部は云った、「しらべさせたところではそんな事実はないし、むしろ涌谷領のほうで、地境を越しているらしいんです、それで、どうかそんなことのないように、御自分領の者によく申しつけられたい、とそう伝言して下さい」

「もしおめにかかったら、そう申し伝えましょう」と甲斐は答えた。

式部を見送ってから、いちど住職と方丈へゆき、そこでしばらく話した。品川の下屋敷から、綱宗夫人の使いがあり、伝来の香木《こうぼく》で持仏を彫らせてくれ、という注文があった。その香木はことによると、政宗《まさむね》公が豊太閤《*ほうたいこう》からもらったものではないだろうか。もしそうだとしたら、仏像などに彫ってしまうのはいかがかと思うが。などと住職は話した。

甲斐は聞くだけ聞いて、なにも意見は述べなかった。そして自分は帰国するから、畑姉弟を頼むと云い、方丈を辞して、自分の宿坊へいった。

丹三郎がさきに知らせたからだろう、宇乃《うの》も虎之助も、着替えをして待っていた。虎之助は夜具の上に坐り、小さな膝をきちんとそろえて、姉といっしょに挨拶《あいさつ》をした。

「どうした坊、まだよくないか」

甲斐はそう云いながら坐った。

「のゝぞが痛い」虎之助は顎《あご》をあげて、自分の喉《のど》を指さしながら云った。声はひどくしゃがれていたし、あげた顎は瘦せて、尖ってみえた。

甲斐は眼で微笑しながら、頷いた。その表情には、微笑しているにもかかわらず、するどい苦痛の色がうかび、しかしすぐに消えた。

「そうか、喉が痛いか、私も喉が痛い」と甲斐は云った、「坊は喉が痛いと、泣くか」

「――泣かない」

虎之助は横眼で姉を見た。甲斐は微笑した。唇のあいだから、白いきれいな歯が見え、左の頰に竪皺がよった。

「それはえらいな、おじさんも泣かないが、あんまり痛いと、泣きたいと思うことがある、それでも、男は泣いてはおかしいから、がまんして泣かない、坊もそうか」

虎之助はまた横眼で姉を見た。そして、膝の上で両手の指を動かしながら、こくっと頷いた。母親がいたら、あまえて泣く年だ。と甲斐は思った。麻疹の予後が悪く、ながびいて、軀のちからも弱っている、苦しいとき、泣かずにがまんすることは、辛いだろう。

甲斐は「さあ横におなり」と云った。

「起きていてはよくない、寝ていて話しをしよう」

「では失礼してやすみましょうね」と宇乃が云った。

虎之助は横になり、眼をあげて甲斐を見ながら「おじさまは帰るのか」と訊いた。いや帰りはしない、もう少し話しをしよう、と甲斐は云った。坊は熊《くま》を知っているか。知っているか、と虎之助は姉を見た。

「知っているでしょう」と宇乃が云った、「いつか御伽草子《おとぎぞうし》で見たことがあるわ」

「うん、見た、島渡りだ」

「そうかしら」

「島渡りだ、坊、知ってるよ」虎之助はいきごんで云った。

それでは鹿はどうだ、と甲斐が訊いた。鹿も知っている、草子の絵には鹿もいた、熊も鹿もいたし、兎《うさぎ》もいたか、と虎之助は姉を見て云った。宇乃は微笑しながら頷き、弟の掛け夜具の端を直した。

「おじさんのお国には、そういうけものがみんないる」と甲斐は云った、「熊も大きいのがいるし、仔熊《こ》も、みごとな角《つの》のある鹿も、兎もいる」

「熊の仔もか」

「熊の仔もだ」と甲斐は頷いた。

お母さんといっしょに歩いて来る、そう云おうとして甲斐は口をつぐみ、それから「坊もいつかいってみよう」と云った。おじさんのお国には、山もあるし川もある。山にはけものがいるし、川には魚がいる、川では魚をとることもできる、と云った。

甲斐は鹿の話しをした。鹿が阿武隈川を渡ることや、岩だけの山の急斜面でも、風のようにすばやく、登ったりおりたりすることや、敵に向かうときは頭をさげて、そのするどい角で突っかけ、敵をはねとばしたり、角で突刺したりすることや、ひじょうに用心ぶかくて、針を落したくらいの音でも、すぐにはねあがって逃げてしまう、などということを話した。

虎之助はすぐに疲れるようであった。

鹿の話しのあとで、甲斐は山と川のことを話した。蔵王山《ざおうさん》の雪、青根の温泉《いでゆ》、青根の宿から見える野や、川や、海や島の景観。川は二つあって、一つは白石川、片方は阿武隈川という。どちらも魚がたくさんいる、秋ふかくなると鮭《さけ》ののぼって来ることもある。

「坊も大きくなったらいってみよう」と甲斐は話した、「山へも登ろう、川で魚をとろう、熊や鹿や兎を見るんだ、坊は熊の仔が欲しいか」

「雪が降ってるね」

「冬になると、蔵王のお山から雪になる」

「雪が降ってるよ」と虎之助が云った。

聞き疲れてうっとりとなった彼の眼が、庭のほうを見ていた。その眼はすぐに、力なく閉じたが、宇乃はそっと立っていって、障子を一枚あけた。

「まあ、雪でございますわ」と宇乃が云った。

甲斐はそちらへ振向いた。曇り日の、ひっそりと暗い庭に、こまかな雪が舞っていた。甲斐は虎之助を見た。彼は眠っていた。

「坊が寒いからお閉め」と甲斐が云った。

宇乃は「はい」といって、廊下へ出て、あとを閉めた。甲斐は虎之助の寝顔を、じっと眺めていた。おまえは仏門にはいるんだ、お坊さんになるんだよ、と甲斐は心のなかで云った。そんな幼い年で、いちどに両親に死なれるという、悲しみを経験した、私にはその悲しみがわかるんだ坊、私はおまえより小さいとき、五つの年に父に死なれた、私には母があったし、所領もあり、家従もおおぜいいた、けれども、父のない淋《さび》しさがどんなものか、いまでもよく覚えている。

私は父に死なれただけだが、おまえと宇乃は両親に死なれた。家もなく、たよる親族もない。幼ないおまえにも、どんなにこころぼそく、どんなに悲しいかは私にわかる、と甲斐は心のなかで云った。――けれどもそれで終るのではない、世の中に生きてゆけば、もっと大きな苦しみや、もっと辛い、深い悲しみや、絶望を味わわなければならない。生きることには、よろこびもある。好ましい住居、好ましく着るよろこび、喰《た》べたり飲んだりするよろこび、人に愛されたり、尊敬されたりするよろこび。――また、自分に才能を認め、自分の為《な》したことについてのよろこび、と甲斐はなおつづけた。生きることには、たしかに多くのよろこびがある。けれども、あらゆる「よろこび」は短い、それはすぐに消え去ってしまう。それはつかのま、われわれを満足させるが、驚くほど早く消え去り、そして、必ずあとに苦しみと、悔恨をのこす。

人は「つかのまの」そして頼みがたいよろこびの代りに、絶えまのない努力や、苦しみや悲しみを背負い、それらに耐えながら、やがて、すべてが「空《むな》しい」ということに気がつくのだ。

——出家《しゅっけ》をするがいい、坊。

と甲斐は心のなかで云った。生活や人間関係の煩《わず》らわしさをすてて、信仰にうちこむがいい、仏門にも平安だけがあるとは思えないが、信仰にうちこむことができれば、おそらく、たぶん。

甲斐の心の呟きはそこで止まった。仏門にはいり信仰にうちこむことができれば救いがある、彼はそう云うつもりであった。眠っている幼児を、心のなかで慰めようとしたのだ。誰に聞かれるわけでもないのだが、やはりそう云いきることはできなかった。彼は眉をしかめ、顔をそむけながら立ちあがった。

甲斐は障子をあけて、廊下へ出た。するとそこに宇乃が佇《たたず》んでいた。ずっとそこにそうしていたらしい、両袖《りょうそで》を胸に重ねて、身動きもせずに、雪の舞いしきる庭の、ひとところを見まもっていた。

「なにを見ている」と甲斐が訊いた。

「あの樅《もみ》ノ木に、雪がつもっています」と宇乃が云った。宇乃はこちらを見ずに云った。甲斐も黙って頷《うなず》いた。

樅ノ木は雪をかぶっていた。雪はこまかく、かなりな密度で、鼠色《ねずみいろ》の空から殆《ほと》んどまっすぐに降っていた。しばらく乾いていたために、地面はもう白く掩われ、庭の樹木や石燈籠《いしどうろう》なども白くなり、境の土塀《どべい》の陰も、雪の反映で、暗いままに寒ざむと青ずんでみえた。

「私は明日、船岡へ帰る」と甲斐がいった。

すると宇乃が、彼のほうへくるっと向き直り、大きくみひらいた眼で、まっすぐに彼を見あげた。その眼は、みひらいたままで、たちまち涙でいっぱいになった。

「おじさま」

宇乃はそう云って、衝動的に、両手で甲斐に抱きついた。甲斐は少女の肩へ手をおいた。宇乃の手に力がこもり、柔軟な軀をぴったりと彼にすり寄せた。甲斐は、宇乃の軀の柔らかさを、自分の膚《はだ》で感じた。宇乃の胸や、腹部や、太腿《ふともも》が、二人の着物をとおして、直接、ぴったりと触れあった。甲斐はほんの一瞬、たじろいだ。

その接触はほんの一瞬のことであった。そして、宇乃自身まったく無意識ではあったろうが、甲斐の腿を大胆に、あるいは無心に、圧迫したその部分の、あたたかい、弾力のあるまるみは、四十二歳になる甲斐をたじろがせるのに充分であった。

その一瞬の接触は、甲斐を深く動揺させた。それは彼の心の中心にしみとおり、全身にひろがって、しっかと彼をとらえた。そのとき彼は、自分と宇乃とが眼に見えない絆《きずな》で、固く、しっかりとむすびつけられたように感じた。

「おじさま、死んではいや」と宇乃は云った。それは十三歳の少女ではなく、成熟した娘の声のようであった、「生きていらしって、おじさま、死んではいや」

宇乃は甲斐に頬をつよく押しつけた。

甲斐はさりげなく、その接触から身をひき、宇乃の背を静かに撫《な》でた。宇乃は息をつめた。泣きそうになるのを耐えたようである。甲斐は頷いて云った。

「うん、生きているよ」

宇乃はじっとしていた。甲斐の体温とその声のなかへ、自分を浸しきってしまおうとするかのように。それからやがて、そっと顔をあげた。

「来年はいつごろ出ていらっしゃいますの」

宇乃はそう云いながら、ようやく甲斐から身をはなした。

「よくわからない」と甲斐は答えた、「今年は春に帰る筈《はず》だったのが、いろいろなことでいままで延びてしまった、だから本当なら来年の春に出府する順序だけれども」

「では再来年になりますの」

「たぶんそうなるだろう、しかし来年また出て来なければならなくなるかもしれない、どうなるか」と甲斐は太息をついた、「どういうことになるか、いまここではなんとも云えない」

宇乃はまた樅ノ木のほうを見て、それからおちついた声で訊いた。

「なにか宇乃でお役に立つことはございませんの」

「ないだろうね」と甲斐は微笑した、「そんなことのないようにしたいものだ」

「宇乃はまだそんなに子供でしょうか」

「そういう意味ではない、宇乃には弟がいる、虎之助をしっかりみてやるのが宇乃の役だ、それも決して楽な役ではないだろう、このあいだのような事もあるしね」

宇乃は頷いた。

「さあ、寒いから中へおはいり、私はもうゆかなくてはならない」

宇乃は甲斐を見あげた、「わたくし、今日のお話しをよく覚えておきますわ、蔵王のお山や、青根の湯泉や、白石川や阿武隈川のことを、——宇乃はいつかそれをみんな見ることができますのね」

「そうだ」と甲斐は頷いた、「宇乃はそれを見ることができる、もう少し経《た》ったらね」

「虎之助が、八つになれば、ですわね」

「そうだ、虎之助が八つになればね」

そして甲斐は「丹三郎」と呼んだ。すぐに返辞が聞え、次の間から塩沢丹三郎が出て来て、廊下へ膝をついた。甲斐は「乗物」と云った。丹三郎は玄関のほうへ去った。

「もういちど坊をみよう」

甲斐は障子をあけた。宇乃は彼のあとから部屋へはいり障子をしめた。甲斐は虎之助の枕元に坐った。虎之助の頰は赤く、呼吸は短く、不規則であった。眠りが浅いのか、頰や瞼《まぶた》が絶えず痙攣《けいれん》し、なにかものでも云おうとするように、ときどき唇も動いた。

「下痢は止まったのか」と甲斐が低い声で云った。

宇乃は「いいえ」と答えた。

「医者を変えるように云おう」

「玄庵《げんあん》さまはよくして下さいますわ」

「医者を変えてみよう」と甲斐は云った、「惣左衛門にそう云っておく、丹三郎もこれまでどおり此処《ここ》へよこすが、用があったら待っていないで、すぐに屋敷へ使いをやるがいい」

宇乃は「はい」と頷いた。甲斐は振向いて宇乃を見た。

「宇乃は大丈夫だな」

「はい、大丈夫でございます」

甲斐はそっと立ちあがり、もういちど虎之助の寝顔を見てから「送るには及ばない、そこにおいで」といって廊下へ出た。

「どうぞお大事に」と宇乃が云った。

甲斐は振返らずに出ていった。

良源院を出た甲斐は、そこからすぐに、後見の伊達兵部を訪ね、さらに田村右京から、茂庭周防《もにわすおう》の留守宅、片倉小十郎、柴田外記とまわって、それぞれに帰国の挨拶をした。桜田邸の自宅へ帰ったのは午後おそくで、家の中はまだ混雑していた。

その夜、うちわだけで別宴が催され、下男下婢《かひ》たちにも酒肴が出された。伊東七十郎は甲斐とは逆に上方《かみがた》へゆくそうで、さかんに飲んで毒舌をふるった。上方へゆく目的は、*熊沢蕃山《くまざわばんざん》の門を敲《たた》くためだという。蕃山といっても*経学《けいがく》をきくためではない、笛をまなびたいのだ、などと気焰《きえん》をあげた。甲斐は頭《かぶり》を振って「七十郎にこれ以上も吹かれては堪《たま》らない」と云い、みんな声をあげて笑った。

明くる朝、――御殿へあがって、幼君に帰国のいとまを乞《こ》い、それから戻って江戸に残る家従たちと簡単に別れの盃を交わしてから、船岡へと出発した。

雪はまだ降りつづいていた。

第二部

柿崎《かきざき》道場

　新八の顔は血のけを失って蒼白《あおじろ》く、汗止めをした額からこめかみへかけて膏汗《あぶらあせ》がながれていた。軀《からだ》も汗みずくで、稽古着《けいこぎ》はしぼるほどだったが、それでも顔は蒼白く、歯をくいしばっている唇まで白くなっていた。

　躰力《たいりょく》も気力も消耗しつくしたらしい。眼の前にいる柿崎六郎兵衛の姿もぼんやりとしか見えず、ただ六郎兵衛の木剣だけが、ぞっとするほど大きく、重おもしく、はっきりと見えた。

「打ちこめ、来い」と六郎兵衛が云《い》った。

　新八は夢中で打ちこんだ。相手の姿はそこになかった。新八は踏み止《とどま》り、向き直って、絶叫しながら面へ胴へと、打ちこんだ。六郎兵衛は軽く躱《かわ》すだけであった。

新八の木剣は、どう打ちこんでも、六郎兵衛の軀へ一尺以上近くはとどかなかった。

道場の一隅で、野中、石川、藤沢の三人が見ていた。

「ひどいな」と石川兵庫介《ひょうごのすけ》が呟《つぶや》いた。

「いつものことだ」と藤沢内蔵助《ふじさわくらのすけ》が囁《ささや》いた。

「このごろずっとあんなふうだ、あれは稽古じゃあない、拷問《ごうもん》だ」

「なにかわけがあるな」

「もちろんだね」と内蔵助が囁いた、「われわれにはわからない、なにもかも秘密だ、あの少年は野中といっしょに住んでいるんだろう、野中は監視役らしい、どうやら逃げださないように監視を命じられているらしいが、だがどんな事情で、なんのために捉《つか》まえておくのかまるでわからない」

「わからないことはほかにもずいぶんある」と兵庫介が囁いた、「われわれの毎日の生活も、これからどうなるのか、あすの日どんなことが起こるか、なにもかもわからない、おれたちはまるで、柿崎に飼われている労馬のようなものだ」

「みんなで相談をし直そう」

「おれは幾たびもそう云った」と兵庫介は唇を曲げた、「この道場と、牝犬《めすいぬ》のように淫奔《いんぽん》なあの三人の女と、柿崎の贅《ぜい》をつくした生活を支えるために、これ以上汗をかくのはおれはごめんだ、もうおれたちも考え直すときだと思う」

「みんなで相談をしよう、今夜にでもみんな集まるとしよう」

「だが、問題は食うことだ」

「むろん眼目はそのことだ」

「みんな食いつめたあげくのなかまだ、食えないことの辛《つら》さは、みんな骨身にこたえているからな」

「おれはあの人に会った」と藤沢内蔵助が囁いた。

兵庫介は訝《いぶか》しそうに彼を見た。

内蔵助は一種のめくばせをし、すばやく囁いた、「いつか西福寺へ来た人だ、しかしそれはあとで話そう」

新八は自分の袴《はかま》の裾《すそ》を踏みつけて、前のめりに転倒した。軀じゅうの力がなくなっていたから、朽木《くちき》の折れるような倒れかたで、床板を叩《たた》く額の音が大きく聞え、彼はそのままのびて、いまにも死にそうに、絶え絶えに喘《あえ》いだ。

「立て、新八、まだ稽古は終らないぞ」

六郎兵衛は冷やかに云った。彼は稽古着ではなく、常着《つねぎ》に袴という姿で、それがかなり颯爽《さっそう》として見えたし、また、一面にはひどく冷酷な感じでもあった。

「起きろ」と云って六郎兵衛は、革足袋をはいた足で、新八の肩を押しやった。

「それはひどい」と石川兵庫介が云った、「いくらなんでも足にかけるのはひどい、それはあんまりだ」

「では代ってやるか」と六郎兵衛がそっちへ振返った、「石川自慢の双突《もろづ》きも久しくみない、一本どうだ」

兵庫介は顔色を変えた。六郎兵衛の唇に冷笑がうかんだ。彼はあざけるように云った。

「蔭《かげ》でこそこそ耳こすりをするほうが、木剣を使うより身についたらしいな」

「なんですって」

「もういちど云おうか」

兵庫介は立った。野中が「待て」と云ったが、彼は木剣架けへとんでゆき、自分のを取って、道場のまん中に立った。

「いさましいな」と六郎兵衛が云った。

そして「野中」と木刀を振りながら、「新八を伴《つ》れていってくれ」といった。

野中又五郎はなにか云おうとした、六郎兵衛の前までいったが、なにも云わずに、新八を抱き起こし、肩に担《かつ》いで出ていった。

「柿崎さん」と藤沢内蔵助が云った、「石川の軀は酒で弱っています、どうか加減してやって下さい」

「いいか」と六郎兵衛が云った。

兵庫介は木剣を構えた。顔色も悪いし、足もきまっていない。ただ眼だけが憎悪《ぞうお》の光を放っていた。灼《や》くような憎悪だけが、彼を支えているようにみえた。

「いいのか」と六郎兵衛がまた云った。

兵庫介は怒号して打ちこんだ。六郎兵衛は右へひきながら、木剣を振った。烈《はげ》しい音がして兵庫介の木剣が飛び、彼は三間ばかりのめったが、危うく踏止《ふみとどま》った。

「拾え」と六郎兵衛が云った。

兵庫介は木剣を拾った。藤沢が「石川」と叫んだ。

「とめるな」と六郎兵衛がどなった。

内蔵助は立って、二人のあいだへ割って入ろうとした。しかしそれより早く、兵庫介が打ちこんだ。打ちこんで来た兵庫介を、体当りになるほどひきつけておいて、六郎兵衛はさっと左にひらきながら木剣を振った。

青竹の節を抜くような、ぶきみな音がし、兵庫介は苦痛の叫びをあげて転倒した。木剣を持った手が肱《ひじ》のすぐ上のところから捻《ねじ》れて、躯にそって投げだされていた。

た。

「柿崎、やったな」

兵庫介はそう叫んで、起きようとして、また苦痛のためにするどい呻《うめ》き声をあげ

藤沢内蔵助は木剣架けへ走ってゆき、自分の木剣をつかみ取った。そのとき野中又五郎が戻って来た。彼は倒れている石川を見るなり、藤沢がなにをしようとしているかを察した。又五郎はとびかかって藤沢を抱き止めた。

「放せ、放してくれ」と内蔵助は叫んだ、「石川は腕を折られた、彼が酒で弱っているのを知っていながらやったのだ、あまりにむごすぎる、放してくれ」

「放してやれ、野中」と六郎兵衛が云った、「そいつも片輪になりたいんだろう、どうせなかまを裏切るやつだ、片輪にしてやるから放してやれ」

「私がなかまを裏切るって」

「おれは眼も耳もある、知っているぞ」と六郎兵衛は云った、「おれが奔走してここまでこぎつけ、みんなの生活の基礎ができかかっているのを、その二人はぶち壊そうと企《たくら》んでいるのだ」

「これがなかまの生活か」と藤沢が叫んだ、「われわれには粥《かゆ》を啜《すす》るほどの手当しかくれず、道場や出稽古の謝礼はみんなとりあげたうえ、自分だけはいかがわしい

女を三人も抱えて贅沢三昧《ぜいたくざんまい》に暮している、これでもなかまの生活といえるか」

「よせ、藤沢、やめてくれ」

又五郎は彼を制止し、羽交《はが》いじめにしたまま、控え所のほうへ強引に伴れ去った。そのあいだ内蔵助は「恥を知れ」とか、「いまに思い知らせてやるぞ」などと喚《わめ》いた。

藤沢をなだめておいて、兵庫介を伴れに戻ると、六郎兵衛は吐き捨てるように、二人ともすぐに放逐しろと云い、自分の木剣を片づけて奥へ去った。

兵庫介は泣いていた、「ばかなことをした、おれはばか者だ、ゆるしてくれ野中」

「歩けるか」

又五郎は彼を支えながら立たせた。すると、まだ木剣を持ったままの腕がぐらっと垂れ、兵庫介は「あっ」と悲鳴をあげた。又五郎はその腕をそろそろと持ちあげ、木剣を放させてから、ゆっくりと控え所へ伴れていった。

「いま医者を呼んで来る」

「いや、おれは此処《ここ》を出る」と兵庫介は云った。

藤沢もそうすると云い、すぐに支度を始めた。

「待ってくれ、それはいけない、そうしてはいけない」と又五郎は二人に云った、

「せっかくここまでやって来た、ようやくひと息ついて、これからというところへ来ているのに、こんなことでなかま割れをしてどうするんだ」

「野中はおれの云ったことを事実とは思わないか」

「それを云うな」と又五郎は遮った。

「いやおれは云う」

「まあ聞いてくれ」と又五郎は片手をあげた、「藤沢の云うことはわかる、それが事実だということも認める、しかし、お互いが自分のいいぶんを固執するとしたら、柿崎さんには柿崎さんの云いぶんがあるだろう」

「柿崎に云いぶんがあるって」

「そうだ、しかしいまは石川の腕の手当をしなければならない」

「石川はおれが伴れてゆく」と内蔵助は云った。

「そう云わずに頼む」

「止めるな」と内蔵助は声をひそめ、じっと又五郎をみつめながら云った、「野中は誠実な人間だから云うが、おれはいつか西福寺へ来た人にまた会った、そしてすべてを聞いた」

「西福寺へ来た人――」

「おれたちに柿崎とはなれて扶持《ふち》を取らぬかと、さそいに来た人があったろう」と内蔵助が云った、「おれはあの人に会った、あの人は新妻隼人《にいづまはやと》といって、伊達《だて》家の一門、兵部少輔宗勝《ひょうぶしょうゆうむねかつ》侯の用人だ」

「すべてとはどんな事だ」と兵庫介が訊《き》いた。

「あとで話そう」と内蔵助は云った、「おれは島田にも、砂山、尾田にも話す、おれたちは今夜、西福寺に集まって相談する、野中もよかったら来てくれ」

「わからない」と又五郎は苦しそうに答えた、「私はこんなふうに別れ別れになることは反対だ、だが、みんなが集まるなら、はっきり約束はできないが、ゆくかもしれない」

「待っている」と内蔵助は又五郎の眼をみつめ、「おれは野中を信じるぞ」と云った。

又五郎は頷《うなず》いた。

藤沢内蔵助は部屋へゆき、自分と兵庫介の荷物をまとめて戻ると、兵庫介をたすけながら出ていった。又五郎は「待て」と呼び止め、二人の木剣を持っていって渡した。

「では今夜、西福寺で――」と内蔵助が云った。

二人を送りだしてから、又五郎は新八の部屋を覗《のぞ》き、声をかけておいて、奥へいった。

六郎兵衛は酒を飲んでいた。六郎兵衛の左右に二人の女がい、他の一人が行燈《あんどん》に火をいれていた。

又五郎がはいってゆくと、六郎兵衛は「出ていったか」と訊いた。又五郎は頷いて、そこへ坐《すわ》りながら、話したいことがある、といった。六郎兵衛は彼に盃《さかずき》をさし出した。

「私は飲みません」

「今日はつきあってくれ」

「私が飲まないことは知っておいででしょう」と又五郎はいった、「それより二人だけで話したいのですが」

「話す必要があるのか」

又五郎は黙った。

六郎兵衛は彼を見て、女たちに手を振った。女たちが出てゆくと、六郎兵衛は簡単にたのむといった。又五郎は藤沢内蔵助らのことを話した。今夜かれらが西福寺に集まること、その結果は、おそらく五人とも道場から去るだろうこと、などを話した。

野中はさそわれなかったのか、と六郎兵衛が訊いた。さそわれました、と又五郎はいった。藤沢は私を信ずるといって、みんなで集まろうとさそったのです。それをおれに密告したわけか。私はかれらを去らせたくないのです、と又五郎はいった。おれは去る者は追わないぞ。しかし、五人に去られては道場はやってゆけなくなります。なに、かれらぐらいの人間なら五人や七人すぐに集まる。そうかもしれません、しかし苦労をともに凌《しの》いで来た「なかま」とは違います、と又五郎はいった。

「それはおれの云いたいことだぞ、野中」と六郎兵衛がいった、「なるほどおれは贅沢をしているかもしれない、しかしこれはおれ自身どうにもならないことだし、おれにはこのくらいの贅沢はゆるされてもいい筈《はず》だ」

「それはみんな承知しています」

「いやわかってはいない」六郎兵衛は椀《わん》の蓋《ふた》へ酒をついで呷《あお》った、「あの苦しい貧乏時代、たとえ僅《わず》かずつでも金をくめんしたのは誰だ、この道場を買い、出稽古で扶持を取るようにしたのは誰だ、おれは自慢しようとは思わない、しかし、ここまでもって来るにはいろいろ苦心した、辛いおもいも苦しいおもいも、いや、口にはだせないような恥ずかしいおもいもした、おれはな、野中、――たった一人の妹を、二年ばかり他人のかこいものにしたこともあるんだぞ」

「柿崎さん」

「本当だ、おれは妹を妾《めかけ》に出した、みんなは妹が身を売った金で、飢を凌いだことがあるんだ」

六郎兵衛はまた酒を呷った、それが伊達兵部をつかむ機縁になった、妹のみやから、伊達家に内紛のあるのを聞き、その主人の渡辺九郎左衛門が暗殺されて、妹が逃げ帰ったとき、彼は「ここに運がある」と思った。たしかに運があった。伊達家の内紛には、兵部宗勝の野心が強く作用している。それらの事情は渡辺九郎左衛門の口から、妹が聞きだしていたし、九郎左衛門が暗殺されたことで、兵部の野心がいかに大きく、根強いものであるかが推察された。そこへ宮本新八という者が、手にはいった。新八の云うことは、彼の推察がまちがいでないことを証明した。

そして彼は兵部をつかんだ。六郎兵衛は兵部に月づきの扶持を約束させ、その金でここに道場をひらいた。当時は江戸市中にも町道場などは極めて少なかったが、彼は高額の謝礼を取り、初心者を入門させず、主として諸侯の家へ出稽古をする、という方法をとった。

これが相当うまくいった。町道場というものが稀《まれ》だったからであろう。また剣法家を抱えていない諸侯も多いので、出稽古という法も当ったのだろう、少なくともいまのところ、柿崎道場は予想よりもうまくいっている。これはみな六郎兵衛の努力によるものだ。もちろん「なかま」の協力がなければ成り立たなかったかもしれない。だが、その資金や才覚は六郎兵衛のものだ。もしも六郎兵衛がいなかったとすれば、――そうだ、と彼はこみあげる怒りのために声をふるわせた。

「かれらは現在のおれを非難する、ここへもって来るまでにどんなことがあったかも知らず、おれがどんなおもいをしたかも知らない、ただこの道場がうまくいっていることだけみて、おれ一人が贅沢をしていると非難し、おれを裏切ろうとするんだ」

「私もそこまでは知りませんでした」又五郎は頭《こうべ》を垂れた、「みやどのにそんな事情があるとも知らず、御厚意にあまえていたのは相済まぬと思います」

「それを云わないでくれ」と六郎兵衛は眼をそむけた。

「野中だけは信じているからうちあけたのだ、それも、正直にいえば誇張がある、妹を妾に出したのは、おれ自身、うまいものを喰《た》べ、酒を飲みたかったからだ」

六郎兵衛はそこで居直るように云った、「みんなにも分けたが、腹を割って云えば自分が飲み自分が楽に暮したいためだった、おれは、そのために苦しいおもいをした、このおもいは口では云えない、おれは寝ても起きても、いやよそう、おれは代価を払った、まだ野中にも話さないことがいろいろある、ずいぶんある」

六郎兵衛は顔を歪《ゆが》め、それからぎらぎらと眼を光らせた。「やつらを去らせよう」と彼は云った、「道場などは、もしうまくゆかぬようなら、道場などはやめてしまってもいい、おれはもっと大きな蔓《つる》をつかんでいる、野中、おれはこの蔓を必ずものにしてみせるぞ」

六郎兵衛は明らかに混乱していた。しかし又五郎は感動した。六郎兵衛がそんなようすをみせたことは、これまでに一度としてなかった。

彼はいつも冷やかに、きりっととりすましていた。自分のまわりに眼にみえない垣《かき》をめぐらして、そこから中へは誰も近よせないし、自分もそこから出ようとはしなかった。その彼がいま自分をさらけだしてみせた。全部ではないし、まだどこかにごまかしがあるようだ、けれども彼は、初めて自分の弱さを告白した。

——妹をかこいものにしても、楽な生活や充分な酒食を欠かすことができない。そのために苦しいおもいをし、自分で自分を責めながら、しかも、やはり妹に身を売らせていたという。おれは代価を払った。という六郎兵衛の気持は、又五郎にはおよそ理解できるように思えた。

「二人でやろう、野中」と六郎兵衛は云った、「おれは必ず世に出てみせる、野中にもむろん、槍《やり》を立てて歩ける身分を約束しよう、おれが無根拠にこんな約束をする人間でないことは、野中はわかってくれるだろう」

「私はまずこの道場を守ってゆきたい」と又五郎が云った、「これをつくるまでに払われた努力や犠牲を考えると、ここで投げるなどということは絶対にできない、なにを措《お》いても道場の持続を計るべきだと思います」

「しかしかれらは戻っては来ないぞ」

「私が話します」

「おれの恥をさらしてか」

「いいえ、みやどののことは口外しません、但《ただ》し、貴方《あなた》はどうか譲歩して下さい」

「謝罪しろというんだな」

「貴方の暮しぶりを改めてもらいたいのです」

「たとえば」

「あの女たちを道場から出して下さい、よそへ囲って置かれることは自由ですが、この道場からは出して下さい」

「おれは石川の腕を打《ぶ》ち折っているぞ」

「そのことは私が話します」

「その問題がさきだ」と六郎兵衛は云った、「かれらと話して、かれらが詫《わ》びをいれるなら考えてみよう、但し、女はここから出すとしても、おれの生活はおれのものだ、今後はいかなるさしで口もしない、という誓約をしてもらおう」

「とにかく話してみます」

「おれの条件を忘れないでくれ」

又五郎は頷いた。

新八もどうやら元気を恢復《かいふく》していたので、又五郎は彼を伴れて材木町の家に帰り、夕食を済ませるとすぐに、西福寺へ出かけていった。

梅の茶屋

年があけて、万治《まんじ》四年の正月二十日に、浅草材木町の家へ、おみやが帰って来た。五日まえ、――新八は元服していたが、おみやは、初めて見る彼の男になった姿に、まあと眼をほそめて、しばらくうっとりと見まもっていた。

又五郎は道場へでかけたあとであった。

新八は妻女のさわと娘のお市をひきあわせた。さわは寝ていたが、自分たち一家が世話になっている人の妹だと聞いて、いそいで起きて接待しようとした。娘のお市はそれをとめ、「もう自分も十歳になったのだから」などと云いながら、手まめに茶を淹《い》れたりした。襖《ふすま》ひとえだから、このようすは筒ぬけにわかった。おみやは新八の耳に「利巧そうなお子ね」と囁いたが、そわそわして少しもおちつかなかった。

「早く外へ出ましょう」

茶をひとくち啜ると、すぐにおみやが囁いた。新八は頭を振った。

「外出は禁止なんです」

「あたしが断わってよ」

「野中さんに気の毒なんです、柿崎《かきざき》さんは怒るにきまっていますから」

「ではあんた、ずっと家にいるっきりなの」

「一日おきに道場へゆきます」

新八は暗い顔をした。おみやはそれを見て、およそ事情がわかったようであった。

「ちょっと出ましょう」とおみやは云った、「あたしがあとで兄に云うからいいわ、いま断わって来るから支度をしてらっしゃい」

新八はためらったが、おみやは立って隣りの部屋へゆき、寝ているさわに断わりを云った。

さわはしぶった。良人《おっと》の又五郎からよほどきびしく云われているらしい、お市までがそばから「父の承諾がなければ」などと、心配そうに口をそえた。おみやは殆《ほと》んど相手にならず、兄には自分がそう云うから、と云って、こちらへ立って来てしまった。

「あら、支度をしないの」おみやは坐ったままの新八を見て云った、「お屋敷では宿下《やどさが》りは年に二度っきりないのよ、それも日の昏《く》れるまでには帰らなければならないし、兄のところへも寄らなければならないのよ、さあ、早く立ってちょうだい」

おみやは自分で新八の着替えを出し、せきたてて支度をさせた。彼女がなんのために伴れ出そうとしているか、いっしょに出るとどんなことになるか、新八にはよくわかっていた。

――きさまは自分に誓った筈ではないか。

彼は自分に嫌悪を感じた。新八は自分に誓った。もうおみやの誘惑には負けまい、どんなに誘惑されても必ず拒絶しよう。それは、良源院から宇乃《うの》を伴れ出そうとして、宇乃の前に立ったとき、宇乃の清らかな眼で、まっすぐにみつめられたときのことであった。おれは汚れている、と新八はそのとき思った。彼は柿崎六郎兵衛の云うことを信じ、宇乃と虎之助《とらのすけ》を保護するために、伴れ出しにいったのであるが、宇乃の美しく澄んだ眼で、まっすぐにみつめられたとき、すぐには舌が動かなかった。

そのとき彼は、自分が汚れていること、姉弟《きょうだい》を伴れ出すのも欺瞞《ぎまん》であることに気づき、するどい悔恨と苦痛におそわれた。そして、愛宕山《あたごやま》の下で塩沢丹三郎に追いつかれ、彼と相対して立ったとき、その悔恨と苦痛は頂点に達した。

おれは立直ろう、と新八は自分に誓った。立直る第一はおみやの誘惑を拒絶することだ。幸いおみやは屋敷奉公に出ていたし、野中の家族と暮し始めて、日常もかなり変化した。一日おきに駿河台下《するがだいした》の道場へかよい、六郎兵衛に稽古もつけられる。その激しい稽古ぶりは容赦のないもので、たぶん、畑姉弟の誘拐に失敗したことを責める意味もあったろうが、しかし彼は、すすんでその「責め」を受けいれた。それはむしろ、自分を鍛え直すのによい機会だと思った。

そうしていま、おみやが宿下りで帰って来、彼をさそい出そうとするいま、新八には拒絶できないことがわかった。彼は自分を罵《ののし》り、卑《いや》しめながら、自分の内部からつきあげてくる欲望が、おみやの誘惑に抵抗できないことをはっきりと認めた。

——まだそうきまったわけではない。

新八は心のなかで云った。どこかで食事でもするつもりかもしれないし、いざとなったときはっきり態度をきめればいい。そう自分に云い含めながら、彼は野中の家族の顔を見ることができなかった。

「いってらっしゃいませ」お市は送りだしながら云った、「なるべく早くお帰り下さいましね」

新八は黙って頷いた。

二人が路地へ出ると、隣家のお久米《くめ》が格子《こうし》越しに声をかけた。おみやはそっけなく挨拶《あいさつ》をし、新八をせきたてて通りへ出た。

「逢《あ》いたかったわ」おみやはすばやく囁き、袂《たもと》を直すふりをして、ちょっと新八の手を握った。

「駕籠《かご》がいいわね」

「どこへゆくんですか」

「向島《むこうじま》よ」とおみやが云った、「このあいだ、お屋敷のお中臈《ちゅうろう》のお供でいった、いいところがあるの、長命寺というお寺のそばよ」

おみやはうきうきしたようすで、ながしめに新八を見た。新八は赤くなって、眼をそらした。おみやは辻《つじ》駕籠を二梃《ちょう》よび、「真崎の渡しまで」と命じた。

そのとき両国橋は、それまでの位置より少し川下へよったところに、新らしく架け直す工事をしていた。おみやと新八は真崎まで駕籠でゆき、そこから舟で向島へ渡った。土堤《どて》へ登ると、向うはいちめんの刈田《かりた》で、ところどころに松林や、森があり、おみやがそれを指さしながら、「あれが三囲稲荷《みめぐりいなり》」だとか、「こちらが牛の御前《ごぜん》で、そのうしろが長命寺」だなどと新八に教えた。

おみやが案内したのは、牛の御前の社から長命寺へゆく途中で、藁《わら》葺《ぶ》き屋根の、古い農家ふうの家であった。暗くて広い土間へはいると、縁台が三つ並んでい、戸口の隅には釜戸《かまど》があって、大きな湯釜から白く湯気がふいていた。その釜戸の前に老婆《ろうば》が一人。また、障子のあいているとっつきの部屋に娘が一人。これは行燈の掃除をしていたが、――二人がはいってゆくと、その娘は老婆に声をかけて、すぐに障子をしめてしまった。

釜戸の前から立って来た老婆は、二人を見ると心得たようすで、あいそを云いながら「どうぞこちらへ」と土間を裏へぬけていった。槙《まき》の生垣のある路地をゆくと、梅林のある庭へ出たが、その庭に面して、やはり藁葺きの、隠居所ふうの建物が三棟《むね》あり、老婆はその端にある一と棟へかれらを案内した。

おみやは新八を座敷へあげてから、紙に包んだものを老婆に渡し、なにか囁いた。老婆は承知して去った。

「あら、来てごらんなさい」おみやは濡縁《ぬれえん》に立ったままで云った。「ちょっと来てごらんなさい、梅が咲いていることよ」

新八は坐ったままそっちを覗いた。梅の木はみな古く、撓《たわ》めた幹や枝ぶりが、午《ひる》ちかい日光のなかで、いかにも清閑に眺められたが、新八のところからは花は見えなかった。

「この辺は暖かいのね」

おみやはそう云いながら、こちらへはいって障子をしめ、とびつくように、坐っている新八に抱きついた。新八はぶきように拒んだ。

「逢いたかったわ」おみやは軀を放して云った、「あなたはなんでもなかったのね、新さん、そうでしょ、あたしがいないからせいせいしてたんでしょ、ねえそうでしょ」

新八は赤くなり、なにか云おうとしたが、言葉が出なかった。そのとき、濡縁のところへ人の来る足音がし、「ここへ火を置きます」と云う娘の声がした。おみやが立ってゆくと、濡縁に火桶《ひおけ》が置いてあり、娘の姿はもう見えなかったが、おみやが火桶を持って戻ると、すぐにまた茶の道具をはこんで来た。

おみやは茶を淹れながら、はっきり仰《おっ》しゃいな、と云った。本当はあたしのことなんか忘れてたんでしょ、ことによると隣りのお久米さんとでもできたんじゃなくって、そうでしょ新さん。ばかなことを云わないで下さい、と新八が云った。あら、あんた赤くなったわね、ちょっとあたしの眼を見てごらんなさい。あたしの眼をまっすぐに見るのよ。よして下さい、そんな冗談はたくさんです、と新八は顔をそむけた。

「私はそれどころじゃあなかったんです」と彼は云った、「一日おきに道場へかよって、柿崎さんに稽古をつけられているんです」

「まあ、兄から、じかに」とおみやは眼をみはり、新八に茶をすすめながら、「それでわかったわ」と眉《まゆ》をひそめて云った。

「なんだか痩《や》せたようだし、顔色もよくないと思ったけれど、兄の稽古がきびしいのね」

新八は眼を伏せた。おみやは敏感に彼の表情を読んだ、「なにかあったのね、新さん」

それは、と新八は口ごもった。おみやはいきごんで問いつめた。話してちょうだい、いったいなにがあったの、聞かないうちはおちつかないじゃないの、としんけんに云った。

新八はためらった、「このあいだ、柿崎さんが」と彼は吃《ども》りながら云った。

「石川さんの腕を折ったんです」

「石川さんて誰なの」

「道場にいた石川兵庫介《ひょうごのすけ》という人です」

おみやは頷いて、「ああ、兄の厄介者ね」と云った。そのとき庭で小鳥の声がした。鶯《うぐいす》らしいが、まだ幼ない鳴きぶりで、梅林の枝を渡っているのだろう。その声は遠くなり近くなり、ややしばらく聞えていた。

二人は気がつかなかった。

おみやが兄の「厄介者」と云うのを聞いて、新八は、びっくりしたように彼女を見た。その、むぞうさな調子にこもっている、侮蔑《ぶべつ》のひびきに驚いたのである。石川さんは厄介者ではない、藤沢さんも野中さんも、ほかの人たちもちゃんと働いている。道場でも門人たちに稽古をつけるし、出稽古もして働いている。

——なにもしないのは柿崎さん一人だ。

と新八は思った。へんな女を三人も置いて、なにもしないで贅沢ばかりしているじゃないか、それが喧嘩《けんか》のもとになったのだ、と新八は思った。——そういえばこのひとにも似たところがある。たしかに似たような性分だ、と思った。

おみやが、「なにをそんなにじろじろ見るの」と云った。その人の腕をどうして兄が折ったのか、なにが原因でそんなことになったのかと、おみやは訊《き》いた。

「私に稽古をつけるのが乱暴すぎる、と石川さんが云ったんです、それで柿崎さんが怒って、二人で試合をしたんですが、石川さんはずっと酒を飲みつづけて、軀が弱っていたそうですし」

「兄は強いのよ」おみやが遮って云った、「いつか話したでしょ、五人か六人の侍が刀を抜いてかかったのに、兄は素手に扇子を持っただけでみんなをやっつけてしまったわ、その人が軀が弱っていなくっても、兄には勝てやしないことよ」

「たぶん、そうでしょう」と新八が云った、「しかしそれなら、なにも腕を打ち折らなくともいいでしょう、それほど強いのなら、あたりまえに勝つだけでいいと思います、侍の右の腕ですからね、もう石川さんは一生刀が使えませんよ」

「でも侍同士の勝負なら、打ちどころが悪くて死んだっても文句はない筈でしょ」

「けれどもなかまですからね」と新八は云った、「私はくたくたになって、野中さんに部屋へ伴れてゆかれたので、そこにはいなかったんですが、見ていた藤沢さんが怒りだして、石川さんといっしょに道場から出ていってしまったんです」

「いいじゃないの、出てゆかれて困るような人たちでもないんでしょ」

「私はよく知りません」と新八は云った。

しかし二人だけではなく、他の三人も出てゆくようすで、みんなが西福寺へ集まった、と新八は云った。五人ともですって。そうです。それでどうなったの、とおみやが訊いた。野中さんがなだめにゆきました。と新八が云った。帰ったのはずいぶんおそかったから、なだめるのに骨がおれたのでしょう、でもみんなは「柿崎さんが謝罪するなら」という条件で、思い止《とどま》ったということです。

そのとき庭さきで、老婆の声がした。

「ちょっと待って」とおみやは新八に云って立っていった。

老婆が娘と二人で、そこへ膳の支度をして来ていた。おみやはそれらをはこびこんだ。三品ばかりの皿と鉢に、酒が付いていた。もちろん料理茶屋などはないじぶんのことで、その肴《さかな》も、めぼりで捕った泥鰌《どじょう》と、煮びたしの野菜に卵を煎《い》ったもの、それに漬物と梅びしおなどであった。

おみやは膳拵《ごしら》えをし、燗鍋《かんなべ》に酒を注《つ》いで火桶にかけながら、「それからどうして」とあとを訊いた。

「私は詳しいことは知りませんが、とにかくみんな道場へ戻ることになりました」

「それはその筈よ」とおみやが云った、「あの人たち兄からはなれたら、その日から食うにも困るんだわ、これまでずっと兄の世話になってたんだし、出てゆけるわけがないことよ」

「それが、そうではないらしいんです」と新八が云った、「これも詳しいことは知りませんが、道場を出れば扶持を呉《く》れる人がある、というんです」

「あらそうかしら」

「まえにもいちど話しがあって、月に幾らとか、相当な扶持を遣《や》ろうと云われたのを、柿崎さんと別れるわけにはいかない、といってきっぱり断わったのだそうです」

「それで、こんどはこっちから泣きついたってわけね」

「いいえ、藤沢内蔵助《ふじさわくらのすけ》さんが偶然その人に会って、また話しをもちかけられたのだそうで、しかもそれは、柿崎さんの世話をしているのと同じ人だということです」

「兄の世話をしているんですって」

新八は「そうです」と眼を伏せながら云った、「それは一ノ関さまの御用人《ごようにん》だということでした」

おみやは眼をみはった、「一ノ関といえば、伊達《だて》兵部《ひょうぶ》さまのことじゃないの」

「そうです」

「だって兄が兵部さまの世話になるわけはないでしょ、兄はあたしの主人やあなたたちの親の仇《あだ》として、いつか兵部さまを討たせてやると云った筈よ」

「そう云われました」

「それで一ノ関の世話になってるなんておかしいじゃないの」

「でもそれが事実らしいんです」と云って新八は言葉を切った。

おみやは燗鍋の酒を銚子《ちょうし》に移して、新八に盃を持たせようとした。新八は拒んだが、おみやに「一つだけ」と云われると、拒みきれずに盃を取った。おみやは彼に酌をし、自分も盃を取って、新八に酌をさせた。

「わけがあるのよ」とおみやは盃に口を当てながら、なにか考えるような眼つきで云った、「そうよ、なにかわけがあるんだわ、兄はびっくりするほど知恵のまわるところがあるんだから」

新八は黙って酒を啜り、咽《む》せて咳《せき》こんだ。おみやは盃をすっとあけて云った。

「それで、その人たちみんな道場へ帰ったのね」

「石川さんは帰りません」

「腕を折られた人ね」

「そうです、いつかこの恨みは必ずはらしてみせると云って、一人だけ西福寺からどこかへいってしまったそうです」

「よせばいいのに、ばかな人だわね」

「なにがばかですか」と新八が訊いた。

その調子が強かったので、おみやは訝《いぶか》しそうに新八を見た。この女は愚かだ、と新八は思った。

「だって恨みをはらすなんて」とおみやが云った、「五躰《ごたい》が満足でいてさえかなわないのに、片輪になってから、それも右の腕を折られてしまってからなにができるの」

「そうですね」

「へたなことをすれば、こんどは命までなくしてしまうわ、みんな兄の強いことを知らないのよ」

「そうですね」と新八は云った。

そう云いながら、彼はふと、石川さんはきっとやるぞ、と思った。片腕になったからこそ、石川さんはきっとやるに相違ない、と新八は思った。

「もうそんな話しはやめ」おみやは膝《ひざ》をずらせた、「ねえもっとこっちへお寄りなさいよ」

「これで充分です」

「じゃああたしのほうからいくことよ」

「私は帰ります」新八は盃を置いた。

「なんですって」

「私は帰ると云ったんです」

「なぜそんな意地悪なことを云うの」

「私は」と新八は唇をふるわせた、「私は、自分が厄介者だ、ということに、今日はじめて気がつきました」

「なにを云うの新さん」

「私はなにもせずに、柿崎さんや貴女《あなた》に食わせてもらっている、この着物も貴女に買ってもらったものだし、小遣いまで」

「よして、よしてちょうだい」

おみやは立って、新八にとびつき、避けようとする彼を両手で抱いた。

「なにを急にへんなことを云いだすの、なにが気に障《さわ》ったの、あなたが厄介者だなんて誰が云って」

「放して下さい」彼は身をもがいた。

「いや、新さんたら」

新八は女の手をふり放した。おみやは「新さん」と叫び、立って逃げようとする新八に、うしろからしがみついた。いまだ、と新八は心のなかで叫んだ。この女と別れるのはいまだ、いまこそきっぱり片をつけられる、逃げろ、たったいまここから逃げだしてしまえ。

新八は女の腕を放そうとした。おみやはひっしにしがみつき、意味のないことを叫びながら、彼をひき戻そうとした。新八はよろめいた。その手を思いきってひと振りすればいいのだ、しかしその力は出て来ず、却《かえ》って、よろめく女を支えるかたちになった。おみやは両腕を新八の頸《くび》に巻きつけた。

新八は自分が崩れおちるのを感じた。おみやの両腕が頸に絡《から》みつき、袖《そで》が捲《まく》れて裸になっているその腕が、自分の膚《はだ》へじかに触れ、彼女の唇が、自分の唇をぴったりとふさいだとき、それまで辛うじて支えていた自制力が、溶けるように崩れてゆくのを感じた。

「放して下さい」

新八は顔をそむけ、彼女の腕をつかんで力まかせにもぎ放した。おみやが「痛い」といった。新八は女を突きとばし、障子をあけて濡縁へ出た。おみやは膳の上へ転んだらしい、皿や鉢の割れる音とともに「新さん」という叫び声が聞えた。

「待ってちょうだい」

新八は草履をはいた。するとおみやが濡縁へ出て来て、哀願するように云った。

「あたしを置いてゆかないで、新さん、お願いよ、戻って来てちょうだい」

新八は梅林のところで立停った。

「戻って来て」とおみやが云った。

「そのままゆけやしないわ、あなた刀を忘れていてよ」

新八は反射的に腰へ左手をやった。両刀とも座敷へ置いたままである。彼は唇を嚙《か》んだ。戻ったらおしまいだ、戻ればもうおみやの手から逃がれることはできない、それは自分でよく知っていた。逃げるのはいまだ。

新八は走りだした。

「新さん、待って、新さん」

おみやの泣くような声が追って来た。

新八は梅林をぬけていった。花の咲いている枝があり、花の香がつよく匂《にお》った。梅林の端に竹の四目垣《よつめがき》がまわしてある、新八はそれを跨《また》ぎ越して、刈田のあいだの畦道《あぜみち》へはいり、それを南へ歩いていった。

風のない、晴れた日であったが、刈田の溜《たま》り水は凍ったまま溶けず、霜でゆるんだ畦道は、うっかりすると滑った。

「やったぞ、おれは逃げたぞ」新八は歪んだ笑いをうかべた、「やろうと思えばやれるんだ、きさま男だぞ新八、みろ、きさまみごとに逃げられたじゃないか」

彼は土堤へあがった。

いっそこのまま出奔しようか、新八は歩きながら考えた。刀を差していないので、腰がなんとなく不安定に軽い。そうだ、おれはもう元服もしたことだ、土方人足になっても、自分ひとりぐらい食ってゆけるだろう。そうだ、このまま出奔しよう、と彼は考えた。

材木町の家へ帰れば、またおみやにつきまとわれるだろう。そして、柿崎六郎兵衛もたのみにはならない、と彼は思った。たのみになるどころか、彼は逆に、おれを利用してさえいるようだ。——新八は歩きつづけた。

そうだ、柿崎はおれをなにかに利用している。妹に妾奉公をさせていた彼が、いまでは道場のあるじになり、女を三人も使って贅沢《ぜいたく》な生活をしている。いったいどこからそんな金が出たのか、そうだ、いったいどこからそんな金が出たのか。寺へかよいだいこくにいっていた妹も、いまではどこかの武家屋敷へ奉公にいっている。もう妹に稼がせる必要もなくなったのだ。つまりそれだけの金が、どこからはいって来るのであろう、どこからだ。

「一ノ関」新八は唇を噛んだ。

藤沢内蔵助らの話しが、いまべつの意味で思いだされた。一ノ関の用人が扶持しようという、同じ人の手から柿崎にも扶持が来ている。とすれば、そのたねはおれだ、と新八は思った。

「柿崎は畑姉弟をも、そうだ、畑姉弟をも手に入れようとした、姉弟を保護するためではない、おれと同じように自分の手に入れて、一ノ関から金をひきだすたねにしようとしたのだ」

おれはめくらでばかだった、と新八は思った。藤沢たちの話しを聞いたとき、すぐ気がつかなければならない筈だった。

「そうだ、おれはばかだ」彼は立停った。

「逃げだそう、このまま逃げてしまおう」

彼はそう呟《つぶや》きながら、ぼんやりと向うを眺めた。

そこは両国橋の上であった。少し川下によったところで、架橋工事をしていた。それは、両国橋を新らしく架け変えているのであるが、水に浸り泥まみれになって、杭打《くいうち》をしている人足たちの姿を、新八はぼんやりと眺めていた。ある者は腰まで、ある者は胸まで水に浸り、頭から泥まみれになって、杭を打っている人足たち。正月二十日の水の冷たさが、見ている新八にも伝わって来るように思えた。

彼は顔を歪め身ぶるいをした。あれがやれるか。自分にあの仕事ができるだろうか、と新八は考えた。そのとき、彼の背にそっと手が当り、「新さん」と囁《ささや》く声がした。

新八はゆっくり振返った。おみやが立っていて、にっと彼に頰笑みかけた。新八はまた顔を歪めた。

「ひどい人、どうしたの」

おみやは睨《にら》みながら風呂敷《ふろしき》に包んで抱えていた刀を、彼の手に渡した。新八は虚脱したような身ぶりで、それを左に抱えながら歩きだした。

断章（五）

――拝謁《はいえつ》の式が終りました。

「もようを聞こう」

――召されましたのは十九人、城中千帖敷《せんじょうじき》の廊下の間にて、老中がた列座のうえ謁をたまい、次のような拝領物がございました。

総奉行　茂庭周防《もにわすおう》*　白銀百枚、時服《じふく》*十。

奉　行　片倉小十郎　同百枚、同十。

同　後藤孫兵衛　同三十枚、同五。

同　真山刑部《ぎょうぶ》　同三十枚、同五。

その他目付役以下十五人。

里見十左衛門。但木《たじき》三郎右衛門。秋保《あきう》刑部。大山三太左衛門。郡山《こおりやま》七左衛門。荒井九兵衛。里見庄兵衛。境野弥五右衛門。志茂十右衛門。大条《おおえだ》次郎兵衛。北見彦右衛門。横田善兵衛。剣持八太夫《はちだゆう》。上野三郎左衛門。小島加右衛門。

右の者たちには、それぞれ白銀二十枚、時服四ずつを賜わりました。

「お声はなかったのか」

――松山（茂庭）どの白石（片倉）どのに、なかながの普請《ふしん》ほねおりであった、と上《うえ》さまよりお言葉がございました。

「これで小石川普請も終ったわけだな」

――総工費の積りが出ました。

「わかっている」

――一分判にて十六万三千八百十六切《きれ》、小判で四万九千五百両ということですが。*

「それはわかっている」

――次に、松山どのが厩橋《うまやばし》（酒井忠清）さまに辞任の意をもらされました。

「辞任の意だと」

――御用疲れもあり、近来とかく病気がちなので、国老の役を辞したいと思う、と申しておられました。

「松山が辞職、あの周防がか」

――いずれ両後見より改めて願い出ると、松山どのは申され、厩橋さまは聞きおくと答えられました。

「それは意外だ、おれには信じられない」

——はあ。

「松山は奥山大学の密訴の件を知っている筈だ。たしかに彼の耳にはいっている筈だし、なにか対抗手段を謀《はか》っていると思った。松山の気性からすれば、あの密訴を黙ってみのがす筈はない」

——しかし辞意は固いようでございます。

「信じられない、ここで辞任することは、大学に対して旗を巻くことになる、松山の気性でそんなことができるとは思えない」

——なにか仔細《しさい》があるのかもしれません。

「辞意がたしかなら仔細がある、そうだ、松山の辞任にはなにか理由があるぞ」

——申上げます。

「内膳《ないぜん》か、なんだ」

——ただいま一ノ関から書状が届きました。*

「使者は誰だ」

——相原助左衛門でございます。

「隼人《はやと》、読んでみろ」

——大槻《おおつき》（斎宮《いつき》）どのからの書状でございます。

「なんと書いてある」

——船岡《ふなおか》（原田甲斐《はらだかい》）どのには、やはりなにも変った行動はみえない、とあります。

「涌谷《わくや》との往来はどうだ」

——まったくないといいます。

「仙台でもか」

——原田どのは船岡にこもったきりらしゅうございます。

「仙台へは出ないのか」

——*国目付《くにめつけ》衆が下向すれば、仙台へ出なければならぬでしょうが、まだ帰国して以来ずっと船岡にこもったままのようです。

「今年の国目付は」

——使番の荒木十左衛門どの、桑山伊兵衛どので、五月一日に出発されます。

「そのとき注意するようによく申してやれ」

——承知いたしました。

「国目付が到着すれば、涌谷も仙台へ出ずばなるまい、そのとき眼を掠《かす》められないようにしろと云え」

――申し遣わします。

「甲斐は船岡でなにをしておる」

――例によって山小屋にひきこもり、樹《き》を伐《き》ったり、猟をしたりしているそうです。

「変った男だ」

――昔からでございます。

「そうだ、昔からあんなふうだ、館《たて》にいるときは柔和で穏健で、殆んど君子といったふうだ、江戸番のときはなおさら、人づきあいもよく誰にも好かれ、怒るとか荒い声をだすような例はかつてない、隠宅を持つなどということは外聞を憚《はばか》るものだし、周囲でも見て見ぬふりをするものだ、しかし彼は湯島に隠宅のあることを隠そうともしないし、またそれを非難する者もない、相当なねじけ者までが湯島を訪ねて、馳走《ちそう》になったり泊ったりすることさえある」

――原田どのの人徳でございますな。

「たしかに一種の人徳だ、それが山小屋にこもると、まるで人間が変ってしまう、おれは出府する途中たち寄って、この眼で二度そのようすを見た」

――いちどは私がお供をいたしました。

「そうだ、隼人もそれをいちど見ている」

——あれは十一月でございましたな。

「猪《しし》の腹を裂いていたが」

——二十貫もある大きな猪でございました、原田どのは双肌《もろはだ》ぬぎになって、山刀でみごとに腹を裂き、皮を剝《は》ぎ、肩や腿肉《ももにく》を切り取って、半刻《はんとき》と経《た》たぬまに、きれいに拵えてしまわれました。

「隼人は吐きそうな顔をしておったぞ」

——私は半分も見てはいられませんでした。

「おれはよく覚えておる、粉雪まじりの風のなかで、双肌ぬぎになった彼の、筋肉のこりこりした逞《たくま》しい上半身、日にやけた、髭《ひげ》だらけの顔、それから、炉端で炙《あぶ》り焼にした猪の肉を、歯でかじり取って喰《た》べていた姿を、おれはいまでも、ありありと思いうかべることができる」

——私はあの肉は喰べませんでした。

「あれは正真正銘の山男だ、裸馬に乗って駆けまわり、けものを狩り、けものの肉を食《くら》い、藁《わら》の中で、熊《くま》の毛皮をかぶって寝る、あれが山小屋にこもっているときは相貌《そうぼう》まで変る、あれは生れながらの山男だ、どんな山男よりも生《き》っ粋《すい》の山男だ、おれはこの眼で二度もそれを見ている」

――私にはわかりません。

「なにがわからぬ」

――ふだんの原田どのと、山小屋にこもっている原田どのと、どちらが本当の原田どのか、ということがです。

「どちらも本当の甲斐だ、彼のなかには二人の甲斐がいる、人間には誰しもあることだが、彼のばあいは極端なだけだ」

――書状にはもう一つございます。

「なんだ」

――原田どのの内室が松山へゆき、そのまま六十日あまり滞在しているとのことです。

「なにかあったのか」

――松山で佐月《さつき》どのが病気をされ、その看護にゆくというので、わかりしだい申上げるとございます。

「わかった」

――書状はそれだけです。

「柿崎《かきざき》のほうはどうだ」

――なにも変ったことはございません。

「出奔した男はどうした」

――石川兵庫介《ひょうごのすけ》という者ですが、まだゆくえが知れぬもようでございます。

「あれは十二月のことだな」

――ただいまが四月ですから、もうあしかけ五つ月になります。

「柿崎の扶持《ふち》は」

――減らしました、六人の組が欠けたのを理由に、正月から五十金にいたしましたが、これは申上げたと存じます。

「彼は不服を云わぬか」

――私はもっと減らすつもりでいます。

「いそぐな、彼は使いみちがあるのだ」

――それはたびたびうかがいました。

「では彼を怒らせるな」

――そういたします。

「忘れていた、まもなく改元になるぞ」

――はあ。

「年号が変るのだ、数日うちか、少なくともこの四月ちゅうには変るだろう」

――なんと変りますか。

「寛文というそうだ、たぶん寛文ときまるだろうと聞いた」

――すると万治は三年で終るわけですな。

「そうだ」

――ふしぎな気がいたします。

「なにが」

――綱宗《つなむね》さまは万治元年に御相続あそばされ、去年の秋には御逼塞《ごひっそく》の沙汰《さた》が出ました、そうしていま年号が変る、万治という年は、綱宗さまを世に出し、また御隠居させるためにあったように思われます。

「うん、そして、寛文という年代こそ、隼人、この年代こそだぞ」

胡桃《くるみ》の花

五月十七日に、甲斐《かい》は、山の小屋から船岡《ふなおか》の館《たて》へおりて来た。

彼は正月十一日に江戸から帰ると、すぐに山へあがって以来、ずっと小屋にこもったままで、七日に一度、家老の片倉隼人《はやと》が用務のために訪ねるほか、一人の家従も近づくことを許さず、山番の与五兵衛と二人だけで暮していた。

二月に江戸で、本邸の移転があったことも、甲斐は山の小屋で聞いた。桜田の上《かみ》屋敷《やしき》が、甲府綱重《つなしげ》の本邸になるため、新たに麻布白金台《あざぶしろかねだい》に替地が与えられ、伊達《だて》家では愛宕下《あたごした》の中屋敷を本邸に直した。

三月二十九日に、将軍家綱が、小石川の堀普請を上覧されたことも、四月二日に、普請奉行以下十五人が江戸城へ召され、将軍から慰労のことばと拝領物があったことも、やはり甲斐は山の小屋で聞いた。

また、江戸で茂庭周防《もにわすおう》が、首席国老を辞任したことを、五月二日に聞いたが、そのとき甲斐は、いちど館へ帰った。それは長男の宗誠《むねもと》が、十五歳になって元服するのと、端午《たんご》の節句とが重なるからであった。

妻の律《りつ》は志田郡《ごおり》松山にいた。松山の館では、茂庭佐月《さつき》が病臥《びょうが》ちゅうなので、看護のためにゆかせたのである。それは甲斐が帰国するとすぐのことで、律はそのまま松山にとめられていた。律はしきりに手紙をよこして、帰りたいから迎えに来てもらいたい、とせがんだが、甲斐はみなにぎりつぶして、一通の返事もださなかった。

宗誠は元服して帯刀《たてわき》となのらせた。そして端午の節句を済ませると、甲斐は甚次《じんじ》郎《ろう》の小屋へ去った。

このとき、年号が「寛文」と改元されたことや、幕府の国目付が、五月二十五日ころ仙台に着く予定だということを聞いたので、そのまえに仙台へ出るため、十七日に山をおりたのであった。

館へ着くと、甲斐は風呂《ふろ》にはいり、髪を洗い、髭を剃《そ》った。彼はすっかり日にやけていた。軀《からだ》も贅肉《ぜいにく》がおちてひき緊《しま》り、肩や腕や腰のあたり、筋肉がこりこりして、膚は青年のように、つやつやと張りきってみえた。

甲斐は好きな藍染《あいぞめ》の木綿の単衣《ひとえ》に、白葛布《くずふ》の袴《はかま》をはき、短刀だけ差して、邸内の隠居所にいる母のところへ、挨拶にいった。母の津多女《つたじょ》は茂庭家の出で、故、石見《いわみ》*延元《のぶもと》の女《むすめ》であり、良人《おっと》の原田宗資《むねすけ》が元和《げんな》*九年に病死して以来、――そのとき甲斐宗《むね》輔《すけ》は五歳であったが、彼女は船岡領四千百八十石のきりもりと、わが子の養育にうちこんで来た。年はもう六十三歳になるが、寒暑にかかわらず、未明に庭へ出て、一刻たっぷり薙刀《なぎなた》を振るのと、日に二回の水浴とを、いまでも欠かしたことがないほど、健康であり、芯《しん》の強い性分であった。

津多女は甲斐を育てるのに厳格であった。学問や武芸のことは云《い》うまでもないが、七歳の年から、毎年、厳寒の季節になると、山番の与五兵衛に預け、甚次郎の山中にある彼の小屋で生活させた。十一月から二月半ばまで。正月の三日だけ館に帰ることを許されるが、約百日ほどは山小屋に寝起きをし、与五兵衛と同じものを喰べ、山まわりや猟もいっしょにした。

山番の小屋は他に二つあり、そこには三人ずつの番人とその家族たちもいっしょに住んでいるが、甚次郎の小屋は与五兵衛ただ一人であった。与五兵衛はそのとき三十歳を越していたが、妻《めと》を娶ったことはないし、七十歳にちかい現在まで独身をとおして来た。ひどく口かずの少ないたちで、必要がなければ二日でも三日でも黙っているし、幼ない甲斐が、用もないのに話しかけたりすると、男はむやみにしゃべるものではないと叱《しか》るのであった。

雪にうもれた山の小屋で、そういう与五兵衛とただ二人、粟《あわ》や稗《ひえ》のまじった粥《かゆ》や飯を喰べ、そして山まわりや猟をするという生活は、幼ない甲斐にとって、ずいぶん辛《つら》いことであったが、母親にとっても、それがどんなに辛かったかということを、のちになって甲斐は知った。

吹雪の夜半、厨《くりや》で物の凍る朝、津多女はわが子をおもって泣いた。ことに、正月三日だけ帰って、また山へ戻らせるときは、子供が可哀《かわい》そうで、見送ることができなかったということである。だが、津多女はわが子に、決してそういうところを見せなかった。いつも凛《りん》として、おちついて、そして非情にみえた。

「宗輔でございます――」隠居所の玄関で、甲斐はそう声をかけた。

津多女はいま一人でそこに住んでいた。甲斐の声に答えて、彼女は玄関まで出て来、彼を奥へ導いた。

甲斐は半刻ちかいあいだ母と話した。話しは低い声で、静かに続いていたが、ときどきその声が途絶えたり、また、津多女の嘆息が聞えたりした。そうしてやがて、話しを終って出て来た甲斐は、玄関で母のほうは見ずに云った。

「明日、仙台へまいります」

津多女は頷《うなず》いた。

「国目付が着くまでには、周防も帰ると思いますが、そうでなければ、帰るまで仙台で待つつもりでいます」

「それがいいでしょう」

津多女はまた頷いた。表情に変りはないが、泣いたあとのように、その眼がうるんでいた。津多女は云った。

「佐沼*（津田玄蕃《げんば》）どののほうはどうなさるか」

「私が自分でまいります」と甲斐は答えた。

五月十八日、甲斐は船岡を立って仙台へいった。

彼の屋敷は大町にあり、隣りは北が奥山大学、南に*飯坂出雲《いずも》がいた。そこは広瀬川が大きく曲りこんで来る断崖《だんがい》の上で、対岸に、川へ突き出た丘陵があり、それを越して向うに、青葉城の曲輪《くるわ》の一部と、本丸天守台を眺めることができた。

彼はまず登城し、それから奥山大学へ挨拶《あいさつ》にゆき、在国ちゅうの一門、一家、重臣諸家などへ使いを出し、「所労」と断わってそのままひきこもった。

三日目に奥山大学から会いたいといって来た。甲斐が挨拶にいったとき、大学は城中にいたし、甲斐は玄関だけで帰った。そのときも「所労であるから」と断わっておいたので、招きの使いにも同じことを述べて、会いにはゆかなかった。

二十三日になって、国目付衆は二十七日に到着する、という知らせがあった。同じ日の夕方、なんの前触れもなしに妻の律が来た。甲斐が風呂をつかっているうちに来たもので、風呂から出ると、律がそこに着替えを持って待っていた。甲斐は眉《まゆ》をひそめたが、黙って着物を着、居間へはいっていった。

仙台では、矢崎忠三郎と松原十内とが、甲斐の身のまわりの世話をする。忠三郎は舎人《とねり》の弟で十五歳、十内は松原十右衛門の子で十六歳だった。だが律が来たためだろう、二人はさがったままで、律が茶をはこんで来た。

「どうぞお怒りなさらないで」と律が囁《ささや》いた。

甲斐は居間の端に坐《すわ》って、昏《く》れてゆく庭を眺めていた。ここにも樅《もみ》ノ木が多いが、片側に大きな胡桃の木が三本あり、いずれもその枝に花の房を付けているのが見えた。くるみか。甲斐は心のなかで呟き、「くるみ味噌《みそ》」を連想して、帰国以来、まだ麹屋《こうじや》又左衛門に会っていないことを思いだした。

「怒っていらっしゃいますの」

「許しを得て来たのか」と甲斐が訊いた。律は黙ってうなだれた。

「佐月さまにも無断か」

「願っても許して下さらないのですもの、黙って出て来るよりしかたがございませんでしたわ」

「なぜ許しが出ないか、わかるか」と甲斐が訊いた。

律がゆっくりと頭を横に振った、「それをうかがいたくて、出てまいったのですわ」

「私からは話せない」と甲斐が云った。

「なぜでございます」

「わたくしうかがわずにはいませんわ」と律は眼をあげた。

甲斐は顔をそむけた。妻の眼を避けたのでもなく、嫌悪《けんお》でも怒りでもない。まったく無関心で、なんの感情もなく、漫然と顔をそむけたのであった。それが律を絶望させた。

「あなたはわたくしを離別なさるおつもりですのね」

甲斐は答えなかった。

「お返辞がないのはそうなのでしょう、そうなのでしょう、あなた、わたくしを離別なさるおつもりなのでしょう」

「声が高すぎるぞ」

「仰《おっ》しゃって下さい、なぜなのですか」

「その話しはできない」

「わたくしにはおよそ察しがつきます」と律は声をふるわせた、「あなたは嫉妬《しっと》していらっしゃるんです」

「そうか」

「わたくしのからだのことはたびたび申上げました。十年もまえからよく申上げて、だから淋《さび》しがらせないで下さい、とおたのみしてあります」

「それは聞き飽きた」

「聞き飽きるほどよく御存じでしょう、そしてあなたはわたくしの良人です」と律は云った、「わたくしのからだは自分でもどうにもならない、むりにがまんしていると気が狂いそうになります、ですから江戸番でお留守のときには、なにかでそれをまぎらわすよりほかにしかたがなかった、決してみだらな意味でなく、なんとか自分をまぎらわすよりしかたがなかったのです」

「私はそれを禁じはしなかった筈《はず》だ」

「そうです、お禁じにはなりません、でもお禁じになるよりずっと残酷でしたわ」

甲斐は黙った。

「あなたは律を避け、律から遠ざかろうとばかりなさいました、それはわたくしとあの方が」

「それを云うな」と甲斐は遮った。

「いいえ申します」

「私は聞かぬぞ」

「なぜですの、聞くことができないほど、嫉妬していらっしゃるからですか」

「なんでもいい、その話しだけはよせ」

「あなたは誤解していらっしゃるんです」と律が云った、「中黒達弥《たつや》が誤解して申上げ、あなたがそれを信じていらっしゃるのでしょう、達弥はむきなだけの人間で、眼に見たものをそのままで判断したんです」

「もういちど云うが、その話しはよせ、私は聞きたくもないし聞いてもいないぞ」

「ではほかに離別するわけがあるんですか」

「私は周防に話す」と甲斐は云った。

「どうしてわたくしには話して下さいませんの、これは律の一生にかかわることでございますわ」

「私は周防に話すよ」

廊下に足音をさせて、矢崎忠三郎と松原十内の二人が、燭台《しょくだい》と蚊遣《かやり》をはこんで来た。

「酒を持って来てくれ」と甲斐が云った。

「わたくしが致します」と律が立とうとした。

甲斐は頭《かぶり》を振った。律は立ちかけた膝を元に直した。二つの燭台に灯《ひ》を入れ、蚊遣のぐあいをみて、二人は廊下を去っていった。

「わたくしを信じては下さらないのですか」と律が云った、「達弥は本当のことを知ってはいないんです、あなたがわたくしにあれを許して下すったということも、わたくしがみだらなことをしていたのではないということも」

「達弥は私にはなにも云わなかった」

「でもわたくしを憎んでいますわ、わたくしが不義をしたと思いこみ、不義をするだろうと疑って、絶えずわたくしを監視していますわ」

「それももう終るだろう」と甲斐が云った。

律は泣きだした。両手で顔を掩《おお》って、静かに、弱よわしく、いかにもせつなそうに嗚咽《おえつ》した。顔を掩っている手の、白くてしなやかに長い、きれいな指が、絶望とかなしみを語るかのように、みじめにふるえていた。

「どうしてもだめなのでしょうか」と律が云った。

「泣かないでくれ、二人は別れるほうがいいのだ、別れるほうがいいということは、おまえにもよくわかっているはずだ」

「わたくし自分が良い妻だったとは思いませんわ」

「そんなことはべつだ」

「わがままでむら気で、求めることが強くて、あなたの負担にばかりなっていましたわ、でもそれはどうにもしようのないことだったのです」

「わかっている」

「わたくしいつもあなたが欲しかったんです、あなたのぜんぶを、残らず、いつも自分のものにしておきたかったんです」と律が云った、「それなのにあなたは、いつもわたくしから遠いところにいらっしゃる、寝屋《ねや》をともにして、からだは手で触れているのに、あなた御自身はそこにいない、からだがそこにあるだけで、あなたはいつもいないんです、わたくしは本当のあなたという方に、いちども触れたことがありませんでした」

「二人が夫婦になったことは間違っていたようだ」と甲斐が静かに云った、「おまえが良い妻でなかったと云う以上に、私が良い良人でなかったことはたしかだし、おまえが不仕合せだということも知っていた、だが、これもおまえの云うように、知っていながら私にはどうしようもなかったのだ」

律はまた咽《むせ》びあげた。「お願いです、あなた」と律はくり返した、「どうか離別などなさらないで、もういちど船岡へ帰らせて下さいまし」

「もうきまったことだ」

「わたくし松山へは帰れませんわ」

「仙台にいるがいい」

「ここから呼べば答えられるような、あんな近いところにいろと仰しゃるんですの、*大町の家にですの」と律はすすりあげた。ここにあなたがいらっしゃると知って、おめにかかることもできないのに、――あなたはむごいことを仰しゃるわ」

「なにがむごいかということは、やがてわかるだろう」と甲斐が云った、「たのむから泣かないでくれ、人が来る」

忠三郎と十内が膳《ぜん》をはこんで来た。律は立って襖《ふすま》をあけ奥の間のほうへ去った。

「十右衛門に相手をしろと云ってくれ」と甲斐が云った。

忠三郎が給仕に坐り、十内がその父を呼びに立った。松原十右衛門が来るとまもなく、化粧を直した律が戻って来、そこへ坐るなり「十右衛門」といって泣きだした。

十右衛門は頭を垂れた。

「泣くなら奥で泣いてくれ」と甲斐が云った。

律は指で眼をぬぐいながら、十右衛門と呼びかけた。

「わたくしは船岡へ帰れなくなりました」

「律、ならんぞ」

「母上さまにも宗誠にも逢《あ》えません、こなたたちにももう逢えなくなります」

甲斐が「律」ときびしく云った。

「もうひと言だけ」と律が云った、「十右衛門、船岡へ帰ったら、宗誠に伝えておくれ、母はあなたがすこやかに成人なさるのを祈っています、母がどこかで、いつもあなたのために祈っているということを、忘れないでおくれ」

このとおり伝えてくれと云い、声をあげて泣きながら、律は乱れた足どりで、奥へ去っていった。

甲斐はなにごともなかったような、平静な顔つきで、去ってゆく妻の足音を聞いていた。十右衛門に盃《さかずき》を持たせ、自分も飲みはじめながら、甲斐は律のとりみだしたようすを、船岡の母や宗誠には告げぬようにと十右衛門に云った。十右衛門は「はい」と答えたが、顔をあげなかった。

律はその夜のうちに茂庭家へ去った。それは同じ大町にあり、甲斐の屋敷から北へ、奥山、古内、茂庭と続く、ほんのひと跨《また》ぎの近さにあった。茂庭家から、留守の者がすぐ知らせに来た。甲斐は「気鬱《きうつ》が亢《こう》じているから注意をするように」と云い、なお、できるだけ早く松山へ知らせて、迎えの者をよこすようにたのめ、と云った。

二十五日に、伊達安芸《あき》が涌谷《わくや》の館から出て来た、という知らせがあり、国目付接待のため、重臣の会合が行われた。

甲斐は欠席した。

二十六日に先触れの使者があり、二十七日に到着ということがわかった。そしてその当日には在国の一門、家老以下、町奉行までが、麻上下《あさがみしも》で城下の南、河原町まで迎えに出た。——出迎えには甲斐もいったが、時刻を計って、国目付の着く直前に、他の人たちといっしょになるようにした。

到着は午後二時であった。今年の国目付は、幕府使番の荒木十左衛門と桑山伊兵衛で、まず伊達安芸、伊達式部らの一門、一家が挨拶をし、次に国老の奥山大学、大条兵庫《おおえだひょうご》、古内主膳《ふるうちしゅぜん》。続いて宿老の原田甲斐、遠藤又七郎。それから接待役、奉行らの挨拶が済むと、国目付は接待役の案内で、そこからすぐに宿所へ向かった。

甲斐は他の人々より先にその場を去った。挨拶をするあいだ、奥山大学が話しかけようとしているのに気づいたし、いま大学と話すことは迷惑だったので、伊達安芸にひと言だけ久闊《きゅうかつ》を述べると、すばやくそこを去って屋敷へ帰った。

二十九日、城中で両目付の饗応《きょうおう》が行われた。相伴役《しょうばんやく》は伊達安芸で、甲斐は欠席した。

甲斐が奥山大学を避けるには理由があった。それは、兵部宗勝《ひょうぶむねかつ》が後見になって、二万石加増されたとき、その領地の中へ衣川《ころもがわ》を残らず取入れた。それでは水利を独占することになるので、「片瀬片川とすべし」という論が出ていた。大学はその問題をとりあげ、評定役《ひょうじょうやく》としての甲斐の同意を求めるに相違ない。甲斐はそれを嫌って、大学を避けたのであった。

数日して、江戸の茂庭周防から手紙が届いた。――六月中旬に、亀千代《かめちよ》さまの髪置きの儀があるので、それを済ませてから帰国することになった。というのである、そして品川の下屋敷に綱宗《つなむね》を訪ねたこと、それについては会ったときに話すが、まことにいたわしい限りで、涙なしにはいられなかった、などということが書いてあった。

それまでは周防を待ってはいられないので、甲斐は船岡の館へと帰った。

蔵《ざ》王《おう》

茂庭周防《もにわすおう》が帰国したのは、その年十二月のことであった。周防は船岡《ふなおか》に宿をとり、原田甲斐《はらだかい》の館へ使いをやった。館からは家老の片倉隼人《はやと》が来て、甲斐が十一月から山にこもっていること、すぐ知らせにやるから、館へ来て泊ってくれるように、と云った。

周防は従者を二人だけ伴《つ》れ、あとの者は宿に残して館へいった。山の小屋へやった使いは、昏《く》れがたに戻って来て、甲斐は鹿《しか》を狩りに出て、どこにいるかわからない、と告げた。

昨日の朝でかけたまま、山のどこかで鹿を追っているらしい、ときによると三日くらい小屋へ帰らないこともあるし、どの山にいるのかわからないので、捜すこともできない、ということであった。

周防はちょっと思案し「では小屋へいって待とう」と云った。しかしもう日が昏れるので、その夜は館に泊り、明くる朝早く、隼人の案内で山へ登った。

館から馬で約三十町ゆくと、甚次郎《じんじろう》の山ふところに、日観寺という寺がある、そこへ馬を預けて、はだら雪のがちがちに凍った、急な坂道を登っていった。山といってもさして高くはない、古い杉や樅《もみ》が片側の谷に森をなしていて、片側はなだらかな雑木林が続いている。坂道はその枯れた雑木林をぬけてゆき、登りつめたところで、左へ少し下りになる。そこは山の北側の斜面に当り、樅の森に囲まれた狭い台地へおりると、その小屋の横手へ出るのであった。

台地へおりるまえに、周防は坂のおり口に立停って、しばらく展望をたのしんだ。起伏する丘陵のかなたに、白石川の流れが見え、はるかに遠く、雪をかぶった蔵王の峰が、早朝の日光をうつして、青みを帯びた銀色にかがやいていた。——船岡の町の一部は見えるが、原田家の館は山に隠れて見えない。館に続いている砦《とりで》山が、朝靄《あさもや》の中に、その頭部だけをくっきりと浮き出していた。

周防はややしばらく、眼をほそめて、遠い蔵王を眺めやった。

「そうだ、青根の湯へ寄ってゆこう」

蔵王へ登る途中に、青根の温泉《いでゆ》がある。藩侯の宿所「不老閣」には、重臣たちの部屋もあるので、周防は二三日軀を休めてゆこうと思った。

さきに小屋へいった隼人が、引返して来て、まだ甲斐が戻っていないと告げた。

周防は台地へおりていった。

小屋は樅と杉材で造った十坪ばかりのもので、土間がひろく、炉のある八帖に、*納戸《なんど》だけという間取であった。土間に面した炉の一方は、框《かまち》が切込んであり、土足のままはいって、腰掛けられるようになっていた。小屋の中は、なにかの獣肉を焙《あぶ》る、香ばしい煙があふれてい、炉端に与五兵衛がかしこまっていた。

はいって来た周防を見ると、与五兵衛は黙って会釈《えしゃく》をし、円座を直した炉端へ、手を振ってみせた。周防は上へあがった。

隼人は「館を留守にできない」旨《むね》を述べ、与五兵衛に接待を命じて、帰っていった。周防は炉端へ坐りながら、「久しぶりだな、与五」と云った。

与五兵衛はなにか嚙《か》みでもするように、口をもぐもぐさせてから「七年になるかな」とゆっくり答えた。

彼は逞しい軀をしていた。綿入れ布子《ぬのこ》に、熊の皮の胴衣を重ねているが、肩から胸へかけての肉の厚みや、平たく潰《つぶ》れてはいるが、しかも、太く節くれだっている大きな手指は、見る者に圧迫感を与えるほど、重量と力感をもっていた。髪は灰色だし、顔の半分を掩っている髭《ひげ》も殆《ほと》んど灰色である。殆んどというのは、鼻下の一部と、顎《あご》の一部に黒いところが残っていて、それが、彼の無表情などこか野獣めいた相貌《そうぼう》を、いくらかなごやかにみせるようであった。日にやけた栗色《くりいろ》の顔は、固く肥えていて、膏《あぶら》びかりがし、少しくぼんだ細い眼にも、まだ壮年のような力と光があった。

与五兵衛はひどく無口で、必要なこと以外には、なにを訊《き》かれても返辞をしないし、また、甲斐のほかには、誰に対しても礼をしなかった。

かつて兵部宗勝が、二度この小屋を訪ねて来た。小屋へは人を近よせないことになっているのだが、兵部は分家の威光でむりに山へ登った。そのとき与五兵衛は礼をしなかったばかりでなく、兵部の眼の前で、さもいまいましそうに唾《つば》を吐いたりした。

「そうか、もう七年になるか」と周防が云った、「与五はいつ見ても年をとらない、七年まえと少しも変ったところがないな」

与五兵衛は黙っていた。

彼はなにも聞えなかったように、獣肉を刺して炉の灰に立ててある金串《かなぐし》を取り、脇《わき》に置いてある壺《つぼ》の中のたれに浸し、それをまた炉の灰に立てるという動作を、つぎつぎと、緩慢な手つきで繰り返した。金串にさした肉は、炉の火に焙られて、肉汁《にくじゅう》と脂《あぶら》とたれの、入混って焦《こ》げる、いかにも美味《うま》そうな匂《にお》いをふりまいていた。

「なんの肉だ、猪《しし》か」と周防が訊いた。

与五兵衛は「んだ」と頷《うなず》き、喰《た》べるかと訊き返した。

「朝餉《あさげ》を済まして来たばかりだ、あとで馳走になろう」と周防は云った、「誰の獲物だ、与五か」

与五兵衛はまた口をもぐもぐさせ、おらの殿さまは鹿のほかに手を出さない、と不満そうに云った。

「おらは殺生《せっしょう》は嫌いだ」と与五兵衛は云った、「熊や猪は悪さをする、作物を荒したり、人に襲いかかったりする。だから熊や猪を殺すのは罪ではない、作物や人を守るためだから、それは罪ではないと思う」

だが、と彼は口を動かし、頭をゆらゆらと横に振り、そして土地の訛《なま》りの強い言葉で云った、「だが、鹿は可愛《かわい》いけものだ、少しは悪さもするが、臆病《おくびょう》で気の弱いけものだ、ちょっとおどせばすぐ逃げてしまう、こっちでかかってゆかない限り、決して人間に襲いかかるようなこともない」

「おらは好かない」とまた与五兵衛は頭を振った、「おらの殿さまは、鹿となるとまるで人が変ったようになる、どうしたもんだか」

そして彼は黙った。

猪の肉はやがて焙りあがった。それはみな半分くらいに縮まり、たれと脂肪とが表面を包んで、焦茶色に光を帯びていた。与五兵衛はそれらを金串から抜き、戸棚から大きな木の鉢をとり出して来て、その中へ肉と、なにかの乾した葉とを、交互に詰めた。

「それはなんの葉だ」と周防が訊いた。

与五兵衛は「肉桂《にっけい》の葉だ」と答えた。

そのとき二人の男がはいって来た。砦山と、虚空蔵《こくぞう》にある番小屋の者で、四十四五になる陽気な顔つきの男が文造。顔も体もしなびたように小さい、おどおどした眼つきの老人は平助といって、砦山の小屋頭であった。

「はいるな、お客だ」と与五兵衛が云った。

二人は小屋の戸口で棒立ちになり、頭巾《ずきん》をぬぎながら、互いに眼を見交わした。

「おれなら構わない、入れてやれ」と周防が云った。

与五兵衛は二人に顎をしゃくってみせた。

かれらはまた眼を見交わし、ぐずぐずと蓑《みの》をぬいで、はいって来た。二人とも泥だらけの雪沓《ゆきぐつ》をはいていた。

「なんだ」と与五兵衛がひどい山訛りで訊いた。

「ふじこが来ていないですか」と文造が訊き返した。

かれらの問答は、そのひどい山訛りよりも、緩慢なところに特徴があった。問いかけるにも答えるにも、おのおの五拍子ぐらい時間がかかる。相手の問いかけがわからないか、それとも云うべき言葉を忘れたのかと思われるころ、ようやく、それも極めてゆっくりと、口を切るのであった。

「ふじこが、どうした」

「殿さまについていったままです」

「殿さまにだって、またか」

「おとつい出たままです」

「なにか心配になることでもあるのか」

「嫁にやるですよ」

「ふじこは、おらが家の久兵衛の嫁にもらうです」と平助が云った。

与五兵衛は平助を見、それから文造を見、そして口をもぐもぐさせた。すると、顔半分を掩っている髭が生き物のように動いた。

「殿さまは此処《ここ》へはまだ戻ってござらぬ」と与五兵衛は云った、「だがなんで心配するだ」

「ふじこは、おらが久兵衛の嫁にもらうですよ」

「心配するな」

「殿さまのことは心配はしねえです」と文造が云った、「けれども久兵衛が血まなことなってるで、久兵衛はあんな人間だし、よそへ出ていたで殿さまのことをよく知らねえだし、それでもし、まちげえでもしでかすでねえかと思ったもんですから」

「あのかばねやみが」と与五兵衛が呟《つぶや》いた、それから平助に向かって云った、「久兵衛は小屋か」

平助はゆっくりと首を振った。

「心配するな」と与五兵衛が云った、「殿さまは大丈夫だ、うっちゃっとけ」

「久兵衛は鉄砲を持って出たですよ」と文造が云った。

与五兵衛は平助をにらんだ、平助は小さい軀をもっと小さくちぢめ、口の中でなにかぶつぶつと云った。与五兵衛は立ちあがって、「すぐ捜しにゆけ」と云った、「待て、いま鉄砲を出してやる、あのかばねやみめが、射《う》ち殺してくれるぞ」

そして、彼は納戸へはいっていった。平助と文造はもそもそと蓑を着、頭巾をかぶりながら、低い声でなにか囁きあった。まもなく、与五兵衛が納戸から出て来た。彼は銃を二梃《ちょう》持っており、炉の火を火縄につけると、それを銃に仕掛けて、一梃を文造に渡してやった。

「弾丸《たま》はこめてある」と与五兵衛は云った、「一発きりだ、これでおどして、きかなかったらぶっ放せ」

「久兵衛にですか」と平助が訊いた。

与五兵衛が「知れたことだ」と云った。

「でも久兵衛はおらの一人っ子ですがな」

「心配するな、あいつは親のおめえの首さえ絞めかねない人間だ、おめえの世話くらい小屋の者がみてくれるぞ」と与五兵衛が云った、「おまえらは北郷《きたさと》のほうを捜せ、おらは小坂のほうを捜す、みつかってもみつからねえでも、日が昏れたらこの小屋へ戻って来い、わかったな」

二人はゆっくりと頷いた。

与五兵衛は周防に断わりを云い、身支度をして、かれらと共に出ていった。三人が出ていって半刻《はんとき》ほどすると、館から村山喜兵衛が登って来た。

「仙台から使者がありまして」と喜兵衛が云った、「古内主膳《ふるうちしゅぜん》さまが亡《な》くなられたということでございます」

「古内が、――それはいつのことだ」

「昨日ということです」

「船岡*はまだ戻らない」

「与五兵衛も留守でございましたか」

「いや、与五はいた」

周防は首を振って、いまの出来事を話した。喜兵衛は苦笑し、「それでは館からも人を出しましょう」と云った。久兵衛というのは怠け者で、骨惜しみをする者のことをかばねやみというのだが、――十五歳のときに小屋を出奔し、去年の秋に帰って来た。年は二十八か九になるだろう。相変らず怠け者のうえに、酒を飲むと、酔って乱暴する癖を身につけて来た、と喜兵衛は語った。

ふじことというのは文造の娘で十八歳になる。母親が亡くなって、いま三人の弟妹《きょうだい》と、父親の世話をしているが、縹緻《きりょう》もかなりいいし、男まさりのさっぱりした気性で、父があとをもらうまでは嫁にはゆかない、と云い張っている。久兵衛の嫁になるとは信じられないが、事実とすれば久兵衛におどされたのかもしれない、と喜兵衛は云った。

「しかし、その娘が船岡についていったというが」と周防は訊いた、「おとつい出ていったまま帰らないと云っていたが、それはどういうことだ」

「なんと申したらよろしいか」と喜兵衛は苦笑した、「御前《ごぜん》はああいう御性分ですから誰にも好かれます、特に女たちがそうで、やまがの娘などもよく御前につきまとっているようです、決して珍らしいことではございません」

「それで、まちがいはないのか」

「まちがい、――ああ、それはいかがですかな」と喜兵衛はまた苦笑した、「山へこもるとまるで野人のように変ってしまわれますし、私どもはお側《そば》にいませんのでよくわかりません、昔からふしぎなくらい女には潔癖な方ですが、まちがいがないかどうかということは、いかがでございますか」

「わからない男だ」と周防は嘆息して云った、「船岡にはわからないところがある、どこということはないが、ふとすると心がつかみにくくなる、あの年でそんな女どもにつきまとわれて、それを伴れてまわる、などという気持もまるでわからない」

「私は館へ帰りたいのですが」と喜兵衛が云った。

「おれは船岡に会わなければならない、古内のことはおれから話しておこう」

喜兵衛は「お願い申します」と云って去った。

甲斐が戻って来たのは、午後三時すぎたころであった。――そのまえに、周防は小屋を出てゆき、山の尾根を歩いていた。風のない、暖かな一日で、陽に蒸された枯草が、溶けて土に浸《し》みこむ斑雪《はだらゆき》とともに、あまく匂っていた。枯木林から、小鳥の群が、騒がしく鳴きながら、小砂利を投げるように落ちていった。すると、遠いどこかで、樹《き》を伐《き》る斧《おの》の音が、こだましながら聞えた。するとやがて、うしろのほうで、女のたか笑いの声がし、周防は振返った。

傾いた陽が斜めからさして、透明な碧色《みどりいろ》にぼかされた山なみの上に、蔵王の雪が鴇色《ときいろ》に輝いていた。朝見たときの青ずんだ銀白の峰は、冷たくきびしい威厳を示すようであったが、いまはもの静かに、やさしく、見る者の心を温めるように思えた。

若い女のたか笑いが、こんどはずっと近いところで聞えた。周防はそっちへ眼をやった。日観寺から登って来る谷のあたりで、けものの咆《ほ》えるような、男の太い叫び声がした。それにつづいて、若い女たちの黄色い叫びが起こり、谷間の樅や杉の森にこだました。

やがて、枯れた雑木林をぬけて甲斐の登って来るのが見えた。彼は鹿の革で作った股引《ももひき》をはき腰っきりの布子に、鹿の毛皮の胴着を重ね、腰に山刀を一本だけ差していた。茅《かや》で編んだ雪帽子を背中へはね、日にやけた、髭だらけの顔をむきだしにして、雪沓をはいた足で、大股《おおまた》に地面を踏みしめながら、歩いて来た。彼は手ぶらであった。獲物らしいものは見えず、うしろに若い女が二人ついていた。

――一人がふじこだな。

周防はそう思った。

女の一人は弓を、一人は壺胡籙《つぼやなぐい》を抱えていた。どちらも色が白く、目鼻だちもととのっているが、その表情や口のききぶりは、純朴というより、粗野であらあらしく、いかにもやまが育ちという感じであった。

いまけもののように咆えたのは、甲斐だったのか。周防はそう思いながら、近づいて来る甲斐に会釈を送った。

甲斐は大股に、ゆっくりと歩いて来た。周防のいるのを認めると、女たちから弓と壺胡籙を受取り、もう帰れ、と云った。女たちは口をつぐんだ。甲斐は振返って、

「いや、ちょっと待て」と周防が云った。

甲斐は訝《いぶか》しそうに振向いた。周防は久兵衛のことを話し、いま与五兵衛らが捜しに出ていることを話した。

「まあ、鉄砲持ってだと」と女の一人が云った。

それがふじこであろう、若い牝鹿《めじか》のような、すんなりした軀つきで、黒眼の勝った大きな眼に、きかぬ気らしい、大胆な色を湛《たた》えていた。

「わたし帰ります」とその女は云った、「あのいくじなしになにができるものか、わたし平気だから帰ります」

「きよきも帰れ」と甲斐が云った、「また会おう」

二人の女は去っていった。甲斐はもう見ようともせず、先に立って小屋のほうへおりていった。

周防が炉端に坐っていると、裏で水の音がした。そしてまもなく素足に草履をはいた甲斐が、衿首《えりくび》を手拭《てぬぐい》で拭《ふ》きながらはいって来た。冷たい水で洗ったために、彼の日にやけた顔は活《い》き活《い》きと赤く、頰も固く緊張して、いつも見馴《みな》れた竪皺《たてじわ》が消えていた。

「古内主膳が死んだそうだ」と周防が云った。

甲斐は横座に坐り、炉へ焚木《たきぎ》をくべようとしていたが、その手を止めて、周防のほうを見た。

「館からさっき喜兵衛が知らせに来た」

甲斐は唇をむすんだ。

「昨日のことだそうだ」

甲斐は焚木をくべ、煙をよけるために顔をそむけた。そしてぽつんと云った。

「彼は五十三だったな」

「帰国してから会ったか」

「五月に会った、国目付《くにめつけ》を出迎えたとき、河原町でいっしょだった、目礼を交わしただけで、話しはしなかったが」

「感仙殿《かんせんでん》さまの法要で高野山へいったとき、軀をこわしたのが長びいていると聞いた、もともと病弱ではあったようだ」

甲斐は箱膳《はこぜん》をひきよせ、蓋《ふた》を盆にして、茶碗《ちゃわん》を二つ出すと、自在鍵《じざいかぎ》に掛っている茶釜《ちゃがま》から、琥珀色《こはくいろ》の茶のようなものを汲《く》んで、一つを周防にすすめた。

「桑茶だ、口に合わないかもしれない」

「桑茶だって」

「桑の若葉と乾《ほ》した枸杞《くこ》の実がはいっている、与五がおれのために作ってくれるんだ」

「薬用だな」と周防が云った。

「長命をするそうだ」

周防は口をつけて、ひと口だけで、茶碗を置いた。二人ともしばらく黙った。

「律《りつ》のことは、父からの手紙で知った」とやがて周防が云った、「去年、涌谷《わくや》さまと三人で話したとき、船岡はわれわれが離反しなければならぬと云った、一ノ関の眼を、私と船岡からそらすために、単に不和になるだけでなく、かたちのうえでも、離反しなければならぬと云った」

甲斐は黙っていた。

「律を離別したのはそのためだと、父は思っているようだが、事実そうなのかどうか聞いておきたい」

「その話しは断わる」と甲斐はにべもなく云った。

「断わるって、なぜ」

「済んだことだ」と甲斐は云った。

周防は口をつぐみ、さぐるような眼で、ややしばらく甲斐をみつめた。甲斐は長い金火箸《かなひばし》を取って、燃えている炉の火を直した。彼の額に深く、三筋の皺がよった。

「松山の留守の者からの知らせによると、世間では律が不義をして戻された、と云っているそうだ、その相手は中黒達弥《たつや》ともう一人だと、相手の名まで出ているそうだが」

「私は世間の評《うわさ》に責任をもつわけにはいかない」

「中黒達弥は船岡にいるか」

「出奔した」と甲斐が云《い》った。

周防の顔がひき緊《しま》り、甲斐を見る眼がするどく光った。周防は「いつのことだ」と訊いた。七月、正式に律と離別した直後だ、と甲斐が答えた。

「では麴屋の友次郎は」と周防が訊いた。

「仙台にいるということだ」と甲斐が答えた。

もういちど云うが、この話しはやめにしよう。それよりも重要なことがある筈《はず》だ、と甲斐は云った。しかし不義があったかなかったかだけは聞いておきたい、と周防はねばった。家風に合わぬという理由のほかに、なにも云うことはない、この話しはもう断わる、と甲斐ははねつけた。

周防はまだ不満そうに、甲斐の横顔をにらんでいた。甲斐は立って納戸へゆき、また土間へおりて、水を入れた半挿《はんぞう》と、砥石《といし》と台とを揃《そろ》え、やがて剃刀《かみそり》を研ぎはじめた。

「松山と会って話すのも、たぶんこれが最後になるだろう」と甲斐は云った、「律の離別で、一ノ関の思案も変ったようだ、はっきり変ったとは云えないが、国老になれとすすめて来る手紙の内容が、まえとはかなり違っている」

「断わっているようだな」

「国老はまだ早い」

「そうだろうか」と周防が反問した。

自分が辞任したあと、首席国老になった奥山大学は、しきりに一ノ関と張合っている、と周防が云った。衣川《ころもがわ》の境界の件、金山《きんざん》の件。また一ノ関はいま、隣接している本藩領の一部を、自分領に取り入れようとしているが、この件でも大学は真向から反対している。これではまるで、事を起こすために国老になったようなものだ、と周防は云った。

「衣川の件はまだ解決しないのか」

「一ノ関は承知しないのだ」と周防はつづけた、「しかもつい最近、私が江戸を立つときに、大学は*留物境目《とめものさかいめ》について、一ノ関と右京さまに強硬な抗議を申し入れていた」

「それは初耳だな」と甲斐が云った。

砥石の上で、彼が静かに剃刀を返すと、なめらかな石の肌で、剃刀の刃が冷たい音をたてた。

周防は語った。――伊達兵部《だてひょうぶ》と田村右京は、亀千代《かめちよ》の後見になったとき、両者とも幕府直参《じきさん》となり二万石ずつ加増された。だがその加増された二万石は幕府からではなく、伊達領から分けたものであり、本藩は旧禄《きゅうろく》のままだから、幕府直参とはいえ、伊達本家の臣として、諸事その掟《おきて》にしたがうのが当然である。だが、兵部と右京は、その知行地の中で、本藩とは別個に*制札《せいさつ》を立てたり、*夫伝馬《ぶてんま》、*宿送りも他領のようにし、また幕府へ献上する初雁《はつかり》、初鮭《はつざけ》なども本藩の済まないうちに、先に献上したりした。

「私は米谷《まいや》（柴田外記《しばたげき》）どのから事情を聞いたのだが、年が明けると一ノ関が帰国する、そのとき大学は、一ノ関に膝詰《ひざづ》めで六カ条の申しいれをするといきまいているそうだ」

「六カ条とは」甲斐が眼をあげた。

「ここに書いて来たが」

周防は紙入の中から一通の封書と、一枚の覚書をとり出し、覚書のほうを披《ひら》いて、甲斐の前に置いた。甲斐は手に取らず、躯を傾けて読んだ。

一、相定め候《そうろう》制札の事、（切支丹《きりしたん》制札は格別の事）

一、夫伝馬並に宿送りの事

一、大鷹《おおたか》の事

一、初鳥、初肴《はつざかな》、公方《くぼう》様へさしあげ候事

一、他国へ人返しの事

一、境目通判*の事

右のようなものであった。

「一ノ関が帰国のときというと、まだ申しいれてはいないのか」

「一度は申しいれたようだ」と周防が云った、「しかし一ノ関は、自分は幕府直参であるから、本藩の掟にしたがう必要は認めない、と答えたということだ」

「それは膝詰めでやっても同じことだろう」

「そのときは江戸へ出て、幕府老中《ろうじゅう》に訴えるつもりでいるらしい」

甲斐は剃刀の刃へ、拇指《おやゆび》の腹をそっと触れてみた。それから手を拭き、剃刀をしまって、砥石や半挿を片づけた。

「それも威《おど》しではなく、立花侯（飛騨守《ひだのかみ》忠茂）の内意をきいてくれるようにと、米谷どのに依頼して来ていた」と周防は甲斐を見た、「かねて船岡も云ったとおり、訴えて老中がとりあげたばあいはもちろん、とりあげなくとも藩家の不利になることは確実だ、訴えるまえになんとか手を打たなければならないと思う」

「どういう手がある」

「まず船岡が国老に就任することだ」

「それはまだ早い」と甲斐が云った、「まだ私が国老になる時期ではない」

「どうしてだ」

「まだ時期ではない、と云うよりほかに理由はない」

「では吉岡《よしおか》（奥山大学）には好きにさせるつもりか」

「いや、なんのつもりもない」と甲斐は云った、「吉岡が一ノ関にくみさず、対抗者になってくれたのは有難いことだ、ここは吉岡を抑えるよりも、やるところまでやらせてはっきり一ノ関と対立するようにはこぶべきだ」

「しかし老中がとりあげて、家中《かちゅう》内紛の責《せめ》を問われたらどうする」

「この問題はべつだ」

「どうして」

「この問題では幕府は内紛の責を問うわけにはいかない、訴えをとりあげるとすれば、一ノ関と岩沼（田村右京）に、六カ条を承知させるよりしかたがないだろう」

「理由はなんだ」

「直参大名の名目さ」と甲斐が云った、「幕府直参となれば、知行は幕府から出るのが当然だ、それを名目だけ与えて、知行は伊達本藩から分けている、六カ条の問題はそこから起こっているので、表て沙汰《ざた》にすれば、両家の知行は改めて幕府から出さなければならないことになる、そうではないか」

周防は「うん」と頷《うなず》き、考えてみて、たしかに、とまた頷いた。

そのとき銃声が聞えた。谷に反響するので、たしかな方角はわからないが、あまり遠くではないらしい。一発だけするどい射撃音が起こり、それが暢《のん》びりとこだまして、消えた。

「鉄砲だな」と周防が甲斐を見た。

甲斐はそれには答えないで「品川のことをうかがおう」と云った。周防は、さっき紙入から出して置いた封書をとりあげ、「殿からだ」と云って、甲斐に渡した。甲斐は披いて見た。それは下屋敷の綱宗《つなむね》から、周防に宛《あ》てたもので、左のような意味のことが書いてあった。

先日はここもとへまいり候て対面つかまつり満足のことに候。然《さ》れば内《ない》ない兵部どの右京どのへ申し入れたき儀ござ候。これによって書状などにては片ことのように候えば、其方《そのほう》と相談いたし尤《もっと》もに存じ候えば其方をもって申し入れべく存じ候、……

甲斐は眼をあげて戸口を見た。与五兵衛が、片手に鉄砲をさげて、はいって来た。彼は主人を見ると、ゆっくりと頷き、そのまま裏へゆこうとした。それで甲斐が云った。

「いま鉄砲の音がしたぞ」

与五兵衛は立停った。おまえ鉄砲の音を聞かなかったのか、と甲斐が訊いた。与五兵衛は「日観寺の向うの谷地《やち》らしい」と答えた。

「みにいかないのか」

「飯を炊《た》きます」と与五兵衛は云った。

銃声は一発きりだし、久兵衛が射ったにしても、一人は自分の父だし、他の一人は嫁にもらう娘の親である。間違いを起こすようなことはないだろう、と口をもぐもぐさせながら云い、鉄砲を八帖《じょう》の隅へ置いて、裏手へ出ていった。甲斐は手紙へ眼を戻した。

……右の段候あいだ、其許《そのもと》ひましだい二三日ちゅう機嫌伺いのようにここもとへまいるべく候。

そのおりふしつぶさに申すべく候。この書状わきへもれ候えばあしく候条、亀千代乳母がところまで遣わし、いかようにも其方しゅびしだい届け候えと申し遣わし候。返事をも右の段につかまつり候て給《たま》わるべく候。謹言。

尚《なお》、必ず必ず他へもれ申さざるように相《あい》心得申すべく候。尤も二三日ちゅうにここもとへまかり出《い》で候とも、かようわれら書状を遣わし候によってまかり出で候などと備前へ申されまじく候。以上。

綱宗（書判）

周防どの

甲斐は尚なお書きのところを、ややしばらく見まもっていた。周防は声をひそめ、「その文字をよく読んでくれ」と云って、眼をつむり、囁《ささや》くように暗誦《あんしょう》した。

「――二三日ちゅうに、ここもとへまかり出で候とも、かよう、われら書状を遣わし候により、まかり出で候など、備前へ申されまじく候、……大町などにさえ、こんな気兼《きがね》をしていらっしゃる、伊達陸奥守《むつのかみ》六十万石の大守たる御身で」

甲斐は手紙を巻きおさめ、周防のほうへ押しやりながら、「両後見へ申しいれたいと仰《おっ》しゃるのは、どういうことなんだ」と云った。

「第一は、御自分が無実であることを、幕府へ訴えたいと仰しゃる」

甲斐は眼を伏せた。

第二は、自分は現在でも「逼塞《ひっそく》」というかたちで、亀千代に会うことはもとより、家臣たちと思うままに会うこともできず、保養のため外出する自由もない。これは不当である。亀千代が家督すると同時に、自分は「隠居」になった筈《はず》であるから、それだけの自由を与えてもらいたい。第三は、三沢初を正室として披露したい、右の三カ条だった、と周防は云った。

「乱暴はなさらなかったか」と甲斐が訊いた。

「乱暴はなさらなかったが」と周防は声をひそめた、「気が弱っていらっしゃるのだろう、しきりに接待の貧しいことを弁解されたり、涙をこぼされたりした、また、いつぞや船岡が来てくれたとき」

「わかった」と甲斐は顔をそむけた、「その話しはよしてくれ」

「いや、伝言なのだ、せっかく来てくれたのに乱暴をしてしまった、酔って自分がわからなくなったのだが、済まなかったと、甲斐に伝えてくれとの仰《おお》せだった」

甲斐はあるかなきかに頷いた。

二人はそのまま沈黙した。互いになにか思い耽《ふけ》っているようだったが、やがて、甲斐は炉の火に焚木をくべながら「夜になると道が難渋だから、いまのうち館《たて》まで帰ってはどうか」と云った。しかし船岡も帰るのだろう。いや私はまだ帰らない。ではは古内主膳のほうはどうする、弔問にゆくのだろう、と周防が訊いた。甲斐は静かに首を振った。

「松山は知っている筈だ」と彼は云った、「私は人の弔問や法要にはゆかない、人と人のつきあいは生きているあいだのことだ、死んでしまってからいったところで、――」

こう云って、甲斐は焚木の一本を折った。周防は不満そうに、「では葬儀にも出ないのか」と訊いた。隼人をやるつもりだ、と甲斐は答えた。これからも打合せをしなければならぬ事があると思うが、そのときどうやって連絡したらいいか。それはそのときに応じてこちらから連絡しよう、おそらくその必要はないだろうが、と甲斐は云った。そこへ、戸口から村山喜兵衛がはいって来た。

「お迎えにまいりました」と喜兵衛は云った。

彼のはいって来た戸口の、外は明るく、小屋の内部はひどく暗くみえた。

「寺に馬が預けてある」と周防が云った。

「そこで待っていてくれ」

「隼人に云え」と甲斐が喜兵衛に云った。

「古内へは隼人がゆくように、葬儀の済むまで仙台にいるように、と云ってくれ」

「御帰館ではないのですか」

「うん、まだ此処《ここ》にいる」

喜兵衛は礼をし、「では日観寺でお待ちしております」と周防に云って、たち去った。

周防は支度をして、土間へおりると、そこへまた、戸口から二人の男がはいって来た。文造と平助である。平助のほうが先にはいって来たが、そこに甲斐がいるのを見ると、さも安堵《あんど》したように微笑した。それは僅《わず》かに歯が見えただけであったが、頭巾をぬぎながら、ひどくゆっくりと文造に振返り、それから云った。

「ござったよ」

甲斐が二人に訊いた、「久兵衛はいたか」

すると、文造は平助を見た。平助はぬいだ頭巾を指でまさぐり、咳《せき》をし、文造に振返ってから、またゆっくりと、甲斐のほうへ向いて、云った。

「虚空蔵からおりて来たです」

「鉄砲を射ったのは誰だ」

「おらが射ったです」

「なぜ射ったのだ」

平助は文造を見た。べつに意味はない、言葉が口へ出るまでに暇がかかるので、漫然とあちらを見たりこちらを見たりするだけで、かれらがしばしばお互いを見るのは、ほかを見るより気が楽だからであった。

「小屋へ帰らねえと云うだで」と平助は答えた。

裏口から与五兵衛がはいって来た。彼は濡《ぬ》れた桶《おけ》を持っていたが、それを釜戸《かまど》の脇へ置いて、二人のほうへ近より、強い山訛りで、きめつけるように訊いた。

「小屋へ帰らないでどうするというだ」

平助は肩をちぢめた。殿さまをつけ覘《ねら》うらしい、と文造がとりなすように答えた。与五兵衛は眼を怒らせた。殿さまをつけ覘うって。そう云っただ、殿さまの腹へ鉛だまをぶち込むだ、それまでは小屋へは帰らねえって、そ云ってたですよ、と文造は告げた。それで射ったのか。へえ。久兵衛はどうした。また虚空蔵へ登ってっちまったですよ、と平助が答えた。

「よし、飯を喰《た》べてゆけ」

甲斐はそう云いながら、周防を送るために土間へおりた。

「おらたちは帰るです」

「飯を喰べてから帰れ」と甲斐は云った。

周防と甲斐は小屋を出た。山の尾根へ登ると、空は鼠色《ねずみいろ》の厚い層雲に掩《おお》われ、西のほうに一とところ、低く、朱と金色に縁取られた雲の切れ目があって、それが、丘陵のうち重なる広い山なみを、その稜線《りょうせん》だけ銹《さ》びたはがね色に、染めていた。

周防が立停り、甲斐もその脇に立停った。二人は蔵王を眺めやった。蔵王は西側が金色に輝き、その半面が黒ずんだ紫色に昏《く》れていた。紫色の部分はすでに眠りかけているようにみえ、金色に輝いている半面は、一日のなごりを惜んでいるように思われた。

「律のことを聞かせてもらえないか」と周防が云った。

それは、蔵王の峰からでも呼びかけるように遠く、静かに低い声であった。

「済んだことだ」と甲斐も同じように答えた。

周防は山を見たまま云った、「ではもう、しばらく会えないな」

甲斐は額に皺をよせただけであった。

周防は口の中で「どうか一日も早く」と祈るように云った。

「此処から二人で、また蔵王を見ることができるように」

（中巻に続く）

注解

11＊万治三年　西暦一六六〇年。徳川幕府第四代将軍家綱の治世。

11＊老中　幕府の最高職。将軍を直接補佐する。

11＊宿老　仙台藩における武士の階級・家格の一つ。上から五番目。

11＊逼塞　江戸時代の刑罰の一つ。日中の出入りを禁じる謹慎刑。

11＊跡式　隠居後や死後に相続される領地・家督・財産。

12＊上使　幕府から大名などに上意（将軍の命令・意向）を伝えるための使者。

12＊上屋敷　大名や身分の高い武家の江戸での住居。当時の仙台藩上屋敷は、外桜田（現在の千代田区日比谷公園内）にあった。

12＊下屋敷　上屋敷に対する控え屋敷。当時、仙台藩下屋敷の一つが品川大井（現在の品川区東大井）にあった。

12＊浜屋敷　当時の仙台藩下屋敷の一つ。新橋汐留《しおどめ》（現在の港区内）にあった。

12＊食禄　武士が幕府や大名などに仕えて得る給与。知行。

12＊六百石　「石」は体積の単位。米などを量るのに用いられ、大名や武士の知行高（領地の米の生産量）をも表した。

12＊目付役　藩士の行動や勤務状態などを監視する役職。

12＊上意討　主君の命令で、罪人とされた者を討つこと。

13＊小人頭　「小人」は幕府や諸藩の職名。雑役に従事。

13＊御門札　藩邸に出入りするための許可証。

門鑑。

16＊納戸役　江戸時代の武士の職名。主家の金銀・衣服・調度などの出納・管理を取り扱う。納戸方。

19＊小者長屋「小者」は徳川幕府や諸藩で、走り使いや物品の運搬などの雑用を担当する者。小人。「長屋」は一棟を仕切り、数世帯が住めるようにつくられた細長い家。

20＊不浄門　武家屋敷などで、屎尿《しにょう》の汲取り人や罪人を出入りさせ、また死者などを運び出すための潜り門。忌門《いみもん》。

25＊家老　主君を直接補佐し、家中を統率する重職。

26＊六尺ちかい背丈　身長約一八〇センチメートルの意。当時としては大男。「尺」は尺貫法における長さの単位。一尺は約三〇センチメートル。

27＊御番あけ　当直や当番の勤務明け。ここは、参観交代で江戸住まいとなった主君のもとでの勤務が終り、領地に戻ることをいっている。

28＊相い役　同じ役職に就いている者。

29＊国老　大名の家老。藩主を補佐し、藩政を行う重臣。

31＊筋目　由緒正しい血筋。ちなみに史上では、原田家は先祖が鎌倉時代の伊達家始祖伊佐（別名、中村。後に伊達）朝宗《ともむね》に仕えて以来、代々の宿老の家柄。

31＊評定役　仙台藩の役職で、主として裁判事にかかわる。政策や立法の諮問機関の役割も持った。

31＊姻戚関係　伊達宗勝の長男宗興は、酒井忠清の養女と婚約していた。

31＊閣老「老中」の別称。

32＊小野の館　伊東新左衛門の屋敷。「小野」

は現在の宮城県東松島市内。

32＊一門宿老　ともに仙台藩における武士の階級、家格。上から、一門・一家《いっけ》・準一家・一族・宿老・着座・太刀上《たちあげ》・召出《めしだし》の八階級が設けられていた。ここでは、それら重臣たち、の意。

35＊御先代　忠宗のこと。

35＊水府卿　徳川頼房。徳川家康の一一男（庶子）。水戸徳川家の祖。

35＊古内主膳　古内重広。仙台藩の重臣だった。

41＊ごぜん　御前。貴人に対する敬称。ここは、原田甲斐のことをいっている。

44＊物頭　戦国時代以来の武家の職制で弓組や鉄砲隊などを統率する役職。

45＊江戸定番　ここでは、江戸の藩邸を警固する役目。

45＊小櫃与五右衛門　小櫃素伯。江戸時代前期の儒学者。駿河の国府中藩に仕えたのち、会津藩藩主保科正之に仕え、会津藩の文治政策に協力した。

45＊山下甚五左衛門　ちなみに史上の実在人物として、山鹿甚五左衛門（素行）がいる。山鹿素行は江戸時代前期の儒学者・兵学者。幕臣ではなく、承応元年（一六五二）から万治三年（一六六〇）まで、播州（現在の兵庫県南西部）赤穂の浅野家に仕えていた。

46＊船岡どの　原田甲斐のことをいっている。

48＊奥州六十万石　仙台藩のことをいっている。

49＊榊原　江戸時代の譜代大名家の一つ。

50＊大守　一国の領主をこう呼んだ。

52＊古内肥後　古内重安。仙台藩の重臣。古内重広の子。万治二年（一六五九）、「主膳」を名のる。

52＊大条兵庫　大条兵庫宗頼。仙台藩の重臣。
52＊不行跡　品行のよくないこと。
54＊出府　地方から都に出ること。特に江戸時代は、武家が江戸に出ることをいった。
62＊供立　つき従う人の構成。
64＊佞奸　表面は従順を装いながら、内心は邪《よこしま》なさま。
65＊斬奸　悪者を斬り殺すこと。
65＊遠山勘解由　遠山勘解由重長。仙台藩の重臣。
72＊一丈ばかり　約三メートル。「丈」は長さの単位。一丈は一〇尺。
76＊永預け　江戸時代の刑罰の一つ。一生、他家に預けて帰宅を許さないこと。
78＊宇田川町のお屋敷　伊達兵部の屋敷。「宇田川町」は現在の港区新橋にあった町名で、屋敷は仙台藩の愛宕下の中屋敷の傍にあった。
80＊芝の山内　ここは、増上寺の境内の意。「芝」は現在の港区内の地。「山」は寺の意で、寺院は、元来、多く山に建てられていたことから山号を付けていう習慣があった。増上寺の山号は三縁山。
80＊愛宕下のお屋敷　当時の仙台藩の中屋敷。「愛宕下」は現在の港区新橋三〜五丁目のあたり。
83＊塔頭　大きな寺院の境内にある小寺院。
104＊半刻くらい　約一時間。江戸時代には、昼夜をそれぞれ六等分し、その一つを一刻とした。そのため季節によって一刻の長さが変った。
110＊涌谷さま　伊達安芸のこと。
114＊十七八町　約二キロメートル。「町」は距離の単位。一町は約一一〇メートル。
117＊久世侯　久世大和守広之。徳川家譜代の大名。

117＊側衆　徳川幕府の職名。将軍の側近。将軍の警護、および政策の将軍への取次を担当した重職。

118＊入札　投票のこと。

119＊片倉小十郎　片倉小十郎景長。仙台藩の国家老で白石《しろいし》城城主。

120＊直参大名　江戸時代、将軍に直属した知行一万石以上の武家。

120＊厩橋侯　酒井忠清のことをいっている。忠清は上野《こうずけ》の国（現在の群馬県）厩橋（前橋）藩藩主。

121＊正保元年　西暦一六四四年。第三代将軍徳川家光の治世。

121＊立花忠茂　立花飛騨守忠茂。筑後の国（現在の福岡県南部）柳川藩第二代藩主。伊達忠宗の女婿。元服時に左近将監に叙任。

121＊保科侯　保科肥後守正之。会津藩初代藩主。徳川家光の異母弟で、家光、家綱の政務を補佐した。

121＊松平信綱　武蔵の国川越藩藩主。伊豆守。寛永二〇年（一六四三）、朝廷から侍従（天皇の側近）に任じられたので「川越の侍従」の名がある。徳川幕府の重臣としては、三代家光、四代家綱に仕えた。

124＊元和五年　西暦一六一九年。第二代将軍徳川秀忠の治世。

124＊福島正則　安土桃山時代から江戸時代前期にかけての武将。安芸の国広島藩、五〇万石の藩主であった時、幕府に無断で広島城を改築したとして領地を没収され、四万五〇〇〇石を与えられて信濃の高井野に蟄居した。

124＊除封　江戸時代、大名が幕府によって領地を召し上げられることをいった。

124＊蒲生氏…　寛永四年（一六二七）、陸奥

の国会津藩六〇万石の蒲生下野守忠郷が正式な世継ぎがいなかったため、また寛永九年、肥後の国熊本藩五一万五〇〇〇石の加藤肥後守忠広が事件連座の責任を問われ、そして元和六年（一六二〇）、筑後の国柳川藩三二万五〇〇〇石の田中筑後守忠政が、やはり世継ぎがいなかったために除封されている。

124 ＊削封　領地を削ること。

126 ＊広書院　表座敷。

126 ＊老職　家老職。

126 ＊義山さま　伊達陸奥守忠宗。仙台藩第二代藩主。その法名の一部から「義山（公）」と呼ばれる。

126 ＊老臣　重臣。「老」は重要な役・人の意。

129 ＊吉岡どの　奥山大学のことをいっている。

130 ＊公儀　政治を執り行う機関。ここでは、幕府。

132 ＊板倉侯　板倉内膳正重矩。三河の国中島藩藩主。

149 ＊池田輝政　播磨の国姫路藩藩主。

149 ＊徳川秀忠　第二代将軍。天正七～寛永九年（一五七九～一六三二）。徳川家康の三男。

150 ＊櫛笥左中将隆致　安土桃山時代から江戸時代前期にかけての公家。

150 ＊後西天皇　第一一一代天皇。

150 ＊世子に直った　「世子」は諸侯の世継ぎとなる者。世嗣。「直る」はその地位に就くことをいう。

175 ＊小姓　主君のそば近くに仕えて、身のまわりの雑用を務める役。多くは少年。

175 ＊入側　書院造りで、座敷の外にある畳敷きの廊下。

179 ＊五百金　「金」は江戸時代に用いられた大判・小判・一分《いちぶ》金《きん》など金貨の総称で、

五百金は一分金五〇〇枚。一分金は四枚で小判一枚（一両）に相当する。

182 ＊門長屋　大名屋敷の表門に隣接して建てられた下級武士のための長屋。

182 ＊武者窓　門長屋の道路側に設けられた太い格子のある窓。

186 ＊稲葉侯　稲葉美濃守正則。相模の国小田原藩第二代藩主。万治元年（一六五八）から老中。

186 ＊阿部侯　阿部豊後守忠秋。武蔵の国忍《おし》藩藩主。寛永一二年（一六三五）から老中。

191 ＊太田侯　太田資次。遠江の国浜松藩初代藩主太田資宗の次男。

191 ＊大目付　徳川幕府の職名。大名など身分の高い武士の監督・視察を行った。

191 ＊兼松どの　兼松下総守正直。旗本。

192 ＊十間　約一八メートル。「間」は長さの単位。一間は約一・八メートル。

202 ＊着座　仙台藩士のうち、正月の儀式などで着座して藩主に挨拶できる身分。

210 ＊扱帯　女性が着丈の長い着物をはしょって身の丈と同じに着るために用いる腰帯。

219 ＊別宴　ここは、帰国する涌谷（伊達宗重）の送別の宴。

221 ＊西福寺　現在の台東区蔵前にある浄土宗の寺。ここでは、柿崎六郎兵衛に従う浪人たちのことをいっている。

223 ＊幕府使番　徳川幕府の職名。若年寄に属し、戦時には伝令使となり、平時には諸国に出張して大名の政治の良否を視察したり、幼少の主君を擁する大藩に国目付の一員として赴任したりした。

232 ＊大町備前　大町定頼。仙台藩の重臣。金篙崎（現在の岩手県胆沢郡金ケ崎町）領主。万治三年（一六六〇）、綱宗逼塞に伴い、江戸下屋敷の家老となった。

235＊錠口　将軍や大名、公家などの邸宅で、表と奥との境に設けられた出入り口。表側と奥側双方から錠がおろされ、奥への男子の出入りは禁じられていた。
237＊先君　忠宗のこと。
239＊感仙殿さま　第二代藩主伊達忠宗のこと。「感仙殿」は忠宗の霊廟名。
243＊京の伯母上　逢春門院。綱宗の母の姉で、後西天皇の生母。後水尾天皇の後宮に入り、六皇子四皇女を儲けた。
250＊小四郎さま　ここでは、甲斐の長男のこと。
284＊国もと預け　江戸時代の刑罰の一つ。ここでは、罪人を領地に預け、一定期間謹慎させる刑。
290＊おなり道　御成道。身分の高い公家や武士が増上寺へ参詣する時に通る道。
291＊仲間　中間。江戸時代では武家の下級奉公人をいう。脇差の着用のみ許される従者で、足軽と小人の中間の身分。
295＊松平隠岐守　松平定頼。伊予の国松山藩第二代藩主。愛宕下に屋敷があった。
306＊縹緻　器量。顔立ち。容貌。
311＊金山本判持　「金山本判」は仙台藩が金掘り従事者に発行した許可証。
324＊陪臣　将軍直属の家臣である旗本・御家人に対して、諸大名の家臣。原田甲斐は、将軍徳川家綱の家臣である伊達綱村（亀千代）の家臣。
327＊株　江戸時代、同業者の組合員が独占した職業上の権利や権限、また営業上の専売特権などをさす。金銭で売買されるものもあった。
345＊基近　鎌倉時代の備前の国（現在の岡山県南東部）長船《おさふね》の刀工。
348＊明暦二年　西暦一六五六年。

348 ＊二十二貫　約八〇キログラム。「貫」は、尺貫法における重さの単位。一貫は三・七五キログラム。

358 ＊御前　甲斐のことをいっている。

361 ＊豊太閤　豊臣秀吉の敬称。秀吉は関白を秀次に譲ってから太閤を名のった。

372 ＊熊沢蕃山　江戸時代前期の陽明学者。

372 ＊経学　儒学。四書五経などの経書（儒学の経典）を研究することからいう。

410 ＊白銀　銀を長径約一〇センチメートルの平たい楕円形に作り、白紙に包んだもの。主に贈答用。

410 ＊時服　ここでは、将軍から臣下に下される季節に応じた衣服。

411 ＊四万九千五百両　「四万九百五十四両」とあるべきところか。

412 ＊一ノ関　ここは地名としての一ノ関。

413 ＊国目付衆　「国目付」は幼年の亀千代が藩主となったため、幕府が仙台藩へ派遣した監察役。

419 ＊甲府綱重　徳川綱重。甲斐の国甲府藩藩主。徳川家光の三男。甲府宰相とも呼ばれる。

420 ＊石見延元　茂庭延元。良元（佐月）の父。

420 ＊元和九年　西暦一六二三年。

422 ＊佐沼　津田景康。仙台藩の重臣。栗原郡佐沼（現在の宮城県登米《とめ》市内）の領主。

423 ＊飯坂出雲　飯坂出雲定長。仙台藩の重臣。

430 ＊大町の家　律の実家、茂庭家の仙台の屋敷のことをいっている。

435 ＊十坪ばかり　約三〇平方メートル。「坪」は面積の単位。一坪は約三・三平方メートルで、畳二畳分の広さ。

442 ＊船岡　原田甲斐のことをいっている。

443 ＊御前　甲斐のことをいっている。

451 ＊留物境目　「留物」（自領への持込みや自

領からの持出しを禁じた物品）を自他領の境界でくわしく調べること。

451＊制札　各種の禁令・布告の箇条を記した公の立て札。

451＊夫伝馬　領主が、物資の運搬などのため、夫役《ぶやく》（労役）と伝馬（運送用の馬）の用意を領民に課すこと。

451＊宿送り　宿駅から宿駅へと人馬を継ぎ替えて荷物などを順に送ること。

452＊通判　藩が発行する通行許可証。

455＊品川　品川の下屋敷にいる伊達綱宗のこと。

編集について

一、新潮文庫の文字表記については、原文を尊重するという見地に立ち、次のように方針を定めました。

①旧仮名づかいで書かれた口語文の作品は、新仮名づかいに改める。

②文語文の作品は旧仮名づかいのままとする。

③旧字体で書かれているものは、原則として新字体に改める。

④難読と思われる語については振仮名をつける。

一、本作品中には、今日の観点からみると差別的表現ととられかねない箇所が散見しますが、著者自身に差別的意図はなく、作品全体のもつ文学性ならびに芸術性、また著者がすでに故人であるという事情に鑑み、原文どおりとしました。

一、注解は、新潮社版『山本周五郎長篇小説全集』（全二六巻）の脚注に基づいて作成しました。

一、改版にあたっては『山本周五郎長篇小説全集　第一巻』『同　第二巻』を底本としました。

（新潮文庫編集部）

新潮文庫編

文豪ナビ 山本周五郎

乾いた心もしっとり。涙と笑いのツボ押し名人——現代の感性で文豪作品に新たな光を当てた、驚きと発見がいっぱいの読書ガイド。

山本周五郎著

青べか物語

うらぶれた漁師町・浦粕に住み着いた私はボロ舟「青べか」を買わされた——。狡猾だが世話好きの愛すべき人々を描く自伝的小説。

山本周五郎著

五瓣の椿

連続する不審死。胸には銀の釵が打ち込まれ、傍らには赤い椿の花びら。おしのの復讐は完遂するのか。ミステリー仕立ての傑作長編。

山本周五郎著

柳橋物語・むかしも今も

幼い恋を信じた女を襲う悲運「柳橋物語」。愚直な男が摑んだ幸せ「むかしも今も」。男女それぞれの一途な愛の行方を描く傑作二編。

山本周五郎著

赤ひげ診療譚

貧しい者への深き愛情から〝赤ひげ〟と慕われる、小石川養生所の新出去定。見習医師との魂のふれあいを描く医療小説の最高傑作。

山本周五郎著

大《おお》炊《いの》介《すけ》始末

自分の出生の秘密を知った大炊介が、狂態を装って父に憎まれようとする姿を描く「大炊介始末」のほか、「よじょう」等、全10編を収録。

山本周五郎著
日日平安
橋本左内の最期を描いた「城中の霜」、武士のまごころを描く「水戸梅譜」、お家騒動をユーモラスにとらえた「日日平安」など、全11編。

山本周五郎著
さぶ
職人仲間のさぶと栄二。濡れ衣を着せられ捨鉢になる栄二を、さぶは忍耐強く支える。友情を通じて人間のあるべき姿を描く時代長編。

山本周五郎著
虚空遍歴（上・下）
侍の身分を捨て、芸道を究めるために一生を賭けて悔いることのなかった中藤冲也――苛酷な運命を生きる真の芸術家の姿を描き出す。

山本周五郎著
季節のない街
生きてゆけるだけ、まだ仕合わせさ――。貧民街で日々の暮らしに追われる住人たちの15の悲喜を描いた、人生派・山本周五郎の傑作。

山本周五郎著
おさん
純真な心を持ちながら男から男へわたらずにはいられないおさん――可愛いおんなであるがゆえの宿命の哀しさを描く表題作など10編。

山本周五郎著
おごそかな渇き
〝現代の聖書〟として世に問うべき構想を練った絶筆「おごそかな渇き」など、人生の真実を求めてさすらう庶民の哀歓を謳った10編。

山本周五郎著

ながい坂（上・下）

人生は、長い坂。重い荷を背負い、一歩一歩、確かめながら上るのみ——。一人の男の孤独で厳しい半生を描く、周五郎文学の到達点。

山本周五郎著

つゆのひぬま

娼家に働く女の一途なまごころに、虐げられた不信の心が打負かされる姿を感動的に描いた人間讃歌「つゆのひぬま」等9編を収める。

山本周五郎著

ひとごろし

藩一番の臆病者といわれた若侍が、奇想天外な方法で果した上意討ち！　他に〝無償の奉仕〟を描く「裏の木戸はあいている」等9編。

山本周五郎著

栄花物語

非難と悪罵を浴びながら、頑ななまでに意志を貫いて政治改革に取り組んだ老中田沼意次父子を、時代の先覚者として描いた歴史長編。

山本周五郎著

松風の門

幼い頃、剣術の仕合で誤って幼君の右眼を失明させてしまった家臣の峻烈な生きざまを描いた「松風の門」。ほかに「釣忍」など12編。

山本周五郎著

深川安楽亭

抜け荷の拠点、深川安楽亭に屯する無頼者たちが、恋人の身請金を盗み出した奉公人に示す命がけの善意——表題作など12編を収録。

新潮文庫最新刊

大西康之著
起業の天才！
—江副浩正　8兆円企業
リクルートをつくった男—

インターネット時代を予見した天才は、なぜ闇に葬られたのか。戦後最大の疑獄「リクルート事件」江副浩正の真実を描く傑作評伝。

永田和宏著
あの胸が岬のように遠かった
—河野裕子との青春—

歌人河野裕子の没後、発見された膨大な手紙と日記。そこには二人の男性の間で揺れ動く切ない恋心が綴られていた。感涙の愛の物語。

徳井健太著
敗北からの芸人論

芸人たちはいかにしてどん底から這い上がったのか。誰よりも敗北を重ねた芸人が、挫折を知る全ての人に贈る熱きお笑いエッセイ！

J・ウェブスター
三角和代訳
おちゃめなパティ

世界中の少女が愛した、はちゃめちゃで魅力的な女の子パティ。『あしながおじさん』の著者ウェブスターによるもうひとつの代表作。

L・M・オルコット
小山太一訳
若草物語

わたしたちはわたしたちらしく生きたい——。メグ、ジョー、ベス、エイミーの四姉妹の愛と絆を描いた永遠の名作。新訳決定版。

森晶麿著
名探偵の顔が良い
—天草茅夢のジャンクな事件簿—

事件に巻き込まれた私を助けてくれたのは〝愛しの推し〟でした。ミステリ×ジャンク飯×推し活のハイカロリーエンタメ誕生！

新潮文庫最新刊

野口卓著
からくり写楽
―蔦屋重三郎、最後の賭け―
〈謎の絵師・写楽〉は、なぜ突然現れ不意に消えたのか。そのすべてを知る蔦屋重三郎の奇想天外な大仕掛けを描く歴史ミステリー。

真梨幸子著
極限団地
―一九六一 東京ハウス―
築六十年の団地で昭和の生活を体験する二組の家族。痛快なリアリティショー収録のはずが、失踪者が出て……。震撼の長編ミステリ。

幸田文著
雀の手帖
多忙な執筆の日々を送っていた幸田文が、何気ない暮らしに丁寧に心を寄せて綴った名随筆。世代を超えて愛読されるロングセラー。

安部公房著
死に急ぐ鯨たち・もぐら日記
果たして安部公房は何を考えていたのか。エッセイ、インタビュー、日記などを通して明らかとなる世界的作家、思想の根幹。

燃え殻著
これはただの夏
僕の日常は、嘘とままならないことで埋めつくされている。『ボクたちはみんな大人になれなかった』の燃え殻、待望の小説第2弾。

ガルシア=マルケス
鼓直訳
百年の孤独
蜃気楼の村マコンドを開墾して生きる孤独な一族、その百年の物語。四十六言語に翻訳され、二十世紀文学を塗り替えた著者の最高傑作。

樅《もみ》ノ木《き》は残《のこ》った（上）

新潮文庫　や-3-1

平成十五年二月十五日 発行
平成三十年九月三十日 二十三刷改版
令和六年十月二十五日 二十七刷

著者 山《やま》本《もと》周《しゅう》五《ご》郎《ろう》

発行者 佐藤隆信
発行所 株式会社 新潮社
郵便番号 一六二―八七一一
東京都新宿区矢来町七一
電話 編集部(〇三)三二六六―五四四〇
読者係(〇三)三二六六―五一一一
https://www.shinchosha.co.jp

価格はカバーに表示してあります。

乱丁・落丁本は、ご面倒ですが小社読者係宛ご送付ください。送料小社負担にてお取替えいたします。

印刷・錦明印刷株式会社　製本・錦明印刷株式会社
Printed in Japan

ISBN978-4-10-113464-2　C0193